破空
華文創作百變天后
凌淑芬
著

國勢天下圖

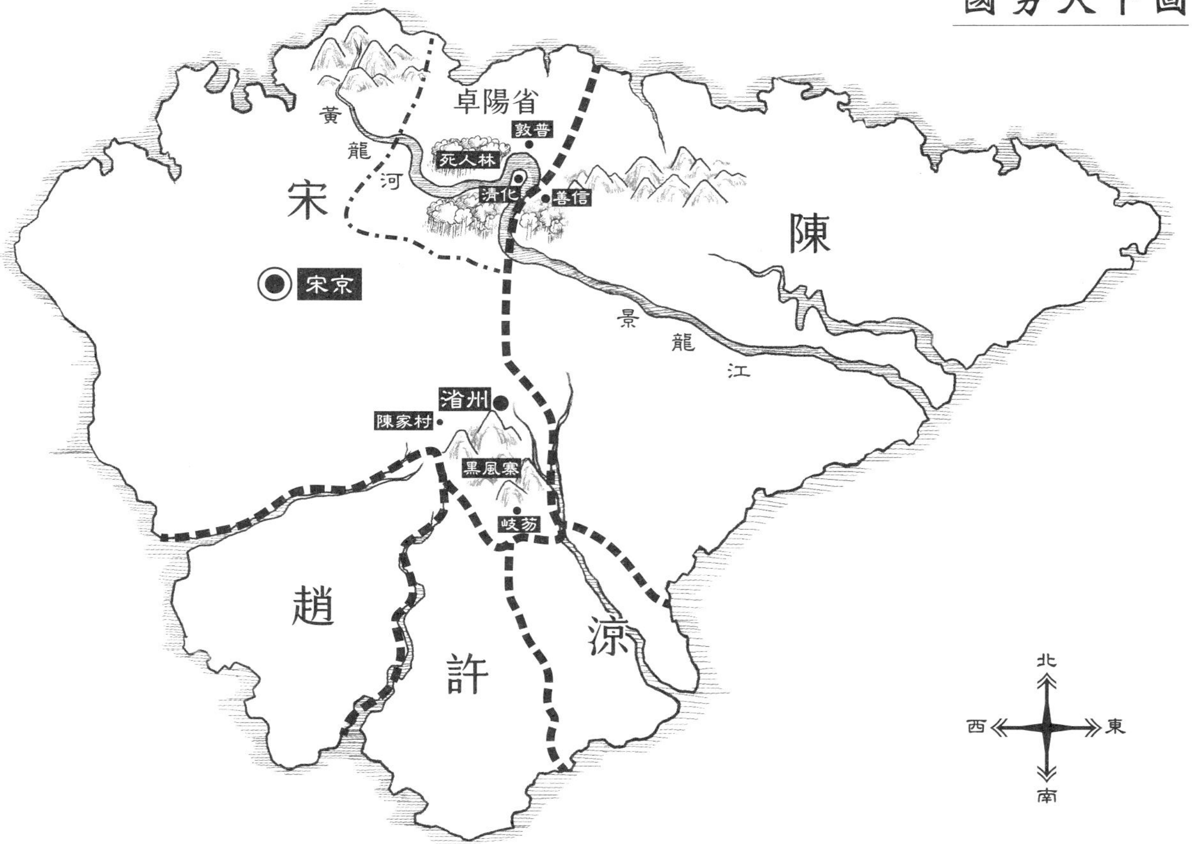

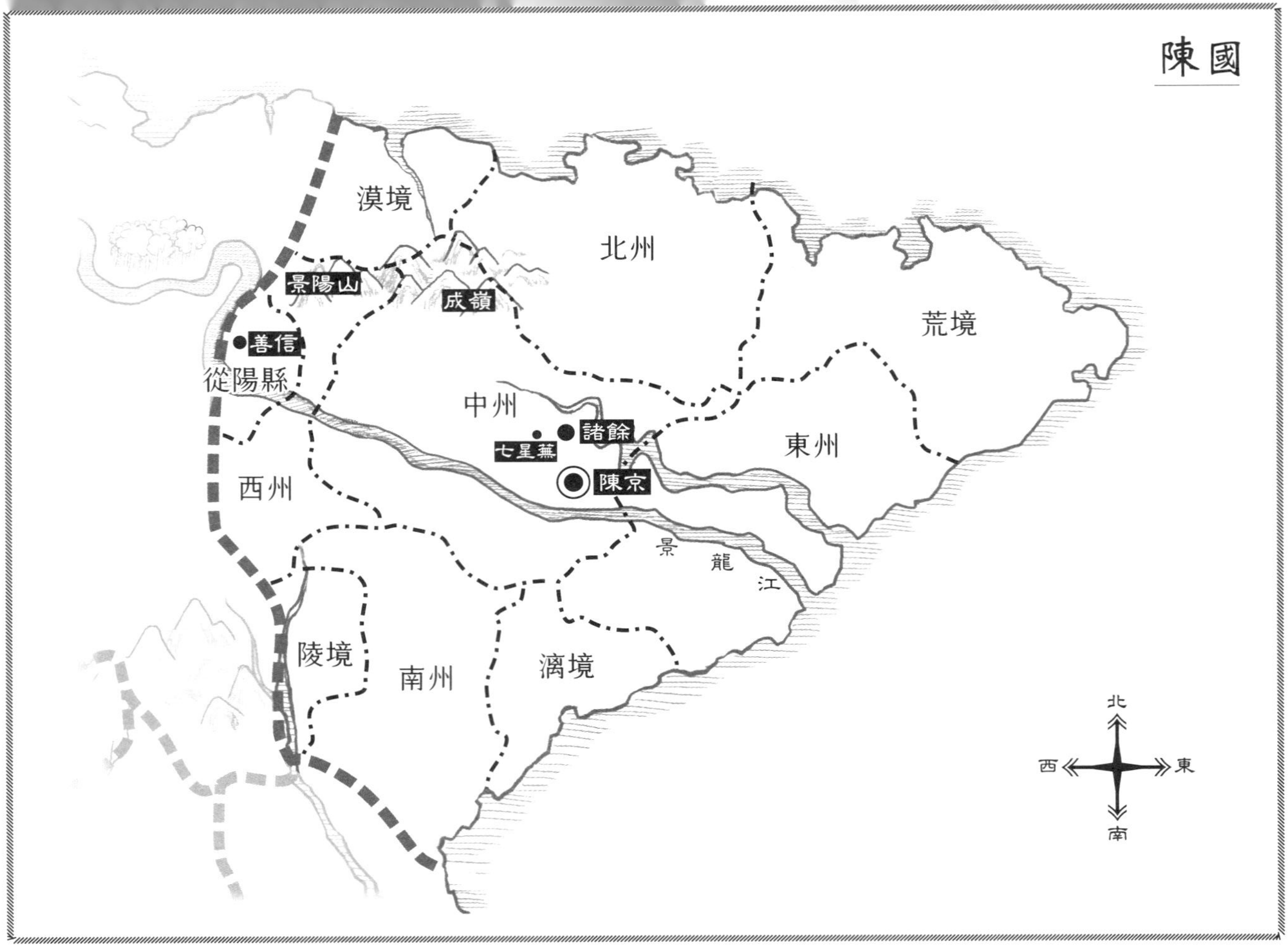
陳國
漠境
北州
荒境
景陽山
成嶺
善信
從陽縣
中州
諸餘
七星蕪
陳京
東州
西州
景
龍
江
陵境
南州
漓境
北
西
東
南

序幕

公主拔腿狂奔。

她經過攤販，經過茶館酒肆，經過嘈雜的市集。她的雙腳蹬在京城的石板路上，踢躂作響，不斷往前疾跑。

「哎呀」、「作死麼」、「跑這麼快趕著去投胎」……路人的斥責聲從她的耳邊呼嘯而過。她的心臟狂跳，雙頰激動發紅，雙眼緊緊盯著前方的城門，腦中只有一個念頭——

跑到那裡去。

她的呼吸急促，胸口脹得發痛，眼前因過度的奔跑而開始模糊。她甩甩頭，堅定地抓回一絲清明。

跑，快跑！快！

她奔到城門，雙腳一轉繼續往登上城門的階梯狂奔，三步併做兩步衝到城牆的上頭。

呼，呼，呼，呼……她喘得幾乎接不過下一口氣來，可是她終於抵達目的地了。

她站在城牆高處，緊緊盯著城外的道路，彷彿如此就能盯出她一心期盼的身影。

你在哪裡？你在哪裡？

你在哪裡……

她看了許久許久，眼前突然下了雨一片模糊。她伸手一摸，才發現模糊的是她淚濕的視線，而不是下雨。

她的雙腿再也支撐不住，軟倒在地上。

她跪在城牆頭放聲大哭。

「林諾……林諾……」

追不上了，早就追不上了，他早就離開了。兩個月前就已經離開了。

從她身後經過的人嚇了一跳，匆匆避開，免得被這狀如瘋癲的姑娘纏住。

兩個月，他們早就走遠了，她再也追不上他們……

林諾，你在哪裡？你在哪裡？

林諾！

1

兩個月前

素來繁華熱鬧的京城官道，本日裡更有些不尋常的動靜。

十面繡著大大「宋」字的錦旗從城外飄揚而入，另一邊是同樣繡著「涼」字的金紅錦旗，涼國公主的送嫁隊伍終於浩浩蕩蕩踏上京城的道路。

兩百名光鮮戰甲的宋軍前導，中間是華麗堂皇的花轎，姿容嬌豔的女倌伴在轎的左右前後，秀容莊肅，漫步而行。

京城的老百姓對於大官大轎已然極其習慣，然而這隊自涼國而來的公主花轎依然讓人津津樂道。百姓站在官路兩旁，對迎面而過的強軍壯馬、妝奩美婢指點評論，當薄紗圍罩的花轎過去之時，更是揚手歡呼。

宋國校尉楊常年、涼國禁軍統領趙虎頭雙雙騎在隊伍的最前方，並肩而行，看來神威凜凜，氣勢不凡。送隊伍尾段經過，眾人眼睛又是一亮。

但見一名肩闊臂壯，昂藏魁梧的軍士騎在最尾端壓陣。他的雙眸深陷，鼻梁高挺，不似中原人。頭頂的髮削得極薄，幾似僧侶一般。他的胯下是一匹烏雲踏雪，肩上是一柄凜凜長槍，神情威厲冷肅，不怒而威。寬肩闊背將戰甲撐得挺挺的，一束束的肌肉隔著衣褲依然線條分明。

「那胡人是誰？」

「聽說是近來戰功彪柄的『宋國新虎』林諾！」

「啥？原來他不是咱宋人？」

「聽說是遠從異邦前來效力的。」

「那必然是仰慕我大宋國威而來。我們宋國名揚天下，連異邦之人都要來投，那才說明我們國勢強盛啊！」

「可不是嗎？」

不多時，「新虎」之名在百姓傳了開來，眾人知他是屢立大功的虎將，不禁大聲歡呼。

林諾對百姓的夾道歡呼聲恍若未聞，雙腳一夾馬腹，往隊伍的前方騎了過去。他的馬來到花轎旁，目不斜視，並行了一小段。

公主隔著紗幕望住他的身影，只盼將他的每個舉動、每道形影深深刻在心裡。她是未來的宋國三皇妃，他是邊關塞外的征將，此後即便相隔咫尺，亦遠如天涯。他們再不能在月下閒談，不能再一起裝鬼嚇人，不能有她抱住他、他為她殺伐退敵之事。

自岐芴相識，至踏入京城，這五十多日的路程，竟是她一生中最快樂的時光。

有那麼一瞬間她想翻開垂簾，不顧一切地對他大喊：林諾，帶我走，我們一起離開這裡！

她的手指甚且微微一動，幾欲探了出去。然而，她的腦子管住了她的心，她的心管住了她的手。

她不掀簾不是爲了怕宋國大怒，兵犯涼國，她是怕林諾立時爲她惹來殺身之禍。即使他們眞的逃出去，他和凌葛勢必因她而一世逃亡，更別提楊常年、趙虎頭等人必將招罪，她不能這麼做。

或許，她眞正害怕的是，發現林諾根本從未有過帶著她一起逃走的心意……

她的手在水袖下緊握成拳，牢牢盯著簾外的偉岸身影，這個讓她看著都覺心痛的男子……

林諾忽然偏過頭，隔著紗簾對上她的目光。

公主的心幾乎停住。

她看不出他的神情是什麼，他只是深深注視她，然後輕輕一點頭，策馬騎開她的身畔。

這一刻公主知道，她的心再也不會回到自己的胸口。

「楊大哥。」林諾來到楊常年身畔與他並行。

「林兄弟，此番回到京城，咱們面見過皇上覆命，終於可以封你一個眞正的官職。說不準明兒起，你就跟我一樣是個校尉了。」

林諾投入宋軍這幾個月來，都在邊關之處征戰。宋國主君早已知道他們軍中出了一個驍勇的異邦之人，只是，牽涉到外人晉封宋國軍職一事，不能大意，於是馬將軍一直拖著，只說待他日班師還朝，再請皇上爲林諾冊封。是以林諾戰功雖然彪柄，正式的軍階依舊是個低等兵。

楊常年一直對此頗爲不平，他卻不知林諾本來就無意在軍中久待，升不升官對他一點影響也無。

林諾唇角一揚，笑容沈穩內斂。

「楊大哥，待會兒送到皇城外，我就不跟你進去了。」

「什麼？」楊常年大吃一驚，險些停下馬步來。「我們好不容易一路送到京城，你怎麼在門口就不進去了？」

「楊大哥，皇城門口便是我的目的地。」林諾穩穩看著他。

楊常年呆愣半晌，漸漸露出失望之色。

這一路下來，若沒有林諾相扶，凌葛的智計相伴，眞不知能不能安然到達京城。他硬拖著林兄弟，也眞是拖得夠久了。

楊常年一想明白，登時便展現出武將的灑脫。

「行了，我知道。不過，你不進皇城面聖無妨，我們一路同行的十幾個弟兄已經說好，今晚不醉不歸，你可不能一聲不響地走。我去見皇上覆命的時候，你帶著這幫兄弟好好去吃個酒，話別一番，別讓他們怪你不夠義氣，我忙完了這些閒裡閒氣的事就來！」

林諾朗朗一笑。「楊大哥不必擔心，我和姊姊估計還會在京中停留幾天，便算要離去之前也一定會來向你辭行，不會一聲不響就離開的。」

說完，他向一旁的趙虎頭一點頭。趙虎頭向來沈默寡言，眼中只是露出感謝之色，一切盡在不言中。

林諾放慢馬速，再回到隊伍的後方。楊常年回頭望去，只見淩葛慢慢騎在弟弟的身旁。

她一身白衣飄飄，膚如玉，髮如泉，衣如雪，姿態凝定，笑意輕染，從容優雅，眞有說不出的好看。

★

九月的宋京秋涼如水。

天秋月又滿，月華將小院裡攏在一層銀芒裡，晚風襲來，葉葉秋聲，庭間的落葉寂寥地輕舞。

屋內，一盞油燈擺在案上，將桌面照得明晃晃，一個嬌柔的身影擁緊長袍，伏在案上看書。這本書略略黃舊，幾處書頁處有折皺之痕，燈下之人讀得聚精會神。

「妳在看什麼？」一道魁然大影突然從門外進來，抽起她面前的書一瞧。

來人的身形龐然魁偉，衣袖下露出令人咋舌的肌肉，一股股包覆住粗壯的骨骼，全身迸發著一股威猛的力量。

他的手骨節分明，指腹有厚繭，臂上爬著兩條細白的疤痕，其中一條延伸進短袖內，不知有多長。長年的征旅生涯在他身上刻鑿了痕跡，這不只是一具男人的身體，而是戰士的身體。

他身上依然是一襲夏衫短衣，在這寒涼的夜裡依舊微有汗意，不把這秋冷當一回事。

「《神農本草經》，這本書在我們的年代早就失傳了，沒想到在這裡還可以找到。」凌葛對他淺淺一笑。「你和那幫狐群狗黨聚會結束了？」

他寬到不可思議的肩膀聳了一下，拉開她對面的椅子坐下來。

「我離開的時候他們還在喝，大概今天晚上要鬧一夜了，反正明天朝廷放他們大假。楊大哥應付完那些官場的人，最後也跑來了。」

「你們一個晚上鬧了什麼？」凌葛對他泛紅的食指和中指挑了下眉。

林諾低沈一笑。什麼都瞞不過她的眼睛！

「喝到最後，那幾個傢伙都喝高了，黃軍一直嚷著要比箭，幾個涼國禁軍不甘示弱，興沖沖地跟他們到校場去，所以大家比試了幾下。」

「沒傷感情吧？」她太清楚男人一開始說是好玩，等認眞起來之後會有多好鬥。

「沒想到這些傢伙的酒力這麼差！就只有一個黃軍勉強還可以，每個人一張起弓來，哪裡是比箭？根本是比出糗！」林諾大笑。

酒量最差的涼國禁軍君思悟，兩手才剛握在弓上，箭自己就出去了，直接掉在三尺外。君思悟不依大喊：「怎地你們宋國的箭自己會跑？我弓都還沒張開呢！」

輪到一名叫虞四的宋軍小兵，靶子明明在前面，他偏偏往左邊射。眼見沒射到，還大鬧：「誰扛著那靶子跑來跑去的？叫他別跑啊！」

就這樣嬉嬉鬧鬧了半天，個個成績慘不忍睹，每個人簡直不是在比射得準，而是在比射得歪。

林諾笑道：「最後我一手拎一個，腳邊踢兩個，把他們全都趕回來，他們窩回酒樓裡繼續吃喝笑鬧去了。」

凌葛不禁微笑搖頭，眞拿這些小鬼沒辦法。是說，林諾那幾個隊員放假的鬼樣子也沒好多少就是了。她看多了他們一個個窩在林諾家的地板上呼呼大睡的醉態。

「那你呢？累不累？累了就回房去睡下吧！」她道。

林諾不當一回事地擺擺手。

原本她和林諾要住客棧裡，楊常年聽了大爲不悅，直說沒有讓他們住客店的道理，兩人只好恭敬不如從命地住到他家來。

他的校尉宅院並不大，地點卻挺安靜的；由於他長年在外征戰，府中並沒有養太多人。

楊常年的父親早已仙逝，如今只剩下一個寡居的老母，原本住在京城裡。當時他尚未升上校尉，並未配有官宅，他母親就在京城中租屋而居。幾年之後楊母覺得京城開銷太大，兼又老來思鄉，最後決定搬回涼國的老家去。

楊常年人在關外，留她不住，只得遣人護送她回去。未料兩年後，楊常年便升了官，有宅子了，只是當時楊母已不想再千里迢迢遷移，楊常年只得由她。

「你這位楊大哥真是個老單身漢，竟然連個姬妾都沒有。」凌葛笑道。

林諾只是一笑。認真說來，他和楊常年認識半年而已，大家是惺惺相惜而結成的好朋友，對彼此的家庭背景倒是沒有太深的瞭解。

他將書還給姊姊，輕鬆地在她面前坐下，油燈在他立體的五官投映出陰影。凌葛細細端詳起他的相貌來。

「妳在看什麼？」他的表情有點好笑又有點納悶。

「我在想，我的弟弟真是個英俊的壞蛋。」她輕輕一笑。

「亂講！」他長指沾她杯中的茶水，彈她一記。

「本來就是。」她拍掉他的手。「說你好看是讚美你好嗎？難怪公主會愛上……」

話一出口，林諾臉上的笑意逸去，她立時後悔了。

『Sorry.』她歉然地輕握了握他的手。

林諾盯著燭火沈默了一會兒。

「妳覺得她能在宋國皇室生存下去嗎？」他終於道。

「人類的求生本能超乎你我想像，她會有一段困難的掙扎期，但最後總會找出一條路來。她是一個生存者。」

林諾點點頭。

「我們下一步要做什麼，妳有想法了嗎？」他再度靠回椅背上，微懶地看著她。

「你呢？」凌葛精緻的眉心鎖了起來。林諾聳了聳肩，她警告地盯住他。「少給我那副『我不負責動腦筋，妳負責想』的廢話。你有七年的實戰經驗，不巧又被我知道你是最優秀的小隊長之一，在我面前裝胸大無腦可是沒用的。你如果是乖乖坐在那裡等人家告訴你怎麼做的人，我的日子就好過多了。」

林諾差點被她那句「胸大無腦」嗆死。什麼叫「他如果乖一點，她日子就好過多了」？

……好吧！似乎眞的是這樣。他決定不跟他可歌可泣的姊姊計較。

「那個神祕人李四，不管他和歐本是不是同一個人，爲何出現在成勝天的生命裡？」他大手一攤。

凌葛讚許地點了點頭。

「從成勝天的話裡，我們知道李四幫他治好了頭痛，又報給他黃岐山的消息。」林諾續道：「何時開始歐本是這麼善良的人，只爲了替人家治頭痛就從自己的地洞裡鑽出來？」

凌葛說：「我認爲，讓這幫強盜轉移到黃岐山，才是李四的目的。在這個過程中，成勝天的頭風犯了，李四不希望目的達成之前成勝天就病了，於是出手救了他。」

「我也是這麼想，可是，黃岐山爲什麼如此重要？」林諾皺起深濃的眉。

「有可能黃岐山是主要目標，也有可能李四只是希望他們離開之前作亂的地方，黃岐山只是另一個陣地。」她講話的速度極慢，彷彿每一句都思索過好幾遍才說出口。

林諾倒沒有想過這一點，非常有可能。

「當然也可能兩個原因都有。」凌葛繼續道：「無論如何，從岐芴欲通往鄰國，黃岐山是必經之處。我們假定岐芴是歐本著陸的地點，如果有任何探員被派來追查他，遲早會找到岐芴去。所以，歐本若是在黃岐山放個眼線把關……」

「那個眼線一發現不對，就會立刻傳訊給他。」他一拳捶在桌面。「表示他在黑風寨裡安了內應。」

「所以我們下一步應該要做的事情，第一，查出李四究竟是誰？他是歐本本人，或是另一個同夥？第二，查出李四是在何時加入這群強盜的。倘若他的目的是把強盜從以前犯案的地方調走，表示那個地點對他有意義，必須保護。」

林諾笑了。

「我就知道妳一定會理出頭緒來。」他一笑，陰鬱嚴肅的眉眼完全化開，十分俊朗好看，一點都不像個冷酷的戰士。

「只是，目前我們有一個很嚴重的問題。」凌葛長長嘆了口氣。

「我們太早殺成勝天了？」林諾的笑容好閃亮。

「你這個人很會放馬後炮耶你！」她沒好氣地道：「不、是！」

「哦？」他有點意外。

成勝天已經說出所有他知道的事了，即使現在還活著，頂多也就是補充一些細節而已，她需要的是完全不同角度的情報。

「你知道我當初是如何鎖定柯維拉諾夫的嗎？」她突然問。

柯維拉諾夫是俄羅斯的前陸軍軍官，後來從軍中叛逃，在東歐成立了一個無政府組織。東歐有超過一百二十起的恐怖攻擊事件要算在柯維拉諾夫頭上，其中有四起造成超過三百個人的重大傷亡。

除了沙克之外，柯維拉諾夫是另一個盟軍急欲緝捕的對象，如今兩個人都被她抓到，前後共耗費了她一千多個日子，動員超過兩千名人力和特務，過濾掉數千條繁瑣的線索。

柯維拉諾夫也是林諾的小隊負責緝捕，所以過程他非常瞭解。

「他的園丁。」

凌葛點點頭。「這些『大人物』常把傭人視如無物，你會很意外這些小人物在旁邊看見多少內幕，說不定他們的傭人都比他們本人更瞭解他們的生活。」

林諾琢磨著她的話。

「成勝天雖然死了，黑風寨的女人還活著。有時女人反而會注意到一些男人沒有注意的事，她們就是最好的消息來源。」凌葛看著他道。

「我們得回去山村一趟！」林諾果斷地一點頭。如今只能先回去，訪談在那裡定居的盜賊親眷，看看他們能收集到多少資訊。

凌葛呻吟一聲，前額重重往桌上一點。

「怎麼？」林諾莫名其妙地看她一眼。

「好——遠——啊——」她欲哭無淚的聲音傳出來。

天啊！

她已經從南走到北，再從北往南走，再從南往中間走，現在又要從中間再回到南邊。爲什麼她一直在走路啊？嗚……

爲什麼這裡沒有汽車，沒有火車，沒有飛機？爲什麼？嗚……

以前她調查案件時，也經常反覆回去找同一批人訪談，當時一點都不以爲苦，直到現在來到一個沒有科技的時代，才知道那些習以爲常的東西有多珍貴。

「我們這次買好一點的馬也就是了。」林諾又同情又好笑地拍拍她腦袋。

馬再好再快，回頭走這一段也還是要十天半個月，她好想哭！

「黑風寨已經散了，不是所有人都留在山村裡，有些女人回家鄉去了，我們要一個一個去找，談何容易？」她繼續淒淒切切地哀嘆。

林諾忽爾想起一事。

「那時我叫黃軍去詢問那些婦人要去要留，把這些婦孺老殘的身分記下來，以備他日需要。黃軍這小子素來伶俐，應該還留著這些人的資料，我叫他過來問問，或許可以先理出第一波重點證人。」

她精神一振，從桌面上挺了起來。「眞的嗎？太好了，你趕快叫他來！」

林諾讓楊府的下人去酒館叫人來。

不到一盞茶時間，黃軍便到了，還帶回一個酩酊大醉的楊常年。

林諾一怔，大步踏出房門外。一臉苦笑的黃軍扛著楊常年，管家急匆匆地追在後頭，拚命勸楊常年回自己院子去，三人一時鬧得不可開交。

幸好楊常年酒品還不算太糟，不至於口出惡言、動手動腳之類的，就是有點纏夾不清。

「這麼晚了，你們……嗝……你們怎麼不睡啊？」楊常年醉意迷濛地往前走，腳下踩空了一個步，突然往前一撲。

「楊大哥，你是該睡了。」林諾趕緊扶他一把。

「什麼呢？這麼早……」他大著舌頭揮揮手。

是誰剛剛說晚的？黃軍只敢腹誹。

夜色已深，在酒樓的人早就喝高了，一個個倒地不起。林諾離開之前曾拉過黃軍到一旁囑咐，要他保持清醒，等散會之後好生安頓喝醉的人。黃軍一聽果然不敢再喝，任其他人如何激他，他都只是嘻嘻一笑，所以他雖然也是一身酒味，神色倒是很清醒。

「楊大哥，你先讓馮管家帶你回房去睡吧！」林諾勸道。

「唉，我說，林諾啊！」楊常年感慨地拍拍他肩膀。人家林諾明明站在原地沒動，他硬要往林諾身邊三尺沒人的地方拍下去。幸好林諾手長腳長，單臂一伸趕緊將他撈住了。

「我說林諾啊！」楊常年這次抓準了他的臉，醉醺醺地繼續道：「你也老大不小了，怎麼還像個孩子似的，老纏著姊姊不放？咱宋國和你們家鄉不一樣，我們不時興兄弟姊妹摟摟抱抱的，多彆扭？會給人笑話的！怎麼以前在戰場上都不曉得你這般娘娘腔？」

「……」林諾的表情簡直精彩萬分，黃軍捂緊嘴巴不敢笑出聲。

「還有啊！你一直說有事要忙，你從頭到尾也沒講是、嗝、是什麼屁事，這樣做哥哥的怎麼幫你呢？……噯！凌姑娘，妳還沒睡啊？我老楊吵著妳了？」楊常年醉態可掬地揮揮手，傻氣十足。

「楊大哥。」凌葛輕輕一笑，緩步踏入盈盈月色之中。

「你們瞧瞧，什麼叫美人兒？我說這美人兒，就是要像凌姑娘這樣！」楊常年大著舌頭，雙手亂揮。「一舉手一投足都帶著仙氣似的，嗝……多好看呢！依我說，連公主都……嗝……都比不上凌姑娘，要我是三皇子，嗝……我是寧可娶凌姑娘都不娶什麼涼國公主。」

這話若是在他清醒時，打死他都不敢說。

林諾對姊姊翻個白眼，乾脆一使勁，把楊常年整個人半架起來，硬扛著他走。楊常年顛來倒去，連步子都站不穩。

「好了，我送你回去好好睡一覺，明天早上你就知道頭痛了。」

管家急匆匆地跟在主子後面，一起回去張羅去了。黃軍心想自己一個大男人家，不好深更半夜獨自待在一位姑娘的院子裡，乾脆也跟著過去。

總算折騰了一頓，楊常年睡下了，兩人才又回到凌葛的院子來。

她依然坐在燈下，細細讀著她的《神農本草經》，燭光掩映著她玉雕似的容顏。見兩人來到，她放下書卷，帶著笑迎了出來。

「黃軍，是我不好，一時忘了時間，現下著實晚了，你若疲累，先回去休息吧！有事我們明天再說。」她緩聲道。

「凌姑娘，我還行。以前打仗，拚著三天三夜不睡也不算什麼，倒是怕凌姑娘累了。」黃軍知道她和林諾若不是有重要的事，絕不會深夜把他找來。

凌葛微微一笑。「既然如此，我們坐下來聊聊。」

楊府的僕役不多，老管家做事卻是極細膩，遣了人為他們送來祛酒氣的熱茶和幾色宵夜小點。

她看黃軍一身熱氣，索性直接選在庭院的石桌石椅上坐定，任下人張羅茶點和燈盞，黃軍在凌葛對面坐下，面對這深不可測的凌姑娘，他總是有一股說不出的敬畏感。

「黃軍，我那時叫你記下黑風寨殘部的資料，你可記了？」林諾坐在他右首，低沈地開口，嗓音十分溫和。

「林大哥交代，我自是記了。」黃軍趕緊點頭。

「這其中有沒有成勝天的妻小？」凌葛道。

「黑風寨總共留下二十二個人，四個是年紀太大的老人，只能在寨子裡做些雜役，六個是當初跟著丈夫來投成勝天的婦人，十個年輕姑娘是他們這幾年來從各地擄來的。」黃軍道。

「你的記性眞好，」凌葛讚許地對他微笑。「這些人後來都是如何安頓的？」

黃軍慢慢在腦中整理了一下。

「黑風寨一散，六位成了寡婦的婦人愁雲慘霧，只說早知會有這一天，所以她們打算帶著小孩和一點財物回去娘家投靠，我把她們六個人的娘家在哪裡都記了下來。至於其他十個年輕的姑娘……」他尷尬地看凌葛一眼。

「你直說不妨。」凌葛點頭道。

黃軍輕咳一下。「這十個年輕姑娘，都是當初被擄來之後，要不就是家中付不出贖金，要不就是父兄嫌她們失了貞節，不願意再贖回去，不得已只得留了下來，專門在寨子裡伺侍人。」

就是變成「營妓」的角色。

林諾冷怒地哼了一聲。「因爲失了貞節，這些姑娘就不是他們的女兒、姊妹了嗎？」

凌葛拍拍他按在桌上的大手。即使在現代，一些比較落後的國家對待失貞女子的態度也差不多，說不定下場更淒慘，只能說這是父系社會的原罪。

「便是因爲如此，她們兩邊人對我們的態度就大不相同。那十個姑娘見了我們是感激涕零，不住道謝，因爲從此脫離苦海了；那六個婦人卻是戒愼恐懼者有之，心懷怨怒者有之，因爲她們的丈夫被我們殺了。」黃軍道。

「後來那些姑娘都選擇留在山村裡麼？」他低沈地問。

黃軍搖搖頭道：「這十人之中，有四人想回去投靠親戚，留下來的六個我照了林大哥的交代，讓村長好好的收容她們。村長憐她們命運多舛，也不消我提醒，對這些家眷倒是不念舊惡，極爲盡心。」

「這裡面，有沒有哪個人是當初成勝天特別寵愛的？」凌葛問。

黃軍想了一想，眼光忽地落回她清豔的臉上。

「那六個婦人都跟我說了她們的丈夫是誰，裡頭沒有成勝天，只是王世寶的妻子陳氏感覺著就和其他人不太一樣。」

「怎麼不一樣？」她問。

林諾的目光落在他的臉上。黃軍搔了搔頭。

「其實也不是什麼有形有質的事可以拿出來說，我就是感覺她和其他婦人不同。那些婦人大多憂形於色，無所適從；可那位陳氏，雖說言語客氣，神色也低微，但是，每當她以爲無人注意之時，盯著我們的眼神那眞是一個恨哪！可是我眼光一過來，她又若無其事地轉開。這情況已被我逮著好幾次了。

「我心知有異，有一次特別把她叫過來問：『陳氏，妳可是怨我們殺了妳的丈夫？』她誠惶誠恐地回：『官兵抓強盜本是應當，民婦不敢。說來是我那口子自己選錯了路，怪不得旁人。諸位軍爺對我們這些婦人小兒網開一面，已是千恩萬謝了。』我知道從她口中問不出什麼，只得放她去了。」

「然後你便就此揭過了？」她的秀眉一挑。

黃軍笑道：「我若說是，一定給凌姑娘罵死了。陳氏不說，難道我不會去問別人麼？說來奇怪，那十個姑娘一聽到陳氏的名頭，個個面露疑懼，不願多說，其他五個婦人也是多有迴避。

「直到我問了一個替黑風寨管柴火的老奴，他才說：『王世寶能當上黑風寨的副寨主，很大原因是這個陳氏。』原來陳氏巧手能幹，在黑風寨裡是大管家，眾人日日吃飯喝水都是她在張羅，王世寶也是因著她才受到重用。現在黑風寨沒了，她只能帶著兒子回去投靠娘家，以後要看人臉色過日子，和以前一呼百諾的日子再不能比，她自然高興不起來。」

「這倒是挺有趣的。」凌葛深思道。

「不過……」黃軍說到這裡，又是一頓，曬得黝黑的臉孔色澤更深。「凌姑娘不是普通人，我也不瞞妳。那老奴還說，寨子裡頭風言風語，說陳氏煮的飯再好吃，能煮到自個兒頭家都變副寨主麼？天下也沒什麼飯好吃到這等田地，那是……那是……」

「靠她的枕頭風？」凌葛似笑非笑地道。

黃軍傻笑一下。「那老奴是這麼說的，有傳言說陳氏其實和成勝天有一腿，是真是假，我就很難斷定了。」

林諾問：「那陳氏的老家在哪裡？」

「噢，她說是在渻州城外三十里的一個村子，叫陳家村。」黃軍道：「王世寶是隔壁王家村的人，她嫁到王家村去，不久王世寶見世道不好，乾脆入了成勝天的團夥，一起打家劫舍去了。」

「多謝你了。」凌葛柔聲對他道：「天色不早了，你也趕緊回去歇息吧！」

「凌姑娘若沒有事，那我先走了。您們若要找我，讓楊府管家來叫人得了，他知道我住哪裡。」黃軍朗朗地一笑，告別了二人。

林諾讓人送黃軍出去，回頭看著姊姊。凌葛輕嘆一聲，有點疲累地揉揉脖子。

「現在我們不確定歐本到底是自己一個人。原本以爲吳阿大和李四都是他，現在臨時冒出其他人，倒眞有些棘手。」她苦笑一下。「現在回頭想想，胡二拐子認出來的吳阿大眞的就是歐本嗎？或者是另一個中東裔的男人？這都很難說。」

「從吳阿大在岐芴的作爲來判斷，最有可能是歐本。」林諾深思地道：「除非歐本事前先教了每個人到了當地該怎麼做，去哪裡摘取黃蔓，但我不認爲他會信任任何人到這個程度。」

「嗯。」

「而且，如果李四不是吳阿大，又如何解釋他在成勝天身上留下來的星星月亮刺青？」

凌葛苦思了片刻，終於放棄地嘆口氣。

「我不知道。除非有更多的線索，否則我沒有辦法憑空猜想。」

林諾看著姊姊疲累的容顏，輕輕替她揉開頸後僵硬的筋結。

「妳也累了，不然我們在京城多停留幾天，讓妳恢復一下元氣，我可不想拖個病秧子一起上路。」他半開玩笑道，心裡其實擔心。

這種行軍走程，對於不出外勤的葛芮絲來說確實很辛苦。

她搖搖頭。「你在宋軍立了大功，回京卻不肯接受冊封，只怕待久了會引來宋君疑慮，說不定還牽累到楊常年，我們還是盡早離開得好。」

他一想，也有道理，於是點了點頭。

「我明天就去找兩匹快馬，隨時可以動身出發。」

「我們先到陳家村去，既然陳氏是黑風寨管家，一定知道李四。如果有需要，就再回小山村去問問那些姑娘。」

林諾忽地皺起濃眉。

「維克博士說，每次傳送之後會有一個月的窗口，即使一次只能傳送兩個，他們每天傳，一個月下來也能傳送一支軍隊過來了。如果敵人的數量比我們預計的還多呢？」他越想越心驚。

「你以爲開啓一次通道這麼簡單嗎？」凌葛又好氣又好笑。「雖然沙克給他無上限的預算，這個『無上限』終究也還是有極限。啓動一次蟲洞引擎需要耗費的能量、錆的數量、耗損的器材……金額遠超乎你想像。我們是因爲有富可敵國的科學部，才能一個月內做兩次的傳送。

「沙克不可能允許他不斷調用金錢，卻不給一個明確的解釋，而歐本一定不會讓沙克知道他想要逃到另一個時空，否則沙克早把他給滅口了。所以，他必須維持表面上的正常生活，包括動用正常額度的金錢。

「我估計，以他的成本，最多也就是像我們一樣，一個月內做兩次的傳送而已。假設一次傳送兩個人，連他在內，最多傳四個人過來，應該就是上限了。」

林諾鬆了口氣。他們要對付的瘋狂科學家，介於一到四個之間，聽起來令人安心多了。

✶

姊弟倆清晨時分便準備妥當，離開京城。

楊常年天未亮便到校場應卯去了，林諾只得留了口信給管家，兩人便動身了。

誰知才出城不久，楊常年領著一票人匆匆地追來。他身後跟著的，是一路同回京城的那九個宋國侍衛。

「林兄弟，凌姑娘，你們話也不說一聲就走，太不夠意思。」楊常年大老遠便嚷嚷起來。

兩人只得停下馬來，凌葛的馬立在原地不動，嬌容帶著淡雅的笑容。林諾策馬回頭，迎了上去。

「楊大哥，你不是在校場操練嗎？我怕耽擱你的時間，就沒去吵你。」

楊常年知道這次是一定留他不住了，也不多說，從懷中掏出一大包沈甸甸的物事，往他懷裡一塞。

林諾一看整包都是銀兩，數量還不少，直覺想把包袱推回去，楊常年馬上嚷嚷起來：

「咱們兄弟一場，沒什麼東西可以送你，只能給你這些勞啥子俗物。我就老光棍一個，長年待在軍中，也花不了什麼錢，你們路上用得著。是兄弟就別跟我囉嗦，不然我可是翻臉了！」

凌葛騎近前一看，這數目可不小，連忙說：「楊大哥，令堂那裡也需要開支用度……」

楊常年大手一揮。「我老娘那兒，我都給張羅好了。這包銀子，她說是要給我娶老婆用的，可咱這大老粗樣，一年到頭打仗，哪天死在戰場上都不知道，哪家姑娘敢嫁我？不如你們拿去路上用，省得我心裡牽掛。」

林諾知道他們這些豪傑之輩，性格最是灑脫，倘若他繼續推辭，楊常年真的會生氣。

他也不言謝，只是點點頭把一大包銀子收下來。「大哥，你以後有事，小弟知道了，一定來尋你。」

「行了行了。」楊常年爽快地揮揮手。「你一路要記得多照料凌姑娘。凌姑娘，以後老楊要是又被那班陳狗逮了，妳再來救我便是。」

凌葛燦然一笑。「那有什麼問題？不過，楊大哥，你可別想我們姊弟倆想得太過，故意讓人逮去。」

一群人哈哈大笑起來。

林諾和幾位兄弟一一敘別，到了黃軍，他身上卻不像其他宋軍穿著軍服，而是穿著平民裝束。

「林大哥，半月前黃龍河大澇，沿岸的敦普、清化，及對岸陳國的善信等城受害不小，災民四處流竄，外面世道著實不太安穩。你若不介意，這半年小弟且跟著你們四處轉悠，也好有個照應。」黃軍一拱手道。

「你離軍這麼久，不會不妥嗎？」林諾問。

「沒事，我都告好假了，陣前現下也沒啥大事，楊校尉說他會幫襯著。」他忙道。楊常年在一旁拍拍胸脯，表示沒問題。

凌葛想起前陣子突然天搖地動，發生過一次不小的地震，又聽到黃龍河大澇，莫非相關？

「黃龍河大澇與之前的地動有關嗎？」她不禁問。

「姑娘怎知？就是半月前的地牛翻身沒錯，黃龍河一段正在修築的堤防給震垮了，接著又下了連日豪雨，一時便作起了澇災，現下災民處處奔竄，行在道上需得多加小心才行。」黃軍點頭道。

林諾心想，世道紊亂，若是在路上遇到難民一擁而上，他的武藝再高，猛虎難敵群猴；況且，非到不得已，他也不想傷害那些災民，此時若多一雙手幫襯，確實重要。

他回頭看凌葛一眼，凌葛點點頭。黃軍做事機靈能幹，頗知變通，有他一起上路倒是方便許多。

林諾遂回頭對黃軍道：「如此你便一起來吧！」

黃軍一聽，歡歡喜喜地騎到他們身邊去。

「楊大哥，你何時回邊關去？」林諾看向楊常年，目光轉為深長。

「應該就這幾日了。」

「楊大哥，我知道要戰要和不是你我能決定的，但是，現在既然在鬧水災，到處都是難民，宋陳兩國都需要休養生息，實在不宜再打仗了。將來若有機會，希望你能勸勸馬將軍，跟朝廷上諫一番。」

楊常年又何嘗不知？只是這種國策朝政，豈是他們打打殺殺的武夫插得了手的？只得長長一聲太息，點了點頭。

「我盡力便是。」

一行人互相慰勉幾句，話別完畢，林諾三人揮了揮手，轉身揚長而去。

2

上路的前幾天，一切尚稱平靜。

然而離京城越遠，亂象便越多。

初時他們只是遇到幾個災民，後來是遇到幾團災民，最後變成一股一股的災民如流水般湧過。

這些災民個個神情疲憊，衣衫襤褸，許多人身上甚且黏著黃土塊，不知從多遠處行來。

宋國東境的災區離此地一千多里，最先的一批災民想來是澇害不久就往外逃，幾十天才走到此處，接下來只怕會有更多災民湧至全國各地。

有些小一點的村落怕災民帶來疫病，若不是不讓他們進村，就是人人掩住口鼻急匆匆從這些人身旁經過。

再走了四日，有幾個村鎮的司徒依循「荒政」——亦即災荒時期實施的條例——設立善堂，在道邊施粥放糧。

「我看沿路下來災民不減反增，敦普和清化那裡到底有沒有人在協助災民重建？」林諾坐在飯館裡，望著街上那群衣衫襤褸的災民。

「林大哥，你有所不知，我們現在看到的災民，只怕還不是敦普和清化來的。」黃軍的神色凝重。

「爲什麼？」林諾蹙著眉望向他。

「這黃龍河流經的地勢極之古怪，許多地方甚至有天險之說。從中游往下游之處，地勢陡降，水勢湍急，而敦普、清化就在下游的轉彎之處，兩城隔岸相對。因此，往年每到夏秋兩季的豐水時節，這兩城都要做上幾次大水。

「這次潰堤之處是中游的一處堤坊垮了，除了中游的百姓犯災之外，連日豪雨一路的往下沖過去，只怕下游的敦普、清化受創更深。」

「那爲什麼說災民不是敦普和清化來的？」林諾問。

「因爲黃龍河從中游到下游，中間會流經一片寬廣濃密的樹海，附近的人都管它叫『死人林』。根據地方上的說法：清早進了死人林，若午時還出不來，那大抵上都出不來了。

「死人林裡樹葉繁密遮天，昏暗矇昧，直如迷宮，一進了林子立時不辨四方；若是逢大雨初過，瘴氣升起，更是鬼氣森森，攝魂奪命，連經驗最老道的獵戶都只敢在死人林外圍打獵，不敢走深。

「以往其他地方的人要到敦普、清化，唯一的方法就是從黃龍河上操舟而下。可現下黃龍河大澇，河水湍急，誰敢在黃龍河上操舟？陸路走死人林也是不可行的，災民自然也上不到這頭來。」

「那以前敦普、清化的人要怎麼進到宋國內地來？」凌葛問。

「那得走陸路或另一條水道，繞過整片死人林才行。說來敦普、清化緊貼著陳國國境，去到陳國那一邊反倒更容易，然而宋陳兩國連年征戰，難道還能仰賴陳國救濟宋國的災民嗎？」

「所以，我們眼下看到的都是中游潰堤處的災民了？」凌葛問。

「是的，這些人還能流離到此處來，已是撿回一命，然則敦普、清化只怕現在已是屍橫遍野。即使陳國願意收這兩地的災民，他們自己境內的善信城一樣在黃龍河下游，受災不比我們淺，能接濟得了多少實是難言。」黃軍重重嘆了口氣。

「如果只是中游的村落就已經這麼多災民，敦普、清化首當其衝，只怕更糟。」林諾沈聲道。

「待得水退，朝廷再送藥物糧食過去，也不知死了多少人了。」黃軍輕嘆。

林諾聽完，心情極是沈重。

吃完了飯，他們上馬繼續走。奔馳了一陣，林諾突然拉停馬韁，馬兒嘶叫一聲人力起來，凌葛和黃軍跟著停了下來。

林諾跳下馬，走到路邊，蹲在道旁的草堆前翻看一陣，沈吟不語。凌葛立刻跟過來看。

路邊的草地有被凌亂踩踏過的痕跡，好幾處草地是整片平了下去，林諾抽出長槍翻弄其中一片被壓平的青草，沾了沾上頭深褐色的液體到眼前一看。

是血。

他在四處走了幾圈，在另外兩處地方都找到血跡，卻沒有屍體或任何東西留下來。

林諾神情凜肅地望向黃軍。

「此處發生過毆鬥，看來應該有人傷亡，我們接下來要小心一些。黃軍，你顧著凌葛，讓我在前面探路，你們不要跟得太緊。」

黃軍連忙應是。

凌葛看看地上的痕跡，秀眉深鎖。

三人上了馬繼續趕路，林諾在前，黃軍和凌葛並騎在後，中間約隔了三匹馬身的距離。

接下來，他們經過另外兩個跟第一處一樣的地點，都是草地上有打鬥的痕跡，卻沒有屍體。

他們在第三處發現路邊停了一輛馬車，馬匹不見了，只剩下一個空車殼子。

他們沿路過來看多了這種馬車。許多災民是攜家帶眷逃出來，全副家當都裝在馬車裡，可說是他們的性命所倚。此刻卻是有車無人，極爲怪異。

林諾查看了一下，只在馬車右側找到一道極新的刀痕，他們只好再繼續往下騎。

再騎了片刻，林諾突然在路中間停下來不動，身後兩個人立時跟著停住。

在他們前方是一個彎角，再過去就是一整片的樹林。若是有任何敵人，這片彎角和樹林就是個絕佳的埋伏之處。

林諾唇邊噙起一抹冷笑，頭也不回，只是橫臂一伸。「你們在這裡等著，我叫你們過來再過來。黃軍，護好凌葛。」

「是！」

他空出右手，單手持㑭，緩緩策馬往前行去。

『小心一點！』凌葛只能在身後叫道。

他點點頭，依然緊盯著那片樹林，不多久身影消失在轉角處。

林諾騎到樹林中央，騎了下來。這個樹林並不大，往前再走里許便出去了，然而一出了林就是下坡，他的所在處看不到出了樹林的下坡路。這片樹林是一個居高臨下的制高點，可攻可守，戰略位置極佳。

他冷笑一聲，長弩在手，長槍在肩，虎臂熊腰，凝若山嶽，只等敵方先動。

果然有人沈不住氣，林諾只覺右邊的眼角餘光一閃，他頭也不回，長弩轉至那一向，隨手一發，從樹上撲下來的人登時斃命。

其他躲藏的人吃了一驚，不知是誰發了聲喊：「殺！」一時全湧了出來。

只見左右兩側一股腦兒衝出十餘人，林諾不驚不乍，抽箭、上膛、發射，抽箭、上膛、發射；轉眼間七、八個人立刻倒地，餘下的幾人心寒膽裂，堪堪在幾十尺外停了下來，包圍著他。

「你、你是什麼人？」一個穿著平民裝束的男人持著大刀對住他。

他冷冷地道：「前頭路邊那幾波人，都是你們殺的？」

那四人見他高鼻深目，不似中原人士，身形壯如鐵塔，本以為他必定舉止笨拙，未想竟如此俐落。

「是又怎樣？不是又怎樣？不想死就把值錢的留下來，再磕兩個響頭，老子就饒了你！」強人頭子色厲內荏地大喝。

林諾本來以為會不會是災民無法可施，只好聚眾打劫。雖然這並不給他們搶劫的藉口，他動手難免容情一些。可是從第一個人飛身而下的姿勢他就知道，這幫人是練家子，雖然功力不怎地，卻也非一般災民。

「你們埋伏在這裡多久了，殺了多少人了？許多人都是水澇災民，已經淒慘無比，你們還搶奪他們的財物，不會良心不安嗎？」他依然冰冰冷冷的。

他初來宋國之時，雖然邊境有戰爭，內陸情況還不至太差，然而接連而來的天災、征戰，終於開始展現它的破壞力。人民流離失所，鼠輩橫行，治安已經越來越差。

葛芮絲曾文謅謅撂過一句：「國之將亡，必有妖孽。」

宋國或許一時不至敗亡，但妖孽盡出確實是事實。

他以前的工作，就是對付恐怖份子與暴政者，可是在這個時空，他能做的實在太有限，只能禍害見一個除一個。

「良心能當飯吃嗎？少囉嗦！兄弟們，上！」強人頭子振臂一呼。

林諾也不多說，抽出長槍，跳下馬來，與他們鬥了起來。他的槍鋒閃著凜凜銳氣，往前一送刺入一個人喉間，結果掉第一個。

另外三人發一聲喊，持刀齊攻。他回槍一格，俐落地擋開左手邊的刀光，槍柄往後一送，撞上右首那人的臉，那人登時痛叫一聲，滿嘴是血，吐出三顆牙來。

他的眉間一片森然寒意，神色凌厲，出手完全不容情；餘下的三人鬥了片刻已然露出怯意。然而，槍頭銀光過處，點點腥紅迸出，轉眼間一人心口，一人小腹，各自中槍，喊也來不及喊便軟倒在地。

十幾個人轉眼間只餘下領頭的那一人。他神色慘白，心知此時再逃已是不及。牙一咬，繼續撲了過來。

林諾回槍擋格，飛身一躍避過他的地堂腿，手中長槍順勢一送，脫手而去。

強人頭子不承想他的槍會突然離手，大喜之下伸手去接。然而這長槍整支精鐵所鑄，重達幾十斤，只有像林諾這樣臂力沈雄的人才使得上手。強人頭子一下子沒準備，一接到槍便往前踉蹌一跌，林諾人在空中未落地，就著這個飛躍的力道，全身力量灌注在肘間，往他的背心重重一肘。那人喉頭一甜，再也忍不住地噴出一口血，委頓在地。

林諾立刻翻身而起，一腳將他身子踢翻過來，正面仰躺，然後踏住他胸口。

「黃軍！」他沈聲一喊。

不多時，林外兩騎飛快而至。

凌葛對他的作戰實力本就有信心，並不驚慌。黃軍卻是在看了橫七豎八的屍體之後，臉色一變。「他們是軍中當差的！」

林諾利目一瞇。

黃軍下了馬，將那個強盜頭子的上衣翻起來，底下的藏青色長褲果然繡了一個宋國軍徽。

林諾穿同樣的褲子已經好幾個月，當然認得。他回身看一下其他屍首，每個人上半身雖然穿著不同的平民衣物，下半身都是同樣的藏青色長褲。

他心中氣惱更甚。

「你們是哪個將軍旗下的？」

他形貌本就威武，如今疾言厲色，更增威勢，強人頭子大著膽子回答：「你既知我們是軍中當差的，還敢殺官兵不成？」

「你們這些官兵倒比強盜更像強盜。」凌葛冷冷地道。

「呸！」強人頭子啐道。

林諾一腳直接踹在他臉上，讓他吃了一嘴泥。

「你是哪個將軍營下的？」他冷肅再問。

「夏、夏論功將軍。」強人不敢再嘴硬

這個名字不熟。他望向黃軍。

「胡扯！夏將軍自來戍守西境一帶，與陳國相抗多年，治軍極嚴，連陳國大將都怕他，怎會放任手下劫掠百姓，濫殺無辜？」黃軍指著他怒斥。

「我……我們是逃兵，早已不跟著夏將軍了。」他顫聲道：「夏將軍說，國內多年征戰，民不聊生，兩年前一直推拖朝廷來的戰令，不肯出兵，只說百姓需要休養生息。皇帝雖然一時不敢換掉他，這兩年來一直在削他權，不給人又不給糧，我們兄弟們都快餓死啦！索、索性逃了出來，自己討生計。」

原來是官兵變強盜。

林諾也不多說，槍鋒往前一送結果了他。

這是不屬於他能管的政治現實，他無法多做理會。

樹林深處突然傳出一些聲響。黃軍道：「我瞧瞧去。」下馬奔入林中。

「小心一些。」凌葛揚聲喊。

林諾望著滿地的逃兵屍體，神色陰晦。對他來說，軍人的天職是保家衛國，如果非但沒有盡到自己的職責，甚且成爲地方上的威脅，這樣的軍人侮辱了自己的信條，死兩百次都不足惜。

「成勝天，當年也是這樣吧！」凌葛淡淡地道。

林諾陰沈不語。

不多時，黃軍從林間走出來，身後竟然跟著一家五口。

這一家裡有一個年約六旬的老者，一對中年夫婦，及兩個十餘歲的年輕子女。其中，那閨女頗有幾分姿色，衣衫不整，也不知受了多大委屈，緊緊縮在母親懷中，驚駭發抖。

「多謝大爺救命！多謝大爺救命！」那個父親快步衝過來，感激涕零地在他們身前跪倒。

林諾輕輕將他扶起來，溫和地道：「沒事了。這些壞人都死了。」

那父親抹了抹淚道：「我們一家遭了水患，想到京東去投靠親戚，不承想在路上遇到了這幾個強人。我苦苦哀求，只說我們就剩下身上這點盤纏，接下來還有十幾日的路要走，他們……他們見我閨女和妻子……」說到這裡，實在講不下去。

那閨女伏在母親懷裡，放聲大哭。

「可被欺負了去？」凌葛很實際，先看有沒有受傷。

那婦人垂淚道：「他們欲對我母女倆使強之時，幸好大爺的馬近前來，那幾個強人將我們綁了，先藏在一個樹洞裡，意欲劫掠大爺，我們才暫時逃過一劫。若不是……若不是大爺功夫高強，將這群強人殺了，我們母女更不知會有多慘。」

「嗯，沒事就好。」凌葛點點頭。

原來前頭路邊被棄置的馬車就是他們的，不過馬兒已經不曉得跑到哪裡去了。林諾又安慰了他們一番，取出一錠銀子給他們，一家人千恩萬謝地離去。

他們三人重新上馬，凌葛騎在他身旁，直盯著他的臉低笑。

「幹嘛？」林諾被她看得莫名其妙。

「難得你就這樣走開，不管閒事了。我還以爲你要繞到夏將軍的軍營找碴。」

林諾沒好氣地看她一眼。「這不是我們的政治問題，輪不到我們插手。」

凌葛輕輕一笑，往前騎去。

素來愛說話的黃軍，接下來的路程反而沈默起來。

晚上用飯的時候，黃軍終於開口：

「林大哥、凌姑娘，我只是軍中一個小小的前鋒，原本這等國家大事也輪不到我說三道四。只是，在軍中待得久了，難免也會聽到些小道消息。宋陳兩國素來交惡，零零星星總要交戰個幾次。最近這一戰打得最長，已經有五年了。這五年來，大家互有長短，依我的看法，是誰也收拾不了誰。

「朝中漸漸有主和的諫言，然而主戰之人終究還是多數，主和一派也不太敢大聲說話。若有陽奉陰違或堅持不打之人，後果就是如夏將軍一般被削權削爵。說句不怕殺頭的話，我倒認為，夏將軍這樣的人才是眞正為國為民呢！」

凌葛點點頭頭。「這些戰事只是消耗戰而已，彼此互相在消耗兵力，如果要有個勝負了局，除非有第三方勢力加進來。可是涼、趙、許三國都擔心，一旦宋陳哪一國敗了，接下來就會輪到他們，當然寧可置身事外，讓宋陳兩國打得越久越好。」

「嘿！上位者的野心，換來的不過是生靈塗炭而已。」林諾冷冷地道

雖然他是軍人，他並不希望戰爭，只是有些戰爭是必要的。這個世界上永遠有暴政必須推翻，不適任的領導人必須受到制裁；然而，從他加入宋軍以來，他只看到兩個勢力相當的政權一直在互相虛耗，只為了想當最強的那一個，他看不到這場戰爭的意義。

即使葛芮絲沒有找到他，他應該也不會在宋營中待太久，他痛恨無意義的殺戮。

黃軍聽了他們的話，又沈默起來。

凌葛忽地不知想到什麼，雙手一拍。兩人齊齊轉頭看她。

「林諾，你的話越說越好了耶！你看你連成語都會用了，不愧是我弟弟。」她笑眯眯地道。

「……」

「……」

這不重要好嗎？黃軍滿頭黑線。

這凌姑娘有時眞的挺幼稚的……

✶

他們前後行了半月有餘，幸好三人的腳程比之前拖拖沓沓的送嫁隊伍快上許多，轉眼又回到渻州。

到了渻州，他們尋好住店，凌葛讓黃軍去跟黃捕頭問候一聲，黃捕頭一聽說他們來了，極是高興地過來與他們相敘。

「黃捕頭，月餘不見，你的氣色更見清朗了。」凌葛笑道。

黃軍與黃捕頭到他們桌前，在林諾姊弟倆對面坐下，小二立刻過來添酒添茶。此時是未時末，用飯時分已過，凌葛向小二多點了幾道細點，小二應了一聲，立刻進去張羅。

「凌姑娘也越見標緻了。」黃捕頭笑道：「我白日裡還在當値，不宜飲酒，且先以茶代酒敬各位一杯。」

四人舉杯同飲。

「王員外一家現下還好吧？」凌葛笑著問。

「凌姑娘解了王裕殺人一案，還四公子清白，王員外自然喜出望外。」黃捕頭笑道：「王員外找了家中信得過的老僕照料四公子，想來不會再發生什麼意外。我若讓王員外知道姑娘回淯州了，他定要攜家帶眷過來千恩萬謝。」

「那可不要，我最怕這種麻煩了！」她敬謝不敏。

「對了，三位不是送了公主進京嗎？怎地又回到淯州來？」黃捕頭好奇地問。

「京城的事已了，我們過來找人的。」林諾低沈地接口。

「說到這個，我想向黃捕頭打聽一事。你可知道陳家村在哪裡？」她趁機問。

「陳家村？」黃捕頭皺眉。「這淯州以南一百里有個陳家村，以西四十里也有個陳家村，不知凌姑娘想找哪個陳家村？」

三人俱是一愣，未料陳家村竟不只一個。

「黃捕頭，你可知以前在淯州一帶作亂的強盜王世寶？我聽說他的媳婦兒是陳家村的人，我要找的就是那個陳家村。」凌葛問道。

「王世寶，我怎會不知道？」說起跟自己本職有關的，黃捕頭的神色立時轉爲森然。「我早想抓住這群人，偏生他們做案的地點大多在偏鄉一帶，非我渻州衙門所管，只得作罷，後來這群盜賊聽說移往山上去了。」

「黃捕頭無須再記掛此事，他們在黃岐山立了一個黑風寨，已經被我們端了，以後再不能禍害人間。」林諾簡潔地道。

黃捕頭一拍桌子，精神全都來了。「林公子說的可是眞的？」

「怎麼不是？一群強盜犯在我們手上，怎會饒過他們？不過還多虧凌姑娘想的好計策，才能讓那黑風寨一夕之間瓦解，可惜那時還未認識黃捕頭，不能邀你一起來共襄盛舉。」黃軍笑道。

黃捕頭興奮地哈哈大笑。「原來又是凌姑娘！那群狗賊現下只怕恨不得當年沒到黃岐山去，以至今日落得如此田地。」

「我只是出張嘴說說，眞正做事的林諾、黃軍他們，你可別把功勞都歸給我。」凌葛輕笑，潔白整齊的貝齒極是好看。

黃軍把他們如何扮鬼、如何分化、如何火燒黑風寨等事一一說了，對於那幫老弱婦孺只以「另有安置」輕輕帶過。黃捕頭在一旁聽的撫耳撓搔，讚嘆連連，眞恨不得自己當夜也親在現場。

「那個陳家村。」凌葛提醒他們一下。

黃捕頭大飲一口茶，終於甘心地嘆息一聲。

「凌姑娘，王世寶的媳婦兒是西邊四十里那個陳家村的人。上個月地牛翻身，西邊許多村子都給震倒了。現在頂多修築了一半，遍地狼籍，有些沒房子的人索性搬了家，你們現在過去找人，只怕不見得找得著。」

凌葛和林諾對看一眼。他們越往南走，水災的難民數量是減少了，沒想到這裡反倒受地動之害。

「之前西境一帶黃龍河大澇，便是因為地動潰堤，我們本來想此處已近南端，應該不會有事，沒想到也受了損害嗎？」她問。

「怎麼不是？」黃捕頭嘆息。「我們湝州是還好，一來地動得沒那麼厲害，二來城中大都是厚實的屋宇。只是鄉下地方都以茅草土泥搭屋，受害就較重些。」

『無論如何還是得過去看看。』林諾告訴她。

凌葛點點頭。

「黃捕頭，你可否告知我們確切的路該怎麼走？」

黃捕頭當下跟他們說了。四人接著又飲酒飲茶，欷嘆閒聊了一番，方才散去。

隔天早上，他們準備到陳家村去之時，黃軍主動提議：

「林大哥、凌姑娘，不如我們兵分兩路，我繼續往南到那小山村去，幫你們問問留在那裡的姑娘，你們到陳家村去。咱們約好時間地點碰頭，再來匯整消息。」

凌葛想想，黃軍做事機靈，交付給他她倒是放心，於是便交代他一些探問的細節。三人約好一個月之後，依舊在這間客棧碰頭，便各自分手去了。

陳家村不算太遠，兩人在午前便已來到村外不遠處。

林諾坐在馬背上遠遠望去，先看到一個半倒的磚房立在村口附近。他們兩人互望一眼，慢慢往前馳去。

他們一踏上村口，幾名在街上玩耍的孩童見到他們，尤其是林諾，嘴巴張成一圈大大的圓型，「嘩」的一聲，頭往後仰，往後仰，再往後仰。

林諾微微一笑，那群孩子大起膽子，跟前跟後地跑了起來，林諾於是將馬放得更慢，以免踩到孩子。

村子裡的狀況還不算太糟，多數的房子已修整得差不多，牆上看得出新泥與舊泥的區別，只有兩、三間全倒的房子無人理會。

雖然待整修的部分依舊很多，起碼跟他們預期中的「遍地瓦礫殘骸」相比好多了。只是放眼望去，壯丁很少，想來都出外討生活去了。

兩人下了馬，叫住一個經過的老人。

「老丈，請問一下，王世寶的媳婦兒陳氏住在哪一間？」林諾問

那老人一聽，眼睛瞪得大大的，不發一語走掉了。

凌葛自己也叫住一個經過的大娘問。

「我怎會知道那人的事？」那大娘一聽，臉上立刻換成不敢苟同之色，匆匆走掉。

最後還是跟著他們的孩子咭咭咯咯地跳過來。

「妳要找陳家那個秀娘嗎？她住在村尾的竹屋子裡。村裡大人都說她相公是強盜頭子，她是強盜婆子，她兒子長大了也會當強盜頭子。我們不可以理她，不然會被強盜

婆子抓去煮來吃。」

林諾眉頭一擰。一群小鬼頭看他突然變成凶神惡煞，發了聲喊，一溜煙鑽得不見人影。

「走吧！」凌葛點點頭。

他們一路來到村尾，這一帶破損得更嚴重一些，住戶也不像前半段那麼多，許多木屋看起來都像柴房、馬廄的儲物之處。

在一堆殘舊之中，有一間半塌的竹屋正好推開門，一個婦人走了出來。

「陳秀娘！」凌葛立時認出她。

那陳秀娘抬起頭，見到他們，神色一怔。

初時聽黃軍說起王世寶的媳婦兒，凌葛把名字和臉連不起來，她一直以爲陳秀娘是個三十幾歲的大嬸，沒想到陳秀娘年紀和她差不多，雖然稱不上多美貌，卻也有小家碧玉的清秀。

他們在山村裡和她有過幾面之緣，當時凌葛還以爲她是被擄來的姑娘之一。只是，生活磨人，陳秀娘的氣色不怎麼好，眉宇間有著疲憊的紋路。

陳秀娘終於回過神，惡狠狠地瞪他們一眼，回頭就往屋裡走，砰地甩上門。

兩人走到門外。這竹屋著實破敗得厲害，扇門連框都變形了，只能裡頭用東西擋著。林諾稍微用力一推只怕整間便垮了，根本也不需地震。

「陳秀娘，我們有話問妳，妳躲什麼？」她蹙著眉在門外喊。

「滾！你們害得我還不夠慘，現下又想來找什麼晦氣了？」裡頭傳來陳秀娘老實不客氣地斥喝。

「我們怎麼害妳了？」她不悅地道。

「你們殺了我相公，教我無處可去，有家歸不得。娘家人嫌棄我，村裡人笑話我，我們母子只能躲在這漏風漏雨的破屋子裡苟延殘喘，現在還來看我風涼不成？」屋裡劈里啪啦地一陣亂罵。

凌葛冷笑。「是是是，沒留著尊夫繼續殺人放火，強姦民女，說來倒是我們不對了。」

屋裡人頓時語塞，一時不作聲。

「放心，妳不想要我們來，我也不想來。我只問妳，有一個叫李四的人曾經來找過成勝天，妳把跟他有關的事全告訴我，我自然就走，也省得留在這裡礙妳的眼。」

屋子裡依然一聲不吭。

「喂，陳秀娘？陳秀娘？」凌葛索性用力拍拍門板。「陳秀娘！陳……」

砰，門板往後一倒。

陳秀娘立在破敗的屋中，腳邊一個五、六歲的小娃娃緊抱著她的腿，滿臉驚惶地盯著他們。

凌葛登時傻了，陳秀娘的臉色更是極其難看。

「咳，抱歉……我不曉得門壞了，我讓我弟弟幫妳修好。」凌葛清了清喉嚨。

「滾！再不滾，你們提刀殺了我母子清靜！」陳秀娘厲聲道。

凌葛摸摸臉頰，自己理虧在先，反倒不好意思強逼她了。

林諾對她示個意，兩人走回馬旁商量起來。

「今天看來她是不會想跟我們談的，我先幫她把門修好再說。」林諾低聲道。

那邊廂，陳秀娘已吃力地扶起破門板想靠回門框上。

「嗅。」

「妳要回渚州等我，還是在這裡找間乾淨的房子借住一晚？」

「我不耐煩來來去去的，今天先借宿在村子裡，明天再說吧！」凌葛悶悶地道。

林諾點點頭。

凌葛立刻去張羅借宿的事，他想了想，慢悠悠地繞著陳秀娘的竹屋走了一圈。

陳秀娘不願意展現出對他很好奇的樣子，只是用眼角餘光偷瞄他。若是林諾的視線投過來，她立刻轉回正前方，繼續去擺弄那片破破爛爛的門板。

這屋子看起來不像是蓋來給人住的，林諾發現。

以前可能只是間儲藏室，所以牆面不像一般住屋那般填縫牢實，外牆只是以一些木板釘起來，隨便塗些草泥了事。

屋子看起來是裡外兩間，靠近前門的外間陳秀娘用來做爲廳室，內面那間應該就是他們母子的房間。只是屋子的後半截被地震震垮，坍倒的牆下壓著一些被褥衣物。

竹子雖然空心，可是一整面由竹子釘起來的牆依然頗俱份量，用來固定竹子的橫向木條都是實木，重量著實不輕，憑陳秀娘個人之力不可能將竹牆扶正，村民又不願意來幫她。

地上那些衣服雜物，估計陳秀娘能撿拾的都撿拾起來了，被壓在竹牆底下的只能任風吹雨淋，髒亂不堪。

屋子側邊有一個煮飯的灶頭，露天而設，上頭和左右都沒有任何遮蓋，真不知下雨天裡她要如何生火煮飯。

這種竹屋縫隙極大，外層塗的草泥已經斑駁了，一到了冬日，寒氣侵入，真是夠人受的。

林諾也不急著修門了，直接繞到屋後垮掉的房間旁，把幾片倒下來的竹泥牆重新翻了起來。他雄壯有力，兩個人才能合力搬開的竹泥牆，他一個人三、兩下就立起來。

陳秀娘匆匆出現在房門的門口——其實現在只剩下一個門洞——又驚又怒，她兒子緊攀在她腿上，滿臉驚恐。

「你想做什麼？」她叫道。

林諾只是笑笑。「我姊姊弄壞了妳的屋子，我幫妳修好。」

陳秀娘怒斥連連，林諾充耳不聞，繼續悠哉游哉地做他想做的事。

他把三片傾倒的竹泥牆拖到旁邊，然後開始尋找修復的建材。他從附近幾處蔽舊無人的廢墟裡撿回人家不要的木板，一一拖至她的屋後。

他一回來，看見陳秀娘急急在收拾地上的衣物床被，臉上如釋重負。他們母子倆物資不豐，這些髒舊的衣物已算是他們的重要財產，洗乾淨之後還能使用。

地震發生這一個月來，母子倆想必都過得拮据萬分。

一見他回來，陳秀娘臉又扳了起來，繼續無視他的存在。

她不理林諾，林諾也不管她。

他舉手敲敲屋角的樑柱。這樑柱是以實木立成，結構相當結實，只不過是牆片年久失修，從樑柱上脫離而已。他只要把牆片固定在四角的樑柱上就行了。

「妳可有鐵釘錘子？」他低沈地問。

陳秀娘瞄他一眼，蹲下來繼續收拾衣物不答。

那就是沒有了。

林諾大步走了開來，陳秀娘不禁回頭偷看。不一會兒，他又走回來，手上拿著不知跟誰借的鐵錘鐵釘。陳秀娘趕快回頭假裝不見。

一斤釘子要花點錢，且不說她銀兩早已用完，就算是有銀兩也沒人會賣她。想至此，她不禁心酸。

「娘。」一個稚嫩的聲音輕輕一喚。

她淚眼模糊地抬頭，才五歲的兒子乖巧地將一件摺好的衣服放進她懷裡，獻寶地朝他一笑。

她心情傷痛，抱過孩子把臉埋在他髮間。

林諾從頭到尾對她的舉動裝作沒看見，自顧自修他的牆壁。

他拿起鐵錘，在兩根角柱之間釘上幾片橫向的長木條，做爲固定竹牆的基底，然後把一片竹泥牆扛回來，一處處地固定釘牢，不一會兒就修好了一面牆。

雖然這面牆還需要以草泥糊住所有縫隙補強，不過單就提供隱私的這一點，算是暫時恢復了。

他修好一面牆，開始修第二面。凌葛回來時，他已經把兩面牆都重新立回去，只剩下最後一面牆。

林諾傷腦筋地看著最後一片竹泥牆。這一片被壓在最下面，支離破碎的，損傷最大，恐怕是不能用了，他手邊又沒有其他的建材可以取代。

「你在做什麼？」凌葛莫名其妙地問。

「修房子。妳不是把人家的房子弄壞了嗎？」

「我只是弄壞她的門好嗎？」

「妳把人家門框都弄得變形了，我要是把門硬釘回去，框會倒下來，框倒了牆就倒，牆倒了屋頂就倒，屋頂倒了整間屋子就倒，所以我只好先從屋子開始修。」

門框是她弄壞的嗎？凌葛瞇起黑白分明的眼睛，林諾無辜地聳聳肩。

「算了，懶得理你！我把轉角那間空屋租下來了，今晚住在哪裡，你忙完了自己回來。」她沒好氣地道。

林諾看她要走，連忙把她叫回來。

「幹嘛？」她問。

「妳去幫我弄點木板來。」

「什麼?」她大叫。

「牆壞了，需要木板，妳去弄一點來。妳不是最會偷拐哄騙嗎?我相信妳一定行的。」林諾概然拍拍她肩膀。

「什麼?」她再大叫。

陳秀娘本來已躲回前間，這時突然走了出來，冷言冷語地道：

「我知道你們施我一些小惠，不過是爲了從我口中問出話來，你們不必假惺惺了。」

凌葛轉身，極之不爽地瞪著她。

「妳說得對，就聽妳的。林諾，走吧!我們不必留在這裡假惺惺了。」

林諾拍拍她的頭。「乖，去弄點木板來。」

凌葛氣得眼睛瞪圓圓。嗯，他老姊這種氣虎虎的表情挺可愛。

最後，凌葛不知去哪弄的，眞的有人送了幾大塊木板來。那村民見了陳秀娘臉色並不好，對林諾倒是極客氣，看來凌葛應該是給了點好處。

林諾一直弄到黃昏，終於把後半段垮掉的房間修築完畢，只剩下前門因爲門框變形，一時裝不回去，只能等明天再幹。

傍晚時凌葛又來，這時陳秀娘也從屋裡踏了出來，雖然臉色依然繃得死緊，倒不再像稍早那樣惡言相向。

「喂，該找東西吃了，我好餓！」凌葛道。

林諾點點頭，對陳秀娘笑笑。「門明天再修吧！今晚你們先用東西擋著。」

今日一整天他都是這種態度，對陳秀娘的各種冷言冷語充耳不聞，對她說話的態度很和善。

陳秀娘見他一身汗，忽地有些心軟，冷哼一聲：「你們要問那個李四做什麼？」

凌葛開口就想回她妳管我們要做什麼！林諾趕快上前一步，把她擋在身後。

「我們有事找他，妳知道他在那裡嗎？」他低沈地問。

陳秀娘冷笑一聲。

「那個瘟人早死了，還有什麼好問的？哼！」她轉身躲入室內。

✶

李四死了？真的死了？

如果李四和歐本是同一個人，表示歐本也死了？

若李四和歐本不是同一個人，這表示歐本還活著，但帶出來另一個問題：如果李四不是歐本，他又是誰？除了歐本以外，又有誰有這個能力治好成勝天的頭痛，在他身上留下歐本專有的記號？

「妳覺得李四真的死了或是詐死？」林諾望向餐桌對面的姊姊。

凌葛沈吟半晌。

晚上她拿錢請鄰家大娘做了兩菜一湯，兩人就著麵餅，坐在昏暗的油燈下吃飯。

「我不曉得。或許陳秀娘是在說氣話，故意激我們，總之我們得好好找她談談才行。」

「妳別動歪腦筋。」林諾怕她又想什麼恐怖的手段。人家已經孤兒寡母了！

凌葛對他呲牙咧嘴。「我在你的心裡是不是形象很糟？」

她要一個人說話，方法太多了，難道一定得見血嗎？

林諾笑了一下。

「算了，反正現在也不能做什麼，早點睡吧！這個村子裡人手不足，我想在這裡多留幾天，幫他們把一些能修的東西修一修。」

他的英雄情操又發作了，如果他不當海豹隊員的話，應該去當傳教士。

「只待到我們從陳秀娘口中問出話來爲止。」她陰陰地看著他。

林諾笑容一閃，拍拍她的臉頰，到屋外的井邊沖冷水澡去。

「我也要洗！」屋裡那女人叫道。

林諾又低笑，自己洗完露天澡，很善良地提了兩桶水進來。凌葛老實不客氣地把他趕出去。

她想念自來水，她想念電燈，她想念衛生棉條，她想念牙刷。

這裡的牙刷是把楊柳枝拿來嚼，用楊柳枝的纖維清理牙齒，所以每天刷牙都像在戰鬥一樣，非得「咬牙切齒」才行。

對於個人衛生問題凌葛是拒絕妥協的，所以她一樣早晚都刷牙，有楊柳枝就用楊柳枝，沒有的時候就用手指代替；再如何不便最多不超過兩天一定要洗澡，雖然很多時候只能用擦澡代替。

女人就是這點麻煩，林諾就比她方便多了，隨時找到溪水就能跳下去。

現在尚是早秋，她還能以冷水將就，他們若無法在入冬前找到歐本……想到這裡她就呻吟一聲。

她不想在這個鬼地方過冬啊！

「洗好了嗎？」林諾聽見屋子裡沒聲音了，在外頭問。

「好了。」

他進來幫她把水提出去倒掉。

現在大約晚上八點，農村裡的人都早睡，整個村子早已安靜得幾乎沒有人聲了。

兩個人睡不著，索性拉著椅子坐在窗前乘涼聊天。

以前，他們極少有如此清閒的時間，或許這算是少數的好處之一。林諾單臂橫在窗檯上，下巴舒懶地枕在自己的手臂上，望著毫無污染的美麗星空。

「告訴我媽媽的事。」他忽然道。

「……你怎麼會突然想起她？」凌葛一怔。

「我剛發現，她是賦與我生命的人，而我對她卻沒有太多記憶。」他的記憶裡只有葛芮絲，葛芮絲就是他唯一的母親。

她沈默半晌。

「這不是你的錯。媽媽過世的時候，你才四歲，太小了。」她和他一模一樣的姿勢，靠著窗檯的另一邊看星星。

「我對她最深的印象竟然是在葬禮上。我記得當時我很害怕，好像又要被人丟掉一樣。我不知道為什麼一直有那種『又要被丟掉』的感覺，好像曾被誰拋下似的。」他深思道。

「媽媽在過世的前兩年，病情越來越嚴重，連她自己也控制不了自己。有時前一秒還好好的，下一秒突然整個情緒失控，把我們兩個都嚇壞了。」她輕輕地道：「有一次爸爸回家，發現媽媽正在客廳裡大哭大叫，整間客廳都被她砸爛了，而我抱著你躲在浴缸裡，兩人都滿面淚痕，不敢出一點聲音，生怕被她聽到。

「爸爸知道不能再這樣下去了。等媽媽平靜下來之後，她也很懊悔……我想，她比我們都更加恐懼吧！她怕下一次她發作時，會對我們做出更糟糕的事。那一夜，爸爸讓我們和她道別，當天晚上就開車送她到療養院去……

「她離開的時候，我牽著你一起站在玄關送她。她從後窗玻璃一直看著我們，嘴型一直重複著『我很抱歉，我愛你們』，直到再也看不見為止，我和你都哭得很慘……我想，這就是你第一次覺得被拋下了吧！」

林諾沈靜地望著夜空。他幾乎記不起她說的這些事，但成年後聽來依然充滿悲傷。

沒有任何小孩應該失去自己的父母。

「多跟我說一些她生病以前的事。」他輕聲道。

「嗯……」凌葛在黑夜中微微一笑。「她長得很漂亮，這點我們要感激她，因爲我們的外貌都遺傳自母系家族，幸好幸好。」

「妳是在暗示什麼嗎？」林諾低笑了起來。

「這還需要暗示嗎？」

他們的父親凡德博士號稱是世界上最聰明的人類之一，是最偉大的星體學家及太空物理學家，在太空科學上的成就直到現在依然無人能超越。

凡德博士的性格木訥，不擅言辭，外表實在是其貌不揚。

他從小就是個大近視眼，戴著一副超厚眼鏡，卻拒絕以外科手術矯正。他說這副近視眼就是他腦容量的代表，眼鏡越厚就表示他腦子裡的東西越多。

他身材五短，對服裝品味糟糕透頂，整個人又土又俗氣。只能說，當年他們豔光四射的母親會愛上他，表示世界上確實有傾慕才子的佳人哪！

林諾和葛芮絲的外貌都繼承到母系基因。兩人都身材高眺，五官立體俊麗。林諾的線條比較粗獷以外，兩姊弟的五官有幾分神似；據說凌葛幾乎和他們母親年輕時長得一模一樣。

「她很愛你。」凌葛輕柔的嗓音淡進無邊夜色裡。「當她病得很重之時，把我叫到床前說：『葛芮絲，如果媽媽死了，林諾就交給妳了。他是妳唯一的弟弟，妳一定要好好照顧他。』

「我當時好害怕，大哭大鬧說：『我才不要！如果妳死了，我再也不理他，永遠都不理他！我不要弟弟，我只要妳！』媽媽聽了立刻掉下眼淚，我一看她哭，整個人都慌了，不知該怎麼辦是好，只好哭著跑出去……兩天後，她就死了。」

林諾的手探過來緊緊握住她，淩葛反握住他的厚掌。

「我一直認爲，是我沒有答應她，她才傷心而死的……」她低低地道：「在喪禮上，我看著棺木中的她，一遍又一遍地在心裡發誓：『媽媽，我答應妳，我會好好照顧弟弟，一輩子照顧他，妳不要擔心。』我不曉得她是否聽到了。」

「她一定聽到了。」林諾的手緊了一緊她的。

「所以，你沒有出去混黑道、收保護費，應該要感謝媽媽，我總不能對不起她。」她在黑暗中微笑。

林諾低笑了一下，又說：「我對爸爸的記憶就比較深一點。」

「你和他生活了十年，他才去世，自然記得他多一點。」

「我記得他常常埋在書堆裡工作，忘了時間，所以妳每天下課都要趕回家弄晚餐給我吃，盯著我洗澡和做功課，幫大家洗衣服，送我上床——」說到這裡他停了下來。

葛芮絲當時幾歲？也不過是個青春期的少女吧！她這麼小的時候，就已經是一個「母親」了。

遠在父親在世時就是如此，他這時候才發現。

「總算沒把你養成一個小屁孩。」凌葛想到那段「慘痛回憶」，深深嘆了口氣。

林諾不由得一笑。

他明白她真的不是個特別有母性的女人，若不是因為他是她唯一的弟弟和家人，叫她再養個小孩子，她一定沒興趣。

「恭喜妳終於出師了，妳一定想不到，巴格西他們……」他突然住口。

「巴格西他們什麼？」她微微轉過身子看著他。

「沒事。」他面無表情。

「什麼啦？快說！」她的好奇心被挑起來了。

「沒有！」他深深懊悔自己幹嘛說溜嘴。

「到底跟巴格西有什麼關係？」她開始找東西丟他。

林諾一臉痛苦的表情，掙扎了很久很久。

「……巴格西他們都很哈妳，一天到晚在我面前誇妳有多辣，說我有多幸運，我每次都必須動拳頭才能讓他們閉嘴。」

她驚訝地瞪大眼睛。

他的表情痛苦無比。

他不想跟自己的姊姊討論這種事好嗎？很變態！

「真的嗎？我還以為他們很怕我！」凌葛慢慢地回過神來。「他們每次看到我都匆匆行完禮，趕快跑掉，一副我會吃掉他們的樣子。」

林諾還是那副一臉糾結的神情，最後終於不情不願地吐露：

「基本上，男人的性幻想不必然與現實相符，他們在現實世界裡確實很怕妳，這無損於他們狂野的想像力。」

凌葛目瞪口呆，最後開始放聲大笑。

林諾憤怒地看她一眼。

她越笑越大聲，笑到最後整個人趴在窗檯上直不起來。

「妳以爲自己的姊姊是同袍性幻想的對象很容易嗎？」他的不滿完全爆發。「有一次我在雷達的行李裡發現一張妳以前替『維多利亞的祕密』拍的性感照片，他竟然有那個膽子把它印成紙本，隨身攜帶！我當場逼他撕掉，然後要他接下來的十五哩自己扛著裝備跑回去。」

她拚命拍打窗檯狂笑。

「那張照片隔天出現在巴格西的行李裡，已經用速立膠黏回去了。」他面無表情地說。

「我……我答應你……回去以後，我……一定會對巴格西和雷達他們好一點……」

她笑到幾乎喘不過氣來。

「千萬不要！」他的臉色猙獰得嚇人。「我已經因爲妳揍了他們好多次，我不希望隊裡以後全是領殘障津貼的人！」

凌葛再度狂笑。

慢著，不對！

「等一下……你竟然逼別人撕我的照片？」她終於勉強喘過氣來一點。

林諾以很恐怖的眼神盯住她。

「我不想在執勤的時候猜想他們拿我姊姊的照片去後面的樹林做什麼。」

好不容易止住的笑聲再度爆發成另一陣失控的狂笑。

林諾自己終於也不甘心地笑出來。

「或許有一天坐在妳旁邊的女同事用我的照片當電腦桌面，妳就能體會我的心情了。」

「別開玩笑了，她們想要哪張我還會幫她們挑呢！」

他目瞪口味的神情實在太精彩，她拚命拍窗戶，忍了好久才把下一波笑意忍回去。

女人……隱約聽他不滿地咕噥一聲，決定不再追究這個問題。

「妳可以過更好的生活。」他突然說：「我知道妳選擇海軍這條路，都是爲了我。」

她怡然地輕嘆一聲，趴在窗檯上看著澄淨無瑕的月娘。

「這種生活也沒什麼不好的，我可以花國家的錢四處旅遊，還能抓一大堆壞人。」

「妳一直是我安全感的來源。當我孤單害怕的時候，妳總是在我的身邊。」他靜靜地道。

「你少肉麻了。」她愛嬌地輕捶他硬硬的手臂一拳。「怎麼？我們可愛的小林諾在跟他的姊姊撒嬌嗎?」

他充耳不聞,繼續道:「每次出任務的時候,只要我知道那次的任務指揮官是妳,我總是特別安心。只要有妳在,我就特別敢衝,因爲我知道妳一定不會讓我出事。」

「謝謝,不過我還是希望你能夠多……」等一下。她頓了一頓,把他的話再重想一次。特別敢衝?「你是說,很多次我叫你不要冒險的時候,你都故意衝進去嗎?」

「尤其是一些危險的攻堅行動,人質隨時有可能被處決,進去的人有可能犧牲。如果是其他指揮官,我不會把我的命託付給他們,如果是妳,我就敢。因爲我知道,如果這個世界上有誰能夠讓我毫髮無缺地出來,那個人一定是妳。」

「林諾·凡德!你是說,你是故意的?」她的嘴巴慢慢張圓。

「夜深了,該睡了。」林諾愉快地拍拍她臉頰,站起身來。

「巴黎的那一次圍剿計畫,我叫你守在原地不許動,你是算好時間衝進去救高梅耶的嗎?」她跳起來緊緊跟著他,高聲追問。

林諾愉快地拿起鋪蓋往地上一鋪,準備睡覺。

「還有德國的那一次,我說炸彈還有四十秒引爆,你的時間一定不夠,你是蓄意假裝通訊不良,衝進去幹掉那個炸彈客,把人質拖出來的?」她緊緊跟著他高聲質問。

啊,該睡了!他往鋪蓋裡一鑽,幸福地閉上眼睛。

復仇是甜美的。

「林諾！你知道你害我白了多少根頭髮嗎？你知道你害我每次計畫完都要再想一堆備用計畫，備用計畫還有備用計畫嗎？你以爲想計畫是這麼容易的事嗎？」她居高臨下地瞪住他，只想跳到他肚子上把他跳起來。

妳想得挺容易的啊！他雙手枕在後腦，開始發出巨大的鼾聲。

「你老實說，去年十月，我叫你不要急著去布拉格抓阿密海爾，你是不是故意『不小心人在附近』的？」她大叫。

zzzZZZZZ……打鼾。打鼾。

「你這個死小子！你知道我花了多少時間才把布拉格當局安撫下來嗎？你知道他們只差一點點就對突然冒出來的海豹動武了嗎？你知道要把阿密海爾從布拉格引渡回國動員了多少人力嗎？你知道有多少外交事件差點引爆、有多少報告要寫嗎？你這個臭傢伙！你給我說……」

女人不滿的質問融入清徐的夜風中，那把如雷鼾聲卻消失了，因爲製造鼾聲的人心情極好，眞正地睡著了。

3

多年的軍旅生涯養成林諾自律甚嚴的生活習慣，他一如往常黎明即起，把自己的鋪蓋收好，此時凌葛依然在內間熟睡。

鄰人陳二娘正好送早點過來，陳二娘見他體格魁碩，怕他吃不飽，還多送了兩斤麵餅。

林諾謝過之後，把凌葛的早點放到一旁，自己的那一份吃完了上工去。

「穩著點、穩著點，可別砸傷了人！」門外，陳二娘的丈夫約了幾位鄰人幫忙，正在架他們家牛棚的樑柱。

陳家的牛棚垮下來已經一個月有餘，陳家漢子不是不修，只是修好不久總是莫名其妙又垮了下來，有一回還差點壓傷人。後來陳家漢子仔細檢查了一下，原來屋頂的橫樑已經裂了，難怪一承了重就垮下來。

今兒附近幾戶人家的男人一早集了過來，幫忙換掉那根裂開的大樑。

陳二娘像隻母雞似的在一旁團團轉，就擔心眾人一個氣力不足讓自家漢子被壓傷了。

一見林諾出門，她眼睛一亮。

「哎呀林公子，你來得正好。」她端著諂笑迎上去。「你瞧瞧，這根樑兒粗得跟千年古樹一樣！這附近孩子們多，給壓壞了就不好了。林公子，你力氣大，可不可以幫幫手？」

「當然。」心裡也有計較的林諾爽快地答應了。

有他相幫，那根橫樑果然一忽兒便裝上了。

其他幾位鄰人見他這般好使，紛紛出言相求。村子裡重大的損毀大多修復了，可各人家中的一些木櫃破損可不少。

林諾也來者不拒，未到午前就幫好幾戶人家把一些勞力重活兒搞妥當。

鄰人滿口不住感謝，一見日頭上移，紛紛回到家中拿些酬答的謝禮出來。

「林公子，今兒真是多虧了你。這是我家婆娘醃的一塊鹹豬肉，用大蔥炒了極是下飯，你拿去吃、拿去吃。」

「噯，噯，我們家這窩窩頭做挺得好——」

「這是我自個兒釀的一些小酒，如果你不嫌寒棄的話——」

林諾笑得白牙閃閃。「這些倒是不用了，我和姊姊也吃不了那麼多，倒是有些東西想問各位大哥借來一用。」

「你說，你說！」

那還用客氣？他當下把眾人用剩的一些建料木材、草灰石粉通通搜刮過來。

村人一肚子霧水，不曉得他要這些東西做什麼？林諾又借來一輛板車，把所有材料擺上車，一路往村尾拖去。

「去瞧瞧。」一些好奇的村民跟在他身後，想看他搞什麼把戲。

沒想到他拖著拖著，竟然往那禍害的家中拖去，敢情是要給那禍害修屋的。

村民心中一千一萬個不樂意，可是話已經說出口，也不好就把給出去的東西搶回來，只好悻悻然地散去。

陳秀娘早早就在門口探頭探腦，見午時將至，林諾還未來到，正在怨惱自己爲什麼要相信了他以致再度失望，沒想到他的身影就出現在巷子口。

她鬆了口氣，不想讓林諾知道她在等他，急急避進屋子裡去。

林諾一如昨日和她互不理會，只管做自己的事。

他先把前門歪掉的門框卸下來，重新做了一個門框。他在前頭忙的時候，屋子旁有陳秀娘走動的聲音，似乎是在露天灶台生火煮起飯來。

他今天的另一個任務就是把廚房也搭起來，看看能不能在客廳開個門，和客廳連接在一起，以後冬天煮食便不會那麼辛苦了。

中午他修好了前門，一回頭，發現他借來的那輛板車上放著熱騰騰的麵餅、熱湯和炒山菜。他微微一笑，也不多說，拿起餐點吃了起來，吃完之後休息一下，繼續努力。

果然好心沒好報，今天修房子卻修出問題來。

「你是誰？你在這裡做什麼？你這混蛋想幹嘛？」一聲斷喝。

林諾還沒反應過來，一條黑壯高大的身影突然衝過來，一腳踢掉他手中的鐵錘，把他旁邊的建料踢得亂七八糟。

「你別以爲秀娘孤兒寡母的好欺負，你敢來這兒搶她家的東西，我武大漢第一個不饒你！」那黑影繼續痛罵。

林諾神色陰沈地站起來。

這武大漢不愧是「武大漢」，果然又魁梧又大漢。林諾自來此處之後，很少有機會看到一個體格跟他差不多的男人。

武大漢見他一站起來竟然不比自己差，吃了一驚，隨即臉上的怒氣更熾。

「秀娘的遭遇已經夠淒慘了，你還來偷她家的木頭，你這人有良心沒有？村子裡的人就算容得你胡來，我武大漢第一個不放過你！」武大漢指著他鼻子沒頭沒腦臭罵一頓。

林諾啼笑皆非。他忙安撫道：「這位大哥，您誤會了……」

「武大漢，你來這裡做什麼？」冷不防背後傳來一聲尖斥。

奇怪，今天每個人都想知道別人在這裡做什麼。林諾決定還是讓他們自己先吵出個頭緒來再說。

陳秀娘怒氣沖沖地從屋內衝出來，武大漢一見到她，高頭大馬的一個男人登時蔫了，吶吶地衝著她瞧。

「秀……秀娘，妳別怕，這惡人守在妳門口，我趕他走！」他討好道。

「誰讓你趕他走了？你沒見他正在替我修屋子麼？你一早就跑來我這兒胡亂造反，

是仗了誰的勢？」陳秀娘氣勢洶洶。

凌葛不知何時也到了，正悠哉游哉地靠在一根樹幹上，看好戲。

「我……我……我就是到青州送完了貨，想回來看看妳……」武大漢抓著一頭亂髮，小聲地道。

「我好好的在這裡，要你來看什麼？快走快走！再不走我拿大掃帚轟你！」

陳秀娘氣得雙頰發紅的樣子竟然挺好看的，凌葛越看越覺得這齣戲有趣。

武大漢看看林諾，再看看已經修得差不多的房子，頹喪地低下頭。

「我明白了……」他低低地道：「我提了這麼多次要幫妳修屋子，妳都不肯，這人一來妳就讓他修了……我知道了，秀娘，我以後不會再來煩妳了。」

心碎的大男人垂頭喪氣地走開。

這誤會可大了！

「這位……」林諾連忙叫住他。要叫什麼？大哥嗎？可是他看來年紀不比自己大；叫「公子」嗎？感覺跟他不太搭。最後乾脆連名帶姓：「武大漢，你莫誤會！」

武大漢頹喪地擺擺手，走離兩步突然又走回來，頭低低的，只是從肩後的包袱掏出一個竹製的小玩意兒，硬塞進陳秀娘手中。

「這是我給阿籬買的，妳喜歡就拿給他，不喜歡就丟了吧！」然後又垂頭喪氣走開。

陳秀娘咬著下唇，眼眶裡已有淚珠在滾。阿籬偷偷從門口探出頭，見武大漢走了，神情跟他娘一樣傷心。

啊啊啊！眞正是可歌可泣、感人肺腑啊！一個失魂落魄的女人，與她失魂落魄的兒子，一起看著另一個失魂落魄的男人走遠，凌葛都想叫安可了。

「妳眞不叫他回來啊？男人可不是每次罵走都會回來的唷！總有一天眞的就不回來了。」她涼涼地道。

陳秀娘瞪她一眼，怒氣沖沖地衝回屋子去。

『妳一定要這樣刺激她嗎？』林諾無奈地看著她。『我們還有一堆問題等著她回答。』

『放心，我知道我在做什麼。』凌葛拍拍弟弟臉頰，悠哉游哉地走開去。

她早就發現陳秀娘的個性充滿矛盾。陳秀娘無法信任男人，甚至鄙視男人——從她生命中那些黑風寨的貨色來看，不難想見——然而，她目前爲止嚐過的權力滋味，都是男人給她的。

成勝天信任她的管理才能，讓她成爲黑風寨大管家；她的丈夫是黑風寨副寨主，她一人之下眾人之上，身邊的男人她都可以操縱，反而是寨裡的其他姑娘和她處得不好。

比起女人來，陳秀娘更懂得如何和男人相處。

凌葛不認爲她如傳言中是成勝天的情婦。

陳秀娘並不是一個沒有心計的女人，她很清楚當她爬上成勝天的床那一刻，她就把自己的地位降到與其他被擄來的姑娘同等級，所以她會把自己放在一個更高的位置。

她的骨子裡有一份強烈的驕傲感，從她回陳家村之後寧可淒苦度日都不願出口求人，以及她對武大漢明明懷有情愫卻不肯絲毫示軟，都可以看出她的這份驕傲。

也因此，凌葛一開始就不打算熱臉去貼冷屁股。林諾出馬絕對比她出馬的效果好，她所需要的只是讓自己在陳秀娘心中更討厭，相形之下林諾更可親，這樣目的就算達成一半了。所以，林諾提議要幫陳秀娘修屋，凌葛故意表面上抗議，卻沒有眞正阻攔。

不過，照這個態勢來看，他們顯然得在陳家村多待幾天了。哎！她想念眞正的床和食物啊！

凌葛唉聲嘆氣走回房東家，準備談續租的事。

轟隆——

街上突然一聲劇響，一片揚起的塵沙迎面掃了過來。凌葛急急舉臂將臉捂住，依然忍不住嗆到好幾口沙子。

「咳咳咳咳！」

一堆尖叫開始從四面八方響起。

「哎呀，垮啦垮啦！倉房垮啦！」

「要死了！底下壓了人啦！」

「滿地是血啊！這下哪裡還有命？」附近的村民紛紛衝到災難現場。

一位大娘一眼瞄見從瓦礫堆間有血流出來，嚇得尖聲大叫，雙眼一翻昏了過去。

原來是路旁那間囤貨的磚房垮了下來，看來有人被壓在底下。凌葛拍掉滿臉的沙灰，立刻往人群中奔去。

圍將過來的村民開始搬開斷石殘瓦。

「讓開，讓我看看！」凌葛立刻擠了上去。才擠到一半，手肘突然被一隻鐵鉗硬揪出去。

是林諾。

他神色緊綳，迅速打量她一遍，確定她沒有受傷，神色略微一緩，問：

『發生了什麼事？』

『我不知道，屋子突然垮下來，好像有人被壓在底下。』

『妳沒事吧？』

『我沒事。』

他點點頭，把她往身後一推，自己擠到最前面。他就跟一部開路機一樣，有他前導，凌葛樂得等在後頭。

「這庫房是咱們村子裡堆木頭石瓦的地方，地動時明明無事，怎麼這個時候垮了下來？」陳家漢子和其他村民議論紛紛。

凌葛猜是庫房結構早已受損，只是一時未垮而已。後來大家爲了修築村屋，又堆了更多的建料在裡面，終於壓垮了它。只是不曉得誰的運氣這麼不好，垮下來時正好屋子裡面。

人多好辦事，七手八腳一起搬，一下子就挖出埋在底下的傷患。

「哎呀！這不是鄰村那個武大漢嗎？」前頭突然傳來一個大娘的尖叫聲。「大漢哪！大漢，你怎麼會跑到這兒來？」

陳秀娘原本只是在人群後方張望，一聽見大漢的名字，臉色大變，用力擠了進來。

凌葛心頭立時雪亮，一定是武大漢想想心有不甘，回來搬木柴要去跟林諾一較究竟，趕走這個大情敵。

「大漢！大漢！」陳秀娘撲在昏迷不醒的男人身上放聲大哭。

鄰里見狀，對著陳秀娘又開始議論紛紛：「狐狸精」、「害人精」、「又禍害了一個人」。

『Grace!』林諾悶雷般的嗓音輕鬆蓋過那堆雞貓子喊叫。

「喂，少擋在這裡礙事，妳要他活還是要他死？」凌葛老實不客氣地把陳秀娘推開，林諾立刻把又要撲回去的陳秀娘一把扣住。

武大漢雙目緊閉，失去意識，目測上半身沒有明顯外傷，就怕有內出血，比較麻煩的是他的下半身。

凌葛觀察一下他血肉模糊的右腳，頭也不抬地一喊：「給我一把刀子。」

一把小刀立時送入她手中，她接了刀子把武大漢的褲管割開。

村人「嘩」的一聲，嚇得退了一大步，膽小些的婦人險些昏厥，身後的陳秀娘又「哇」的一聲痛哭失聲。

一截白森森的骨頭從大漢的右小腿穿了出來，猙獰可怖，鮮血淋漓。

「讓一讓，讓一讓，郎中來啦！」後頭有幾個村民叫道。

村裡的草藥郎中趕到，只看那傷勢一眼，立刻說：「這可不妙，這腿保不住了，得鋸掉！」

陳秀娘腦中一昏，靠在身後的林諾身上，再也支撐不住。

凌葛不可思議地瞪他一眼。「你在開玩笑？」她回頭對林諾道：「我需要工具，我的行李都放在城裡的客棧，你得回去一趟才行。」

林諾二話不說地點頭。

草藥郎中連連叫道：「這腳救不了啦！不可再拖，鋸掉腳還能保得一條命在，若是不鋸，髒血上流，只怕連命都沒有。」

這是怕傷口感染的理論，倒是說得有幾分道理。

陳秀娘抽抽噎噎地哭了起來，旁邊的人開始新一波的「哎呀，年紀還這麼輕，這下半輩子要怎麼辦？」，「少了隻腳，哪家閨女肯嫁他？」，「以後怎麼養家活口呀？」的言論。

「閉上你們的臭嘴！別說少了一隻腳，就算少了雙手雙腳，我陳秀娘也願意嫁給他、照顧他一輩子！」陳秀娘悲怒交集，轉身對著村人重重一吼。

村民登時被她震住。

凌葛噗嗤笑了出來。

「算妳運氣不錯，我人還在這兒，不會讓他斷手斷腳。幸好昨天沒被妳氣走，不然今天就沒人救妳的心上人了。」她涼涼地道。

陳秀娘聽她一說，武大漢的腳似乎還有救，心中登時生起了一絲希望。

「妳……妳是說……？」

「好了，先幫我把病人抬進屋子裡去。」她拍拍林諾的肩膀。

陳二娘一聽要把傷患往自家屋子裡抬，心裡挺不樂意。要是人死在她屋子裡，豈不變成凶宅了？

「陳嫂子，請讓一讓。」林諾眉深眼陷，沈聲地一說，陳二娘哪裡還敢阻攔？

「噢，好，好……」

林諾將大門的板門拆下來，用它當做擔架，和幾位村民合力將武大漢移到擔架上，扛進屋子裡去。

進了屋，他將兩張桌子併在一起，把臨時擔架往桌上一放，就是現成的病床兼手術台。

他們在前線作戰時，遇到需要急救的戰友，往往也是這種缺設備、缺藥物的窘狀，臨時做成克難病房的經驗他不是沒有過，他自己就有兩道傷口是在戰場上直接縫合的。

「你回去拿行李，順便到藥房抓這幾味藥來。」凌葛寫下一些抗發炎和麻醉的草藥給他。

「嗯，淯州離此處不遠，我快馬加鞭，一個時辰內當可來回。」林諾不多說，立刻出門。

一群村民擠在他們門外，不知這位外地來的美貌姑娘想做什麼。

「妳去趕他們走，把那個郎中留下來。」凌葛頭也不抬地道。陳秀娘自然是一直亦步亦趨地跟在他們身旁，一聽她如此吩咐，立刻走出門外。

她不知道凌葛想做什麼，可是現在唯一有信心保住大漢右腳的人就只有凌葛了；她爲了自己的事再如何艱難都不曾低過頭，爲了大漢卻絲毫不敢逞強，立馬把那群看熱鬧的人通通轟走，只留下那名郎中。

凌葛將大漢的衣服一一割開，那郎中見她竟毫不避諱地碰觸男子裸軀，滿臉驚駭，跺腳連連。

「姑娘不可！萬萬不可啊——」

「救命要緊還是男女之別要緊？我是因對草藥尙無完全把握，才留了你下來，你若是無救人之心，只管離去便是。」凌葛不耐煩地道。

「這……姑娘說得也是，是在下拘泥了。」

「陳秀娘，妳去燒幾鍋熱水，我待會兒有用。」

「是。」陳秀娘現在對她言聽計從，立時領命而去。

陳秀娘在灶台上架了幾鍋水，點燃柴火，又回到前頭來。一看到桌上的武大漢衣衫全被剪開來，臉上一紅，不敢細望，卻又擔心不已，只能兩眼緊緊盯著凌葛。

凌葛秀眉微蹙，神色極是愼重。其實她自己這些時日來的自修，對於治療內外傷的基本藥物已經有些瞭解；只是，要讓一個人一直保持在昏迷狀態直到手術完成，這個劑量她不是非常有把握。

「類似的施術，我之前曾經做過一次。」她緩緩開口，不理會陳秀娘露出的驚喜之色。「不過那次是一個小孩，麻藥的劑量較好掌握。武大漢卻是個彪形大漢，我怕下得太重，他醒不過來；下得太輕，他中途痛醒了，反倒讓手術失敗，所以，這位大夫您有什麼看法？」

「叫大夫是不敢的，我叫陳玉來，是這陳家村土生土長的，我們祖上三代都是陳家村的草藥郎中。」郎中推辭連連，態度和用語都極是文雅，和她印象中那些市井郎中不太相同。

「姑娘是說，讓他不管多疼都不會醒來，至多能睡上三個時辰是麼？」草藥郎中沈吟半晌。「這麻沸草得下得極重，一個不妥當，只怕易生危險。姑娘若是不介意，不妨讓我爲他施上幾針，可保他睡得更沈，藥量也就不必下得這麼重了。」

「哦？你會針灸？」凌葛眼睛一亮。「我以爲只有正科大夫才會針灸呢！」

陳郎中苦笑道：「陳家莊地處偏僻，少有大夫願意前來，村人生病都是找我看的，以前曾有位大夫隱居到我們村子裡，我跟著他學，久了也就會了一些，可惜我師父已經仙逝了。」

「那就好。待此處事了，再跟陳先生討教一些針灸的知識。」她笑道。

她手中還有一些黃蔓，可是不想太快用完，如果可以搭配針灸自然更好。

陳郎中和她商討片刻，決定道：「姑娘手中既有上等迷藥，不妨酌量先用。我們雙管齊下，應可保得患者不至中途醒來。」

陳秀娘緊緊盯著他們說話。

「姑娘打算如何救這武大漢的腳？」陳郎中問。

「當然是把肉割開，洗乾淨了，把骨頭接回去，再縫起來。」她笑道：「等我弟弟回來，陳先生就知道了，屆時施術，還得勞您在一旁多加幫襯。」

草藥郎中聽她竟然要把肉割開正骨再縫起來，一時間驚疑不定。

林諾果然在一個時辰之內回來。陳秀娘聽到馬蹄聲，急急迎了上去。

「這是妳的工具，還有妳叫我去藥房買的藥材。」林諾大步進門，把兩個布包放在旁邊的椅子上。

凌葛檢查了一下，點了點頭。

「好，你們幫我把門窗關緊，不要讓髒東西吹進來，然後都出去吧！記得，我沒叫人之前，萬萬不可開門。」

✶

陳秀娘失魂落魄地站在門外，緊盯著密閉的門，彷彿如此就能將它盯開一樣。

林諾見她如此，也覺可憐。

「凌葛幾個月之前也替一個小孩子開過這種刀，妳不用太擔心。」他出言安慰道。

提到這件事，他突然想起那個神出鬼沒的陸三。

那人竟然一直沒有再出現。

他曾經問過姊姊對於陸三所知多少？

「你以為我們那兩個月是從早到晚黏在一起嗎？我們沒有你想的那麼親近！」她嘆道：「他只跟我同行了幾天，就說另有要事，必須離開，沿途我若有需要，只需向各地的青雲幫分舵留話，他接了訊自會來尋我。當時路上挺安全的，我也不耐煩有個陌生人一直跟著，自然正中下懷。

「接下來，他只要隨時想到就會冒出來，跟我同行個幾天又離開了。只有兩次我差點迷路，到附近的青雲幫分舵主動留話找他，他才又冒出來。我們開始朝夕相處是從我到了誠陽、需要佈置那些機關開始。

「整趟路前前後後加起來，我們眞正同行的時間不多於半個月。」

難怪凌葛也沒能摸出這人的底細。

如今陸三又躲了起來，必然在暗處另有圖謀，他們只能先以靜制動。

他不喜歡這種敵在暗、我在明的感覺，終有一天他們必須弄明白陸三究竟有何圖謀。

「那孩子後來好了嗎？」陳秀娘連忙問。

「他復原得極好。」林諾點頭道，過了一會兒又問：「妳要一直在這裡等麼？」

她茫然地看他一眼，好像在說：不在這裡等，要去哪裡？

「好，那妳在這裡等吧！我回去修門了。」

「都這種時候，你怎麼還能想著修門？」

林諾心下好笑。「他是妳的心上人，又不是我的心上人，為什麼我不能想著修門？」

陳秀娘臉上一紅，「什麼心上人，你嘴巴不乾不淨地說些什麼？」

林諾也懶得玩這種扭扭捏捏的遊戲，只說：「我回去工作了，有什麼狀況妳再叫我。」

他走不出兩步，身後突然響起低低的嗓音：「我知道你們心裡一定在笑話我……」

他停下來。「為什麼？」

「我是個嫁過人的女人，嫁的又是王世寶那種貨色。我的這一生是毀了，現在只求有個地方安安靜靜把阿籬養大。」陳秀娘轉過身去，低低地道：「大漢他……他年少時便纏著我，原本見我嫁了人，已經死心斷念，沒想到……我、我一直攆他走，是他自己不肯走的，可不是我叫他來的。」

「妳既然愛他，為什麼要逼他走？」林諾皺眉道。

陳秀娘被他說得一愣，回過身來。「我是帶了個孩子的寡婦，又大他四歲，旁人會怎麼說？」

「妳愛他，他也愛妳，關旁人什麼事？」

陳秀娘沒有想到自己的萬般難處，被他幾句話輕描淡寫帶過去，心中一急。「我家又不是什麼大門富戶，我這種再嫁之身還能輕易找對象？……總之，他的家人一定不會同意的，我和他終究是沒緣分。」

林諾沈默片刻。

「我認識一個姑娘，她是王族貴女，比妳年輕，比妳漂亮，說起來生活應該過得比妳容易，可是她也覺得自己的人生處處受縛，無法掙脫。」他淡淡地道：「我只知道，凡事試了不一定成功，但若連試都不試，就一定沒有什麼轉機。」

說完他便離開了。

陳秀娘呆在原地，怔怔思索他的話。

★

林諾回到竹屋前，看見一個小小的身影蹲在滿地的木料釘子裡，他趕緊大步過去。他們大人只顧著救人，都忘了這小小人兒。

阿籬見他一副來勢洶洶的樣子，嚇得連滾帶爬往屋裡衝去，一隻大手突然從天而降，半途將他撈起來。

「你餓了嗎？」

孰料這大塊頭叔叔非但沒有罵他，神色語氣都非常溫和，阿籬一時呆坐在他臂膀上，不敢動彈。

林諾見他沒反應，耐心地再問一次：「你中午吃過飯了嗎？」

阿籬慢慢地點頭頭，從懷中掏出一塊啃了一半的麵餅，再飛快塞回去。

「那就好。」林諾微微一笑，將他往空中一拋再接住。

阿籬小孩子心性，沒三兩下就笑了開來。

林諾每次看到阿籬都是無比小心地在觀察大人的臉色，不禁想起自己的小時候。

當時他的年紀已經比現在的阿籬大，但是也一樣只有一個親人相依為命。凌葛的能幹善鑽研自然是強過陳秀娘百倍，可是那並沒有改變兩個人必須一起對抗世界的孤獨感。

凌葛已經盡她最大的能力，可是白天在學校裡，他依然必須自己一個人面對同學的嘲笑，這是別人無法為他打的仗。他後來進軍校，很大程度就是為了趕快強壯起來。只要他夠強壯了，別人就不能欺負他。

阿籬母子的處境，其實和他與凌葛並沒有太大的不同，所以他總是想多幫他們做一些什麼。

凌葛常笑他天生有做英雄的情操。其實他不是想做英雄，他只是受不了看弱者受苦。

「你幾歲了？」他柔和地問。

「六歲……」這是林諾第一次聽阿籬開口說話。

他點點頭。「地上有很多木刺碎片，會扎傷人，你不要太靠近，看是要待在院子裡玩或是回屋裡都行。」

接下來的時間，他背後多了個小影子。阿籬聽他的話，不敢太靠近，可是他偶爾回頭要找個錘子什麼的，就會有一道小影子飛快衝過來拿給他，然後再跑回去，林諾也沒有趕他。

這個年紀的男孩需要一個權威男性的指引，王世寶不可能是什麼好父親，黑風寨那幫盜賊就更不用說了。如果武大漢與陳秀娘眞能在一起，對阿籬未嘗不是好事。不過，這就不是他能干涉的了。

武大漢的手術果眞極爲成功，一來是凌葛的技術與草藥知識比以前進步，二來武大漢身強力壯，也有利復原。

只是手術過程有一個麻煩，凌葛沒有醫療用的鋼釘可固定斷骨，只好把傷口縫合，然後靠體外的支架來固定，因此在骨頭沒有生好之前，武大漢得一直臥床，免得接好的骨頭又歪掉。

如此一來，他們得等武大漢傷勢穩定才能離開，一算又要在陳家村住上十天半個月。

「反正黃軍也沒有這麼快回轉，等武大漢的傷勢穩定之後，我們和黃軍碰面的時間也差不多了。」凌葛疲累地跑來看他蓋灶房，捶腰捶腿，伸展一下肢體。連站六個小時可不是開玩笑的。

「妳跑來這裡，誰在照顧武大漢？」林諾回頭看她一眼。

「喂！我只是無照密醫，不是無照護士好嗎？自然有心甘情願的人照顧他！」凌葛瞪眼道。

★

武大漢果然漸漸復原起來。

陳秀娘再顧不得外人眼光，事事親力親爲，擦身更衣便溺餵飯一樣不放過，窘得武大漢滿臉通紅。陳秀娘一副鐵面無私的模樣，他只得由她去，可兩人這般肌膚相親，心裡也都知道和對方是一定要綁在一塊兒了。武大漢傷腿雖然不舒服，一張嘴卻笑得開開的，兩人心頭都帶著淡淡的甜意。

由於他在陳家村人緣不錯，村民見狀，對陳秀娘的態度漸漸不再如往日冷淡。這其中還包括武家父母趕來探望啊、哭啊、對於讓陳秀娘照顧兒子略有微詞啊等等，凌葛才懶得理他們，由他們自己去鬧。唯獨要把武大漢移回他們村中一事，她只是冷口冷面丟出一句：「你們儘管搬動他吧！到時候整條腿掉了下來，可別再求我幫他接回去。」

武家人一聽，整條腿都會掉下來，嚇得不敢再提，只得留他在陳家村，默認了陳秀娘這媳婦兒。

既然傷患不能動，林諾他們租的房子自然讓給了陳秀娘母子和武大漢，他們自己住到林諾修得已經差不多的竹屋來。

戲外插曲是，許多村民發現嬌滴滴的凌姑娘原來竟是個大夫，連廢掉的腿都能接回去，一時間大小病痛都來找她看了。

凌葛的醫療訓練是以創傷外科爲主，對那些頭痛風寒的事只限於當年醫學院的理論基礎，不過她樂得趁機偷師，每次都找陳郎中來幫襯。陳郎中也是可愛，對村民改找這位年輕姑娘非但不以爲忤，還和她配合無間，讓她的「古代實務醫學」大有長進。

忽忽過了半個多月，武大漢被允許第一次下床。

凌葛兩手盤胸，在一旁悠哉地看著，陳秀娘、草藥郎中、林諾等人如臨大敵，隨時等著撲過去扶，連一堆村民都好奇圍在門外看。

武大漢拄著林諾做給他的拐杖，小心翼翼地踏出第一步、第二步……

「好啦好啦，腳眞給接回來啦！」、「凌姑娘眞是厲害！」一堆村民在外頭喝彩。

陳秀娘大喜過望，熱淚盈眶，連阿籬都圍著武大漢蹦蹦跳跳不已。

這些日子以來，他神情越見開朗，越發有小孩子該有的模樣。

「能走了！能走了！」武大漢笑得合不攏嘴。「能走就能賺銀兩養家活口了。」

陳秀娘被他說得秀頰一紅，掩不住喜色。

「你們別高興得太早。」凌葛在一旁涼涼地喝口茶。「今天只是叫你起來試走，不是立刻就能追趕跑跳蹦。你現在還未脫離傷口感染的危險，藥得按時吃，吃足兩個月爲止；你每天只能起來像這樣活動兩下，再給我乖乖坐回去，眞要試著行走，等滿了月再說。你若是一時躁進，把接好的骨頭再摔斷一次，我擔保你沒第二次機會了，非鋸不可。」

「這個自然，這個自然。多謝凌姑娘，妳是我一家的救命恩人。」只要腳沒廢掉，武大漢什麼都好商量。

凌葛睨了陳秀娘一眼，笑道：「這麼快就變一家三口了？說來我們繼續留著倒是礙眼。林諾，東西收拾一下，咱們也該上路了。」

林諾一怔，看了陳秀娘和武大漢一眼，沒說什麼，只是點點頭。

姊弟倆離開武大漢處，慢慢走回竹屋子去，不多久陳秀娘便追了出來。

「林公子，凌姑娘！」

凌葛停了下來，先對林諾挑眉一笑，然後一副涼涼淡淡的表情回過頭。

陳秀娘慢慢在兩人面前停了下來。

「我知道你們想問李四的事。兩位雖然殺了我夫婿，卻施了我大恩，秀娘不是不知好歹的人，我全告訴你們就是。」

「好，回竹屋去談。」林諾簡短地道。

三人一起回了竹屋，陳秀娘將自己所知都告訴他們：

「那李四是三年半前來找成勝天的。當時王世寶那混蛋與成勝天在淯州一帶幹些沒本錢的買賣，有一日他們劫了一個村子，回到我們暫棲的林中不久，這個李四便找來了。

「成勝天因何會留下他，我卻是不知。成勝天有時會留著些缺手斷腿的人取樂，膩了再把他們一刀殺了，許是出自同樣的心思。」說到這裡，陳秀娘不屑地撇了撇嘴。

「李四初來時，真是嚇人得很。他全身用斗蓬包得緊緊的，頭臉都不外露；雖然其時是立春時分，天氣依然寒冷，可是他包到全身沒一處露出來也很奇怪。他身上有種難聞的氣味，似藥又不是藥，混著股半腐的味道，總之怎麼瞧就是怪異。整個強盜窩裡的人都怕他帶了病，不敢靠近他。

「有一回他忘了戴手套，不小心讓我瞧見了他的手。喝！那手上全是黑黑的一層，跟鬼爪一般，看著不像人的皮，倒像是一層硬殼。我瞧了嚇一大跳，李四趕快把手藏了，我心想，難道他蓬帽下全都是這種黑殼似的皮膚麼？」

「李四平時在你們窩裡，都在做什麼？」凌葛問道。

「什麼也沒做。偶爾成勝天會找他問問話，當時李四自己有一頂營帳，大多時候都一個人躲在帳子裡，大概是知道他模樣可怕，沒有人願意和他來往，連窩裡的姑娘都不願意送飯給他。他的飯，都是我在送的。」

「妳注意到什麼奇怪的地方沒有？」林諾沈聲問。

「你們要是想知道成勝天那幫人找李四問些什麼，我是一概不知的，我說了，我不耐煩去聽他們那些骯髒事，倒是有一件事……」陳秀娘頓了一頓，臉上露出怪異的神情。

「什麼事？」凌葛問。

「李四每隔七天要泡一次藥澡，他說那是他的大夫開給他的藥。我見他這等情狀也是可憐，每次都會替他燒幾桶熱水，提進他的帳子裡讓他沐浴，當時王世寶那混蛋見我對他那麼好，還頗吃了一頓醋。」她不屑地道：「通常李四都是在深夜時泡澡，比較不會被人看見。有一回，不知是他太累或是怎地，我算算時間差不多，進他的帳子要替他倒水時，卻見他坐在木缸子裡睡著了……」

陳秀娘的眼中突然露出驚恐之色。

「妳看見什麼了？」林諾沈聲問。

「他的身體並不像他的手全都是硬殼，可是，可是……他身上好多肉瘤膿瘡，爛得不成樣子，原來平時那股腐味就是這些瘡口發出來的。還有他的胸前有好長一道傷口，一直延伸到水底下……」陳秀娘轉向凌葛道：「凌姑娘，我一直想不通那是什麼，這幾日幫著大漢換藥，看著妳替他縫起來的傷口，李四胸前的傷倒是和大漢一模一樣，只除了李四的口子沒那般乾淨，看起來血肉淋漓的，好像從沒有好過。」

凌葛一怔。「李四身上有手術過後的傷口？」

「嗯，真是好長一道，一路往下縫去，我嚇得不敢再看！這時他突然醒來，看見了我，立時咬牙切齒地叫我出去。他平時雖然怪裡怪氣，對人倒是很和氣，我第一次見他動氣。我也是嚇著了，不敢再看，匆匆鑽回我自己的帳子裡，後來再看到他，他又是和平時一樣畏畏縮縮，好像什麼事也沒有。」

「陳秀娘，妳說妳平時會幫他把泡完的洗澡水倒掉，妳想想看，那些水可有什麼異狀？特殊的味道、顏色之類的？」

陳秀扭起眉心。「那水是他泡過的，我怕會帶病，不敢去碰，每次都是他用水桶舀出來放在帳口，我幫他倒掉，就這麼一桶一桶地清。若要說味道，既然是他泡過的，自然聞起來像他身上的刺鼻氣味，顏色嘛……天色那麼黑，我真是看不出來。」

「嗯，妳繼續說下去。」

「我隱隱約約知道，李四一來就告訴成勝天，黃岐山是適合立寨營生的地方，成勝天不理他。後來實在是附近能搶的村子都搶過了，而淯州幾個大城的衙門挺是厲害，成勝天不敢冒險，於是最後被他說得有些心動。有一陣子，窩裡那幾個男人就在那兒討論該不該到黃岐山去。原本他們已經選好了日子要過去看看，成勝天卻犯起頭風來。」

凌葛一怔。「成勝天不是本來就有頭風嗎？」

「不是。」陳秀娘搖頭，臉上略帶譏諷之色。「好人不長命，禍害遺千年，成勝天的身子骨極是硬朗，大雪天的沖冷水也不會有事。倒是這頭風一犯，身子也開始出現其他小病。他的皮膚越來越泛癢，一雙手皮抓得都快爛了。

「成勝天虧心事做多了，敬鬼畏神，總覺這是壞兆頭，想打消去黃岐山的主意。李四卻說，是因爲他們在這兒幹的案子太多了，冤氣全聚了過來，反而該早日去黃岐山才是。

「成勝天在那兒拖拖拉拉的，遲疑不決。有一回不知怎地，他的頭疼犯得特別厲害，整個人痛得在地上打滾，還有人推了個姑娘進來安撫他，那姑娘被他給一刀砍了。」說到這裡，陳秀娘深呼吸幾下。「大家伙正鬧得不可開交，這時李四擠了過來，不知塞了什麼東西到成勝天口中，我只看到是一小團藥丸似的，白白的。

「不吃還好，成勝天一吃了這藥，頓時狂性大發，狀如瘋虎，若不是大家伙急著撲過來壓制他，早有人殺了李四。好不容易安頓好了成勝天，那李四卻是不見人影。

「數日後，成勝天醒轉過來。說也奇怪，他的頭風好了，對自己發瘋的事半點兒記不得。後來成勝天覺得這地方太陰，整窩人馬搬到黃岐山立寨為王去，再也無人見過李四了。」

凌葛聽完，整間屋子一時陷入沈靜之中。

「眞沒人再見過李四了？」凌葛看她一眼，語氣清淡淡的。「既是如此，妳為什麼說李四死了？」

陳秀娘突然站起來，在狹窄的屋子裡走來走去，似是有什麼不安之事沈甸甸地積在心頭。最後她停了下來，眼神中流露出驚恐。

「這事……這事只有我和那死鬼王世寶知道，其他再無人知曉。」她顫聲道。

「妳別怕，好好地說出來，妳現在很安全，沒有人能傷害妳。」林諾低沈的嗓音在這安靜的氛圍中，有一股奇異的安心感。

她深深吐納了幾次，力持鎮定。

「那李四……他確實沒有走遠。我私下常照看他，極清楚他的狀況，他其實極是衰弱，只是不敢在那群凶神惡煞面前展露，生怕被他們嫌累贅殺了。在成勝天昏迷未醒的那三天裡，整窩人亂成一片，我也懶得去理他躲到哪兒去。

「在第三日上，我抽了個空到林間摘些野菜，沒想到……看到……我我我不敢細看，我趕快跑回去，偷叫了王世寶那死鬼來。王世寶來了一見，也嚇了一跳！

「只見那林間的樹洞前，有……有一團血肉。」陳秀娘撫著喉嚨，似乎隨時會嘔出來。「那已經看不出來是一個人了。他的胸口被剖開，內臟全都拖了出來，淋淋漓漓地灑了一地……」說到這裡，她終於受不了地乾嘔兩下。林諾站起來想朝她走去，凌葛對他搖搖頭。

陳秀蓮輕喘了一下，繼續說道：

「我第一眼看到，以爲是哪隻野獸吃剩的獐子花鹿，直到我看見長得像手指的東西。王世寶拿樹枝去撩，屍首胸口的皮肉敞開……」她的眼神驚怖之至。「那眞是像脫衣服一樣地往外剝開，骨頭內臟什麼的全露了出來，屍首上留有猛獸啃食的痕跡。「王世寶說，他一定是逃出不久，遇著了大熊，被活生生吃了。可、可他皮肉翻開的模樣，實在不像大熊吃的，大熊吃人不會把皮肉翻得這般俐落。凌姑娘……我眞沒見過有人死得如此可怖。」

「妳怎麼知道他是李四？」凌葛清冷地問。

「他的衣物就散在一旁，而且他的臉只給吃了一半，我認得是李四沒錯！」陳秀娘驚怖地道。

「妳確定他眞的是李四？他眞的死了？」凌葛緊迫盯人。

「他的死狀牢牢映在我腦中，永遠忘不掉。我確定他是李四！」

「妳說他胸口被翻開的樣子很俐落，可是順著妳之前看過的那道大傷口翻開的？」

陳秀娘眼神一定，回想了一下。「是！確實是從那道長傷翻開的，才會像敞開衣服似的，若是大熊一爪子劃開，一定是好幾道爪痕，皮穿肉爛。我當時看著心裡害怕，一直問王世寶，那個殺他的人會不會在左近？會不會來殺我們？王世寶直斥我糊塗，堅持是大熊吃的。我們兩個不敢再待，匆匆回到窩裡。

「回去之後，我們都不敢跟任何人說。生怕成勝天醒轉之後，知道我們見過李四的腐屍，會誣我們染了李四的髒東西回來，把我們殺了。幸好不久之後成勝天就轉往黃岐山去了，我以後都不敢再去想這件事。」

凌葛慢慢地點點頭。

林諾視線森然地朝她望來，她只是低頭沈思，一時屋內無人說話。

「妳見過他身上的紋身嗎？」凌葛終於問。

「那是男人家的身體，我怎敢多看？」陳秀娘臉頰一紅。

「起碼不小心瞄過一眼？一丁點印象都好。」

陳秀娘努力想了一下。「我……好像看過一些圈圈兒，可我畫不出來，妳別問我。」

「我知道了，謝謝妳。」凌葛站了起來，誠心誠意地對她微笑。「要換妳這一番話可不容易啊！要住上大半個月幫妳修房子，還要幫妳救心上人的一隻腳。」

陳秀娘嬌顏紅赧更甚，頓了頓足，轉頭奔出。

✶

「這代表什麼?李四死了，歐本還活著?若李四不是歐本，他又是誰?」

半日之後，他們已回到淯州，住回之前的客店裡。兩人先讓小二備好澡桶，各自在房裡痛痛快快地洗了個澡，然後下到食堂來準備吃飯。

凌葛連吃了半個多月的細粥麵餅，嘴巴早淡得慌了，一口氣叫了七、八樣菜，剮了半隻雞。兩人埋頭苦吃，直到整頓晚飯吃完，小二上了清茶小點，才有心思開口說話。

算算日子，黃軍這幾日也該回返了。

凌葛捧著熱茶，心不在焉地瞥向窗外的街景，茶水的白煙將她的臉龐染得有幾分迷離。

「我有個理論。」她忽然道。

「說來聽聽。」

「我認爲李四是個載具。」她的目光回到他臉上。

「載具?」林諾濃眉一皺，寬肩靠回椅背上。

「你記得過來之前科學部的人曾說過，他們只能傳送有機質?」凌葛望著他。「我不認爲無機質和蟲洞是不相容的，否則我們的星際探勘計畫早就失敗了，金屬做的太空艦如何穿越蟲洞?所以我認爲最主要的差別應該是在能量強度，只要能量夠強，不管有機質無機質都能被傳送。只是能量太強的話，被傳送的人會被煮熟而已。

「我們在自己的宇宙星體間跳躍，蟲洞儀所需的能量不像穿透時空壁那麼強，所以太空船才能來去自如，人不會被煮熟。

「然而，要把兩具人體突破時空壁傳送到另一個時空，就完全是另一回事了。如果只依靠錆的能量，我們兩個人早就被烤焦了，所以科學部必須想方法。」

「人體和無機質最大的不同，是我們有生物電，每個人其實都是一顆巨大的電池。

「蟲洞儀偵測到人體的生物電，在外層形成一個磁場將整個人包裹住，蟲洞儀偵測到這顆『人體磁場包裹』，引導能量從外圍流過去，而不直接穿透。所以，我們體內如果有鋼釘或傳送器也無所謂，因爲這些無機質都被圈在我們的生物電磁場之內。只是人體的最外層就是皮膚，若是極薄極貼身的一層衣物還勉強可以，如果是太厚的物體就無法被磁場層包覆了。」

林諾皺眉道：「我聽懂了，簡而言之就是我們的生物電像一層薄薄的盔甲，被罩在這個盔甲裡面的東西都會一起傳送過來，但這和李四、歐本有什麼關係？」

「歐本傳送的能量比我們用得更強，我一直以爲是他的研究不夠成熟。如果不是呢？如果他是故意的呢？」

林諾挑起劍眉。

「如果他並不在乎傳送過來的人活多久，特意加強能量，硬把超過體積限制的無機質一起傳送過來呢？」凌葛問。

林諾盯著放在桌上的茶杯，開始深思。

「我很肯定李四不是歐本，因爲歐本離開岐芴時，身體已有改善，從陳秀娘的敘述裡，李四的健康狀況卻是逐漸惡化。他身上有腫瘤，已在腐爛，胸腹間有手術痕跡，也沒有癒合的跡象，狀況聽起來就像暴露在強烈輻射傷害下的人，免疫系統已經瓦解，修復機能也漸漸敗壞。」

「可是，他是三年半前才找上成勝天，表示他在如此險惡的情況下獨自存活了兩年？」林諾銳利地望著他。

「我的理論來了。」凌葛攤了攤手。「歐本一定做過兩次傳送，第一次是他的實驗體，人數可能一至二人，第二次是他自己。他有些東西需要這批實驗體先帶過來，於是把這批貨用外科手術放進他們體內，然後啓動強烈的錆能量傳送。

「他必然知道實驗體會受到劇烈的傷害，於是在出發前把該服用的藥物交給他們，起碼要讓實驗體存活到他找到他們爲止。」

「歐本的目的只是要送這些人過來，至於太強的能量會造成什麼後果，他根本不在乎。」他冷冷道：「可是這些人明知生死難卜，爲什麼會甘願幫他？」

凌葛嘆了口氣。「你憑什麼以爲他們是自願的？」

林諾默然。

「實驗體送過來之後，僥倖沒有立刻死掉，心裡非常恐懼。這人很清楚一旦歐本找上來，自己只有被開膛剖腹的命，於是躲了起來。這些年來，這人就是靠歐本給的藥物維持生命。」她續道。「輻射傷害主要來自於直接暴露，間接傳染的機率並不高，但是錆不一樣。

「錆不是地球元素，無法以傳統的鈽或鈾來比擬。錆一旦轉化之後，據有強烈的傳染性，長期和受害者接觸的人也會受到輻射感染。」

「也就是說，一旦暴露在高劑量的錆之下，你也變成一個行動反應堆了。」林諾神色陰沈。

「沒錯。」她點頭。「陳秀娘平時雖然照顧李四，卻幾乎不靠近他身旁，所以成勝天算來是最常與李四接觸的人。依陳秀娘描述的情況，成勝天在一段時間之後開始出現被感染的徵兆。他皮膚搔癢、頭痛欲裂，性格變得更暴躁易怒。

「李四要成勝天去黃岐山的原因目前還不明朗。歐本的落地點是岐芴，或許李四出發之前先知道了大概的座標。

「從岐芴欲通往鄰國，必須經過黃岐山。李四或許存著一絲微薄的心思，讓歐本死在這群盜賊手中，再不然守著這個關卡，也容易打探到情報。他的情況是無法獨立存活太久的，混在盜賊堆裡倒是個不錯的選擇。

「成勝天要來黃岐山之前突然犯病，李四很清楚這是因爲自己的錆毒感染到他了。雖然他帶來的藥珍貴無比，爲了達到目的，他不惜把一顆藥分給成勝天服用。成勝天的狀況不像他那麼嚴重，果然一顆就有效果。」

「那他爲什麼要在成勝天身上留下歐本的刺青？」林諾蹙眉。

凌葛唇角有些嘲諷地一挑。「因爲在成勝天服下歐本藥物的那一刻，不也跟李四一樣成爲另一個實驗體嗎？這或許是李四留給世間的一個譏笑吧！」

「不，我認為他一定相信會有人來抓歐本，希望留下一些線索給我們。」林諾堅定道。

凌葛微微一笑。這就是他們姊弟倆最大的不同，林諾依然相信人性善的一面。

「也有可能。李四沒有料到的是，歐本已經先一步找出他人在哪裡。」

林諾眼神一利。「妳認為是歐本殺了他？」

「不然呢？」

林諾把整個狀況想了一遍，陡然明白。

「陳秀娘說，他胸口的皮肉敞開。那個凶手其實是把縫線剖開，把他體內的東西取走了。」他一拍桌子，把旁邊的客人嚇了一大跳。

「是。」凌葛點點頭。「屍體留在林中，讓野獸來吃，即使被人找到了，也只以為是被野獸咬死，不會引來官府追查。」

「李四是載具！」林諾忍不住又捶了下桌子。

「李四是載具。」她同意。

他們一直在猜測，歐本是如何將五公斤的錆帶到這個時空來。

最合理的推測是，先將錆壓成低於零點五公分的薄甲，穿著一起傳送過來。然而歐本被人發現時，穿的顯然不是薄甲。以他當時的虛弱程度，也不可能立時掘地三尺將錆埋起來。

現在他們知道了，歐本根本沒帶著五公斤的錆——他讓載具先幫他帶過來了。

「該死，這樣事情就複雜了。」林諾喃喃道。

「要在一個人體內埋五公斤的錆不是那麼容易的事，所以歐本極有可能是分成兩份，一次傳送兩個人過來。我們不曉得第二個人在何處，是不是已經被歐本找到了。李四的狀況會如此惡劣，跟他的輻射值含量太高有關，說不定就是他體內的錆在作怪。」

「可是，科學部的人說，錆在常溫之下並沒有任何毒性。」林諾蹙眉。

「常溫是指怎麼樣的溫度？十五度，二十五度，三十五度？」她冷笑道：「人體的溫度在攝氏三十六度到三十九度之間，如果遇到嚴重的發炎狀況，更可能升到四十度以上，這包括在『常溫』的定義裡面嗎？別忘了他們是科學部，做事永遠留一手。他們不肯給我們明確的數據，就是不希望我們對錆瞭解太多。」

他點點頭。

「李四的身體一直處在發炎狀態，體溫很可能長期在三十九度以上。這樣的溫度下，錆有可能持續釋出毒性。」凌葛續道。

也就是說，李四注定死亡，沒有第二種可能，即使歐本沒有找到他也一樣。

「李四雖然死了，還有另外一個載具在，歐本一定會想盡辦法找到這人。

「這種身有奇症的人突然出現，絕對不會不引起注目，他等於是一個小型的輻射源，所經之處必定會留下一些線索，例如當地有人跟成勝天一樣不明生病，牲口受到感染之類的。我們若能找到這個人，就離歐本越來越近了。

「這個世界的資訊流通率太不發達了，你能誤打誤撞認識汪善，從而找到歐本的降落點，只能說是運氣，要找到載具的降落點就不見得那麼好運了；同樣的，歐本要找到第二個載具，也需要時間，雖然他早了我們五年，不過說不定第二個載具還活著呢！」

林諾沈著地點了點頭。「等黃軍一到，聽聽他問出什麼有用的事，我們就上路。」

★

然而，黃軍一直沒到。

他們在渚州等了幾日，沒有黃軍的影子。林諾問了掌櫃，無人留訊給他們，兩人只得又繼續等。

「這小子不會在半路上出了什麼事吧？」凌葛問道。

「黃軍鬼點子多，即使路上遇到麻煩，求個脫身應該不難。」

凌葛點了點頭，繼續喝茶看風景。

林諾捻著一只杯子，狀似悠閒地掃視街上，實則保持警覺。

他們坐的是二樓靠窗的位置，樓下行旅如織，一副繁忙景象，水患災民此處不多見，也不知是災情受到控制了，或是災民走不到南方來。

就在他們窗下不遠處有個敲鑼報馬的，相當於現代在街頭派發號外的新聞小販。

一些斷斷續續的語句飄上來，初時兩人都不上心，直到這個新聞傳進耳裡：

「……叛國是殺頭的大罪啊！沒誅九族就是皇恩浩蕩了，只叛他個流放，算是君上顧念他以前征戰殺場的功勳……」

「……是敵方細作麼？真是知人知面不知心啊……」

「可不是麼？虧他堂堂前鋒校尉，這殺千刀的楊常年……」

林諾虎軀一震，凌葛還來不及叫他，他已翻身跳出窗外，不見人影。她低咒一聲，匆匆跑下樓。

「你說什麼？」林諾兩個跨步到了對街，臉色鐵青地抓住那個報馬小販。

報馬小販未料會有人從天而降，嚇得腳都軟了。「大大大、大爺饒命，大爺饒命……」

林諾把他揪得更緊一些。「你再說一次！你說楊常年怎麼了？」

「楊楊楊、楊常年長命百歲、長命百歲、長命百歲！」

林諾氣得咬牙切齒，一隻纖秀的手突然按住他的大掌，讓他將小販放下。

「這位小哥，失禮了。」凌葛陪上一個甜甜的笑，拿出兩個大銀元來。「我這弟弟太粗魯，他只是想知道楊常年的那則訊報而已。你可不可以給我們從頭說說？」

報馬小販一看到大錢，眼睛一亮，什麼都不在意了，笑呵呵地接了過來。

「那是當然，那是當然，我這兒知道的也就是那幾句話而已——前鋒校尉楊常年乃涼國細作，勾結叛黨與涼國來的假公主，意欲進京謀圖不軌，被叛流放邊疆了。」

林諾臉色變了好幾變，用力推開小販，大步往客店走回去。

「林諾！」凌葛連忙追在他身後。

「凌姑娘，林兄弟！」忽地，街尾一道青影匆匆奔來，正是多日未見的黃捕頭。

黃捕頭見了他們，使了個眼色。三人直接回進到林諾客棧的房間裡去說。

「我這幾日事忙，不知凌姑娘你們已經回來了。」黃捕頭一坐下來就廢話不說，直接切入正題。「林兄弟，你們才剛離開不久，朝中就傳了訊來，楊常年叛國通敵，流放邊疆；只因當時那假公主的嫁隊是本城城守所組，險些連城守的身家都賠進去，幸得君上明察秋毫，知我們一行人是被蒙在鼓裡——」

「明察秋毫個屁！」林諾一拳捶在桌上。「公主不是假公主，是真正的涼國公主！」

凌葛安撫地拍拍他手臂。「黃捕頭，你快告訴我們是怎麼回事。」

「我只知道涼國那裡不知怎地，一夕之間換了皇帝，這還是從涼國來的商旅口中聽說。那新君說他從無意與宋國結親，貶去『纖雲公主』的封號，說嫁隊不是他們派的。」黃捕頭神情凝重。「至於我朝這頭，幾日之內便定了楊常年的叛國之罪，已將他流放邊關。」

「放屁！」林諾霍然而起，身子突然一晃。

「怎麼了？」凌葛連忙扶了他一把。

「氣昏了！」他怒捶桌面一下。桌子嘎吱一聲，差點被他捶爛。

凌葛奇怪地看了他一眼。

黃捕頭連忙示意他們莫要聲張。

「現下與楊常年有關之人，個個風聲鶴唳，生怕被牽連，兩位此後可要事事小心，切莫與此事染上邊。淯州你們也莫要再待了，城守現在一心立功補過，若見了你們，一定會抓起來送往京上交代。」

「他倒是來捉捉看！」林諾怒道。

「如此說來，黃捕頭還特地來爲我們報訊，眞是承了你的情。」凌葛鄭重地道。

黃捕頭搖了搖頭道：「我黃仰天不是個昏瞶之人，幾位的人品義行我如何不知？楊校尉生性耿直，只怕是中了人家的奸計，這種朝堂傾軋之事我也不懂。如今他既被流放，救是救不了的，兩位多顧惜自己，盡早離去爲宜。」

凌葛點點頭。「公主與趙虎頭那些涼國禁軍呢？」

「我實是不知。我朝主君終究不敢公然殺涼國禁軍，或者他們還在上京也不一定。只是公主既已被貶，涼國想來也無他們立身之地。」

「謝謝你。」林諾拍拍他的肩膀，然後二話不說，站起來收拾行李。

凌葛看了他的行動，嘆了口氣。

「黃捕頭，還要再託你一事。」她道：「我們和黃軍約了在此處碰面，他遲遲未至，我們卻得離開了。請黃捕頭這幾日幫忙關照一下，若是黃軍來了，請他到宋京與我們碰面。」

「姑娘還要去京城麼？」黃捕頭吃了一驚。

「趙虎頭與公主是我們的朋友，此事不能不理。」凌葛嘆道。

林諾聽了這話，僵硬的神情略緩一些。

「我明白了，姑娘放心，交在我身上便是。」黃捕頭點了點頭。

4

現在

公主失魂落魄地站在牆頭。

一切是如何發生的呢？

變故似乎只在轉眼之間。

她來到京城，入了宋君為她築的「纖雲苑」。宋廷的人說她日後嫁給三皇子，就是宋國的媳婦，是要住到三皇子的府上去的，所以她沒有公主府。

纖雲苑位於京城大街，與凡塵俗世只有一牆之別，卻如隔千山萬水。

苑中的人都是宋廷派來的宮人。她明白這些宮人不乏各方的眼線，她卻毫不在意。自從林諾走出她生命的那一日起，她就什麼都不在意了。

她日日坐在窗前，凝望著天際的白雲浮移，心中只能切切想著他。

林諾還在京中嗎？

他走了嗎？

他離開之時可有想過她？哪怕是一個念頭也好。

他們這一生都不會再見面了吧？

身爲待嫁娘，她卻犯起了相思病，而且犯的還不是爲了她的夫婿。只是，這個讓她犯病的男子，終其一生都不會知道她對他的心思。

這樣，也好。她心中的結，她鎖在自己心頭便是。

直到有一日，趙虎頭突然神色凝重地求見。

「公主！」趙虎頭一見她立時拜倒。

「趙統領，你怎麼來了？林……林諾他們走了嗎？楊校尉他們可好？」見了故人，她極是歡喜。

她已有多時不曾見過陪同她前來的熟面孔，那些送嫁的宋、涼軍衛自然不能再入到公主的居閣來。她聽得苑內總管說，趙虎頭領著五名涼國禁軍，依然守在纖雲居外圍，只是她足跡深鎖內苑，無法得見。待得她大婚出嫁，趙統領等人任務一了，就要回涼國覆命去了。

趙虎頭依然跪伏於地，神色極是森然。幾個苑內的護衛匆匆追上，趙虎頭回首虎目一瞪，那些人竟不敢靠近。儘管如此，他們也沒有退下，只是退到小院邊緣，謹慎地盯住他們。

公主看了此狀，心頭一怔，腳步自然而然慢了下來。

「公主，屬下需和您私下一談。」趙虎頭凝重道。

「此舉於禮不合！」公主尚未開口，跟在她身後的兩名婢女立刻斥喝。

公主到底和凌葛混了些時候，豈是昔日吳下阿蒙？她俏顏一板，公主派頭立刻端了出來。

「這纖雲苑的主人，是你們，還是我？」

眾婢女隨從霎時臉色一變，不敢作聲。

「你們誰都不准跟來。趙統領，請。」公主端著冷凝的架子，回身一轉，率先走進內院。

趙虎頭俯首跟著進去

兩人一進她的私居小閣，公主轉身急急要說，趙虎頭食指在唇間一比，側耳傾聽片刻。公主立時知道有人在門旁竊聽，往內間一比，兩人又走進去一進。

這裡已經算公主的私居，以他一個護衛，又是男人之身，便算是進到剛才的小閣也已經有違禮法，遑論到這私人居室來。

公主知道趙虎頭不是莽撞之人，他會如此，定然是有大事發生。

「趙統領，發生了什麼？」她低低地問，眉宇間不掩憂色。

「公主，朝中出了大事。」

「是宋國反悔，不想聯姻了麼？」雖知不該，她心中竟然一喜。

「不，是我國朝中出了大事。」趙統領壓低嗓音，神色焦切。「現下情勢尚不明，屬下也所知有限，只是……」

「趙統領但說不妨。」一聽是涼國出事，她心中一驚，手心泛起絲絲寒意。

「……公主，您的父皇已被逼宮退位，新皇便是您的四叔父承親王；他自封為『敬帝』，據說日前已經登基。」

「什麼？」她大吃一驚，情不自禁地上前一步。「我父皇可好？」

趙統領憂形於色。

「遜帝已被軟禁起來，新帝爲安民心，想來一時不敢立刻殺他。只是，敬帝自來剛強主戰，一心想與趙、許結盟，本就不願與宋國和親；如今他既然登基爲帝，和親之舉只怕有變，現下只能希望宋君盡快安排公主嫁入三皇子府中，屆時就算敬帝反悔，也已不及。」

若新帝撤回和親之議，另與趙、許結盟，他們這些陷在宋京的涼國人全成了現成的人質。

公主腦中一昏，跌坐在椅中。

「可、可成親之日還有半月，不會在這半月之內有變化吧……」她喃喃道。

現在一想，事態似乎早已透出一些端倪。她來到涼國已逾二旬，成親之日卻一延再延，分明是宋室有意拖延。宋君必然是早已獲知聲息，知道涼國情勢不穩，索性按兵不動，靜觀其變。

她心頭一涼，與趙虎頭四目相對，兩人只感自己彷彿陷在一個巨大的漩渦之中，卻掙脫不了。

如果林諾在就好了。

她的心中一升起此念，立即泫然欲泣。

最終，趙虎頭只能道：「公主，涼國若未傳來婚事取消之言，我們也不能擅自離去，否則宋國藉此興兵，我們都成了千古罪人。依卑職之見，我們只能先等消息；這些日子公主事事務必謹慎，勿得大意。」

趙虎頭作別而去。

被動的等待是最磨人的了，每一日都如凌遲一般，她不能逃，也不能不逃，她不知道該怎麼辦才好。

其實，就算要逃，又能逃到哪裡去呢？

然後，事情的變化突然就發生了，而且一波快過一波，如潮水般湧來。

涼國使者忽然來訪。敬帝果然撤銷兩國和親之議，稱她為「民間的私生女，地位卑下，非為皇族貴胄之身」，「送嫁妝奩皆為宋國置辦，與涼國無涉」，「涼國只得一名統領同幾名禁軍伴公主『出遊』，未想竟叛逃至宋國」。

當消息傳過來，公主的心涼了。

她知道，現下，是連涼國都回不去了。

宋君下旨來貶她的那一日，趙虎頭神色森嚴，一夫當關，將宮使厲聲斥回，領著同來的五名涼國禁軍護她離開織雲苑。

無論出身如何，她終究是涼國公主之身，宋國不敢公然殺她，只得任她離去。

他們躲在民居不久，便聽到那幾個從岐芴一路護送他們過來的宋國侍衛都被安上「欺上瞞下」的罪名，一律殺頭。

楊常年被指爲「涼國細作」，念在昔時軍功，以叛國之罪終生流放。

一路同來，雖然家國有別，他們同飲同食，同笑同鬧，同生同死，患難與共。這樣一群熱血沸騰的年輕人，竟然轉眼就成了一具具無頭屍。

楊常年一生爲國，忠心耿耿，怎會是涼國細作？

那些士兵只是奉命行事，又犯了什麼罪？

公主放聲痛哭。

「宋君一聽說我國找了一個……一個私生女敷衍聯姻之議，臉上無光，老羞成怒，隨嫁而來的妝奩物事又是楊校尉在渚州置辦，顯然心中有私。楊校尉的母親是涼國人，有人在朝上參了他一記：『其母既爲涼國人，如此積極爲涼國公主送嫁，必有異心。』」趙虎頭聲調沈沈。

「他只是顧念我，不想見我寒愴出嫁，被宋國人瞧不起啊！」她流淚道。

趙虎頭沈重道：「日前有宋陳之戰該如何處置的議論，楊校尉在兵部公然主張休兵，主戰者咬定他必是通陳聯涼，異欲背叛於宋。三番兩下加起來，細作之名便坐實了。宋君生性多疑，寧可錯殺一百，也不願放過一人。」

公主只覺得腦子好重好重，好想一覺睡去，永遠不再醒來。

林諾，幸好他先走了，否則，連他也會死掉……

不，林諾不會死掉的，凌葛一定會想盡辦法救他……就像她曾奔波千里，遠赴誠陽，只爲將他救出來一樣……

凌葛！

林諾！

她心中生起一絲希望，緊緊盯著趙虎頭。

「林諾和凌葛！他們一定有辦法救我們！他們一定有辦法救大家！我們去找他和凌姊姊！」

她說完，不等趙虎頭反應，自己開門衝出躲藏的民居。

趙虎頭吃了一驚，連忙追了出去。

她一路狂奔，直抵城牆。然而，一別二月，林諾早已不知去向。

該怎麼辦呢？

楊大哥被流放了，所有人都死了，他們成了流亡之身，有家歸不得……該怎麼辦呢……

公主淚眼模糊地站在牆頭，終於頹喪地走下城牆。

一片曚朧中，她彷彿看見一個肩寬體闊、袍裾飄飄的男子朝她而來。她多麼希望這個幻象是眞的！她多麼希望林諾一如以往，總是在她最艱難的時候出現在她的面前。

她多麼希望……

她呆呆看著那個越來越近的形影。

那昂首大步、旁若無人的氣勢，碩壯如山的身形，以及那唯有他使得俐落的精鐵長槍。

林諾定定地站在她身前，粗糙的大手輕輕撫上她的臉頰。

「公主，我來遲了。」

低沈如雷的嗓音有如天籟。

一顆眼淚滑下她光潔如玉的秀頰。她眨了下眼，再眨了下眼。

他是真的。這不是幻覺。

林諾真的站在她面前。

他趕來了。

公主嗚咽一聲，撲進他的懷裡。

「你來了，你終於來了！林諾……」

✶

凌葛輕撫公主的額頭探探溫度，確定她已沈沈睡去，才走出房外。

小廳裡的兩個男人立刻轉頭，她在林諾替她拉開的椅子上坐下。

「沒事，她憂慮過甚，有些發燒，吃了藥，睡上一覺，發發汗就好了。」她安撫地道。

「趙統領，究竟是怎麼回事？」林諾沈聲問。

趙虎頭苦笑一下。「林兄弟，你莫再叫我趙統領了，只怕我這統領之名早已不保。楊校尉之事，我所知實是不多，宋人現在防我們極嚴，我也只聽說一二。」

趙虎頭遂將自己所知通通告訴他們。

「涼國那頭怎會出此惡事？」凌葛盯著他。

趙虎頭長嘆一聲，好半晌沒有說話。

「現下也沒有什麼相瞞的必要，」他終於說道：「自來皇室爭權奪位，也不是什麼新鮮事。陳國雖然立了世子，三名皇子依然明爭暗鬥，宋國的大皇子與二皇子亦爭得你死我活。我們涼國雖小，也不能例外。先皇在世之時，本立了太子，然則太子早逝。先皇最疼愛四子承親王，讓他擁兵權；歷練較長的是二子炳親王，主掌內政。然則，四王生性衝動，還需多歷練幾年，而二王心機深沈，只怕一上了位，立時要對四王不利。於是先皇駕崩之時，為保皇室不生兄弟鬩牆之禍，竟將皇位傳給了生性謙和的三王，也就是當今遜帝。

「三王上位之後，日夜擔憂會被逼宮退位。然則二王明白，皇上軟弱無主見，朝政上對他頗多倚重，於是公開擁護皇上，四王一時對他們也無可奈何。

「四王兵權在手，素來主戰，與趙許二國合盟便是他的主意。二王卻力持主和，與宋國聯親。皇上在位這七年，夾在兩位兄弟之間，實是過得膽顫心驚啊！

「壞便壞在，月前二王突然墜馬，摔斷脖子而死，朝中頓時大亂。四王見機不可失，立時把持軍權，咄咄威逼，要皇上收回和親之議。我等不在當場，也不知是何種情況，總之，日前接到訊息，卻是皇上已退了位，將王座讓給四弟承親王登基，如今被軟禁在離宮。」趙統領長嘆一聲。

姊弟倆靜聽他說完。

「趙統領接下來有何打算？」林諾沈聲問道。

「我國禁軍專門戍守京畿，直接效命於皇帝，故不歸承親王所管；如今承親王既然當政，自是會換上一批自己的人馬。我，早已不再是禁軍統領了。」趙虎頭搖了搖頭。

「趙大哥，你不再是禁軍統領，公主也不再是『纖雲公主』，你們接下來想去何處呢？回涼國嗎？」凌葛問。

「楊兄的下場，足以借鑑，我領著這幾個兄弟和公主回涼國，只怕一時三刻便送了命。」

「你和楊常年的狀況並不一樣。」凌葛指出。

「狀況不一樣又如何，下場不會相去太遠。素來宮廷傾軋，我們都是微不足道的小角，隨時可犧牲。」趙虎頭沈重道：「凌姑娘，妳別擔心我們了。宋京雖然不宜久待，我們暫時不會有性命之憂，倒是楊常年和那班宋軍兄弟……哎！可惜可惜，大好青年，竟如此下場。」

林諾腦中一一浮過每張年輕的臉孔。

張達喜歡捉弄人，殷天明的酒量好，黃中群嗓門大，鄭雲打得一手好拳，榮士名每晚抱著刀子睡覺……這些人，不久前還在戰場出生入死，在酒館把盞言歡，在校場嬉鬧比箭，轉眼間竟然成了政治鬥爭的犧牲品。

他們所做的，不過就是盡忠職守而已。

在這裡，軍人的命竟然這麼不値錢！

他舉起重拳就想捶在桌子上，想起公主還在隔間沈睡，硬是忍住，重重地放回桌面。

凌葛雖然冷情，終究和這班弟兄同行數月，心下也是惻然。

她閉了閉眼，理好心情之後再睜開，眸中已恢復清明。

「趙大哥，宋京這邊又發生了什麼事？楊常年爲什麼被誣爲細作？」

「我所知也只是部分。」趙虎頭把楊常年和涼國的牽連，以及兵部發生的事都說了一下。

凌葛聽完，冷笑一聲。「依我看，什麼涼國細作的只是其次，在兵部主和之言才是讓他引來禍事的原因吧！上頭要辦人，什麼罪名不能羅織？」

趙虎頭沈默半晌。「楊校尉生性過於耿直，在官場上易得罪人，就算不是順著送嫁一案辦他，遲早也逃不過。」

「勸宋國朝廷休戰，讓百姓休養生息這件事，是我跟他說的……」林諾心頭難受之至。

他當時隨口一提，楊常年卻記在心上，眞的跑去跟兵部尙書大談休兵之事，說來是他害了楊常年。

凌葛嘆道：「叫他在滄州城大張旗鼓置辦妝奩的人是我，我們提出這些意見，都是基於當時情勢做出來的判斷，哪裡想到會被有心人利用呢？偏生楊大哥的母親又是涼國人，他們家與纖雲公主確實有淵源，如今被安了個『心中藏私，其心苟測』的說法，真是跳到黃龍河裡也洗不清。」

『Grace……』林諾盯著她，眼神冷定堅決。

「你別說了，我還不懂你嗎？」凌葛白他一眼。

「幸好黃軍跟著我們。」林諾嘆息，誤打誤撞保住一個。

「原來黃軍跟兩位在一起，真是太好了，他現下在何處？」趙虎頭心中一喜。

「我們在淆州留了訊給他，要他來京城和我們會合。」凌葛繼續道：「楊常年是護國有功的大將，在軍中人緣極佳，皇帝不敢立刻殺他，一定是擔心他的舊部心生不滿，說不定還會造反，才只判他流放之刑。」

「然而他只要活著，就像一記巴掌打在宋國臉上，皇帝如何能忍？」林諾低沈地接道。

「趙兄，你可知道楊常年被流放到哪一處？」凌葛望向趙虎頭。

趙虎頭視線在兩人臉上流轉片刻，忽地一拍桌子哈哈大笑。

「林兄弟、凌姑娘，你們要幹這事，沒帶上我可說不過去！」

「小聲，小聲。」凌葛笑道：「只有我們兩個也是不成的，趙兄願意跟來，那是再好不過。」

「我這禁軍統領眼看是做不成了，只能隨著幾位浪蕩江湖了。」趙虎頭嘆道。

「好吧！公主聽了也一定吵著要來，不讓她跟，只怕她不依。就咱們幾個臭皮匠，夠用了。」凌葛笑道。

從重重警戒中救一個犯人出來，也只有凌姑娘敢笑著說「區區幾個人夠用了」，趙虎頭不禁又好笑又欽佩。

然而，他心中沒有一絲懷疑。

自得知楊常年還有一條命在，他就不怎麼擔憂。或許他的心頭一直明白，凌葛和林諾一旦聽聞，一定會來。

有凌姑娘的智計，林兄弟的勇武，楊常年定然平安。

「可有法子探知楊大哥被流放到何處？」林諾緊盯著趙虎頭。

趙虎頭神色立時轉爲嚴肅。

「這事我倒是打聽了一下，連楊兄在內的一批囚犯原本要流放到西北的河倫荒地。然而黃龍河大澇，屍橫遍野，百廢待興，所以朝廷先要官兵將犯人押解至東邊的澇區，救完水之後再轉往河倫荒地。」

宋國東邊以黃龍河與陳國爲界，表示陳國西境亦是災區。

凌葛清麗的容顏一片森嚴。「水患剛過，當地正好是疫病蔓延之時，此時逃走都來不及了，朝廷卻將人送去，分明是不打算讓他們活著到邊關。」

趙虎頭慢慢點頭。

「楊大哥去了多久？」林諾再問。

「事發至今已一個多月，算算犯人進了澇區就算沒有十天，也有七、八天了。」

林諾在心裡計算一下他們從京城趕去需要多久的時間。

「我知道你急，這種事急不得，我們還有一些需要安排的事。所幸楊大哥長年操練，比一般人健壯，捱上一段時間不是難事。」凌葛按住他的手。

林諾深吸了口氣，點了點頭。

門外突然響起一聲細細的口哨。他們目前隱在京郊的一處民宅裡，趙虎頭一聽，就知道是手下打的暗號。

「凌姑娘，我這五個手下，我是不打算帶上的。我孤家寡人不打緊，他們在涼國都還有父母親眷，不能讓他們跟著去役區冒險。」他壓低了嗓音，快速說道。

「這個自然，不過他們回涼國不會有危險嗎？」凌葛低聲回道。

「我會跟他們說清楚，將金銀散給他們，要他們回去接了父母親人，速速避往趙許兩國。他們只是小兵丁，敬帝的麻煩一時找不到他們頭上。」

凌葛點了點頭，趙虎頭起身開門。

一個身材瘦長的人埋頭衝進來，險些與趙虎頭撞成一團。

來人脫下頭上戴的斗笠，神情憔悴，一雙眼紅腫。

「黃軍！」林諾立刻迎了上去。

「林大哥，凌姑娘，我的一班兄弟們……都……都……」堂堂一個男子漢竟然流下淚來。

凌葛嘆息，走過來拍拍他的肩頭。

「我們都知道了，我們正在商量怎麼去救楊校尉呢！你來不來？」

黃軍舉袖往臉上胡亂一抹，大聲道：

「凌姑娘，妳便是打斷我的兩條腿，我用爬的也要跟上去！」

「那可不行。接下來用得著你的地方還多著呢！你的腿斷了可不能替我辦事。」凌葛笑道。

黃軍破涕為笑。

★

宋國東界　卓陽省　承平縣

卓陽省乃宋國境內最大的一省，卻不是人口最多的，只因橫跨宋陳兩國的「死人林」有一大半落在卓陽省境內。

此處地象險惡，不宜人居，故得其名。

黃龍河犯澇地區便是在卓陽省承平縣內。此處河道變寬，深度卻變淺，大水一來，直接潰堤。

待水退之後，上游沖刷下來的斷樹殘枝全堆積在河道岸邊，整條黃龍河僅剩中央三分之一的河道可通。靠水吃飯的漁家已月餘無法行船操舟了，個個叫苦連天。

許多淹死的屍體混雜在斷枝殘木之間，一時也清理不完，時間久了發出難聞的腐味。

能逃的難民大多逃了，逃不了的人個個面黃肌瘦，面對著殘破的家園，復原之日遙遙無期，人人的臉上已麻木到哭不出淚來。

「走走走走走！再拖拖拉拉地偷懶，老子一鞭子抽死你！」四個穿著黃色獄卒制服的人揮動長鞭，對著一群衣衫襤褸的囚犯又踢又罵。

此處離死人林約莫五里，舉目一看便可見到那片綠森森的密林。

其時正值退潮期，水位只到小腿肚，卻積滿了各種流木和豬狗牛羊的屍體，甚至偶爾會看見人的浮屍殘骸。

二十餘個人犯踩在泥濘的河水中，一一撿拾堵塞河道之物。

人犯們也算不清自己來了多久了，可能是十天，也可能是十年，時間在苦勞中已失去意義。

他們每日天未明即開始工作，直至天色全暗方能停工，一天只得午晚兩頓，餐食只有一條不足小指粗的肉乾，幾片麵餅和一杯水。身上的囚衣浸了泥水，濕了又乾，乾了又濕，最後變成硬邦邦的一片黏在身上。

天氣已由末秋進入早冬，雖然此地不若北方寒冷，天天浸在河水中依然萬般辛苦，往往做不多時便手腳發凍。

獄卒在三個不同的地方生起一堆火，讓囚犯經過時可以烤烤火，然而他們暖不多時，就又被趕去河中搬運漂流物。

氣候寒冷，勞動過度，再加上食糧不足，人人精神逐漸渙散，面黃肌瘦，委靡不堪。

餓倒是還好，渴卻是極之難受。有兩個囚犯按捺不住，偷喝了髒污的河水，隔天就開始上吐下瀉。獄卒們隨便找了個草藥郎中來給這兩個囚犯看看，然後將他們丟進一旁臨時搭的黑房裡，不理不睬。如今四天過去，也不曉得這兩人是死是活。

「還不走！」一名叫張嗣光的獄卒一腳重重踹在一個步伐稍慢的老犯人背上。

那老犯正背著一段沈重的流木，被他一踹，整個人往前趴進泥水裡，拚命撲水掙扎。幾名獄卒看他的狼狽樣，哈哈大笑。那老犯又嗆又咳地跪在髒水裡，不住喘息。

一名滿面鬍碴的犯人突然把肩上扛的斷木摔在水裡，大步往張嗣光等人走來。

「楊常年，你想幹什麼？作死麼？」幾名獄卒笑聲一止，紛紛抽出長刀，指住這人犯。

守在遠處的獄卒聽到動靜，抽出武器轉了過來。

旁邊一個十七、八歲的年輕犯人連忙把楊常年往後一拉，陪笑道：「各位差爺，失禮失禮，我爺爺腳慢，楊大哥是要去扶他，您們莫怪。楊大哥，我來就好。」

楊常年忍了一忍，呸地吐了口唾沫，扛起自己的斷木又大步走開。

張嗣光之前為他氣勢所懾，面子有點掛不住，手持長刀直指楊常年的背影大罵。

「他奶奶的，也不想想你現在是何等處境！一個賣國賊也敢跟老子叫板？今晚誰敢給他吃飯喝水，所有人就通通不用吃了！」

所有犯人聽了低叫一聲，趕快加緊疲累的腳步，生怕自己也是下一個沒飯吃的人。

晚上放飯時，果然楊常年被叫到一旁，看著每個人領自己的麵餅食水，他只是吐了口唾沫，一副不屑的表情，直把張嗣光氣得滿肚子火。

「不如就不給他吃喝，直接餓死了他。」他的同夥錢通達湊近他耳旁低聲道。

張嗣光低回：「生生餓死了他，倒要算在咱們虧於職守的帳上；先餓他幾頓，等他力氣沒那麼大了，再找個因由將他打殺了，屆時看他如何囂張？」

囚犯工作的水域以繩索及木樁圍出一塊，晚上睡覺的地方另圍了一塊。

由於天色未全暗，吃完晚飯之後他們得再清理一段時間，才可以回睡覺的地方去。每個犯人領了食糧，就地而坐，疲累麻木地吃了起來。

那老犯和孫子領了自己的餐食，坐到楊常年附近，背對著那群正在閒聊的獄卒，把其中一份遞給他。

「楊大爺，方才多謝你仗義，只是下回千萬莫再衝動啦！我年紀大了，再活沒幾年，犯不著因此陪上楊大爺的命。」老犯顫巍巍地道。

楊常年一看，堅持不拿。

「楊大爺莫再推辭，省得被那幫渾蛋衙差見了，人人都沒得吃。」那年輕孫子道：「我姓韓，叫韓必生，這是我爺爺。他食量不大，和我共食一份成了。」

楊常年一聽，才不再推辭，接過麵餅和肉乾，背著那些獄卒快快吃了起來。

「老爹，你們瞧著人挺好，怎會給人抓來流放？」他滿口食物地含糊問。

韓老頭長嘆一聲：「我是原平縣鍾城人。我的兒媳婦略有姿色，一日上街買菜時被城引之子看上了，硬要搶她入府。我兒媳婦不肯，當街大哭大鬧，卻哪敵得過城引公子養的那匹爪牙？

「我兒子在家聽說媳婦兒被搶了，怒氣沖沖地上衙門告狀，豈知官官相護，城引說沒這回事，衙門的人不敢辦。我兒子氣不過，拿刀衝到城引府中……」

說到這裡，韓老頭握住孫子的手連連嘆息。「我和這孩子趕到之時，必生的爹已被打得奄奄一息。必生趕快衝上去攔，我跟著追上去，一時兵慌馬亂，也不知怎地，手中的鐮刀刺入了其中一名爪牙腹中，那人……那人當場死了。

「我兒子當場被他們活活打死，兒媳聽到風聲，當晚在城引府中上吊自盡。我和必生因誤殺了一名爪牙被抓了起來，判了個流放之罪，全家就這麼家破人亡……唉，只能說是我們命苦，卻累了這孩子，年紀輕輕，一輩子就這麼毀了。」

韓必生難過地握了握爺爺的手。

「這怎地是你們的錯呢？是那個城引和他王八蛋兒子的錯啊！」楊常年聽得目眥欲裂。

「世道如此，貪官污吏橫行，又能怪誰？」韓老頭黯然道。

「哼！待我去殺了那個城引……」楊常年一頓。

他都自身難保了，又能幫上誰的忙？他重重擊了一下自己的大腿，恨恨不語。

「好了！吃飽了通通都給我起來繼續幹活！你們以爲你們來乾吃飯當涼差？」後頭獄卒們又在吆喝了。

所有犯人只得疲憊地站起來，重複一整天下來相同的工作。

在圈繩之外有一個衙差押著兩個新犯人走過來。

「咦，王二哥，這麼晚了還送犯人過來？」張嗣光匆匆迎上去。

那衙差笑道：「幾位兄弟在這種鳥地方當差，當眞是辛苦了。這兩個不長眼的，竟然大白天去搶當舖，馬上給人抓了，送到官府去。論理是要判個幾年監禁的，可這兩人一到了城引面前就開始哭爹告奶的，說什麼餓肚子餓瘋了，一時腦子糊塗，請城引網開一面，他們願意到水氾區來服勞役，抵那幾年刑期。

「城引想，現在處處缺糧，與其讓他們坐在牢裡白養著，不如送來這裡服幾個月勞役，就答應了。」

「原來如此。」張嗣光見兩人一高壯，一瘦長，身子挺結實的。「看他們體格不錯，幹起活來想是更管用一些。我手邊淨是些老弱殘兵，也就那一、兩個派得上用場，動作慢得我都生氣。」

「那犯人就交給你們了！」王二哥笑道，把人犯移交完畢，調頭回城裡去。

當夜所有犯人幹完了事，回到髒污泥濘的圈禁處席地而睡，一夜無話。

隔日黎明，所有人被衙差的鞭擊聲抽醒，一個個拖著沈重的腳步重新走回水中。

虛弱的人越來越多。好不容易捱到午時，一群人犯排成長長一列，等著放飯。

平時替犯人和獄卒做飯的，是住在附近的幾名民婦。獄卒和犯人吃的自是不同，獄卒自己另有吃飯的地方，犯人的部分則是擺了張長桌，幾個民婦就把麵餅、肉乾、食水放在桌上，一人一份慢慢地分送。

初時這些民婦對著臭烘烘的犯人都畏懼萬分，幾日後見犯人神情委頓，又有獄卒在一旁護著，膽子才漸漸大起來。

「咦，今兒怎麼來了個年輕姑娘？」一個叫馬衡的衙差嘻皮笑臉地走過來。

張四嬸連忙回答：「差爺，這是我娘和我外甥女，住在前頭萬安村，狀況比咱們這兒淒慘，我那弟弟、弟媳不得不出外討生活去。我想著我在這兒，還有差爺你們賞口飯吃，便讓她們過來幫手，我好分點零花給她們，否則日子眞是過不下去呀！」

馬衡看了在後頭切麵餅的老婦，只見她一頭花白的頭髮，滿臉滿手都是皺紋，看來沒有六十也有五十五，想想這日子確實難過，遂點點頭。

「行了，我讓人犯過來領食。」他一揚手，囚犯開始一個個往前移動。

輪到楊常年，他誰也不理，只等著領了自己的份，閃到一旁去吃。幾個獄卒自顧自在一旁閒聊，沒人理他們。

那切餅的老婦轉身將一小片麵餅放到他手中，忽然細聲細氣道：

「楊大哥，我是開玩笑的，你怎麼眞把自己弄進牢裡，讓我來救你？」

楊常年全身一震，來不及反應，那老婦已退回後方。

一隻大手突然從背後伸過來，往他肩上重重一推，推得他一個踉蹌。

「你走不走？你不餓，老子都餓了！不想吃儘管閃邊去，你那一份老子就善心大發幫你吃了！」一個懶洋洋的嗓音道。

「老大，你瞧他一見了年輕姑娘便兩眼發直，依我說，他一定是個急色鬼，以前一定是淫人妻女才給抓進來的。」另一個清亮的嗓音笑道。

原來是昨夜新來的兩個人犯。只見他們一人體格高大壯碩得離譜，另一人輕浮跳脫得如猴兒，兩人一搭一唱，頓時嘻嘻哈哈地笑了起來。

「什麼呢？你看他那副龜樣，依我說，他下頭八成不管用了，要淫人妻女也得有能耐才行。」那老大道。

「大哥說得是、大哥說得是，哈哈哈哈哈——」

兩個新犯哈哈大笑。

張四嬸的外甥女扁了扁嘴，躲回奶奶身旁，不敢作聲。

楊常年回頭怒視他們一眼，好像想破口大罵，最後忍了下去，一把搶過自己的食物逕自走開。

張嗣光看著那兩個新犯挑弄楊常年，眞是得意到不行。最好他們兩個眞過去把楊常年痛打一頓！

楊常年連韓氏祖孫的旁邊都不肯坐過去，自己一個人恨恨咬食。

只有他自己知道，他是忍得多辛苦才沒有把手中的食物摔了，他不想讓其他人發現自己的手在發抖。

凌姑娘！
林諾！
黃軍！
他們來救他了！

5

暗暗觀察了兩日，張嗣光對於該如何處置楊常年有了計較。

這日午間，趁著囚犯在吃飯，他對錢通達使了個眼色，兩人走到一旁咬耳朵。

「老錢，我想到該怎麼做了。」

「啥事該怎麼做？」錢通達一征。

「你莫不是忘了那位軍爺交代的事？」張嗣光白他一眼。

錢通達頓時省悟。

月餘前，一隊官兵押了一批從京城來的要犯，楊常年便在其中。那群官兵軍服光鮮，神情倨傲，和一般衙差頗不相同。

往常也不是沒有京城押解重犯來過，不過從京城來的人個個眼高於頂，對他們這種地方小差向來不屑一顧。這回，帶頭的那個軍官卻破例邀了他一們同去喝酒。

離去之前，那軍官將張嗣光拉到一旁，塞了一錠金子到他手中。

「張老弟，實不相瞞，那幫囚犯中有個叛國賊叫楊常年，枉爲我朝校尉，卻甘願去當涼國的細作，害死了我軍中不少兄弟。大丈夫若不爲兄弟報仇，還配當人嗎？」那軍官低聲道：「希望張老弟幫個人，讓此人命絕於黃龍河畔，做哥哥的感激不盡。」

張嗣光一見那錠黃澄澄的金子，眼睛都直了。他本來就有好賭的毛病，正愁拿不出錢來還賭債。

可是回到家之後，他開始犯難了。

一個前任校尉莫名其妙死在他的監管之中，上頭要是問起來，可不好交代。而且，兩個人真要打，張嗣光也沒把握打得贏姓楊的那廝。

左思右想，他索性分了一點銀兩給錢通達，兩個臭皮匠一起想辦法。

兩人想了半天，最好的方法是讓他累死、餓死、病死。可這人身子骨健壯得很，撐了個把月硬是沒事，他們默許其他囚犯找他麻煩，找麻煩的人都倒下了，楊常年卻還是活跳跳的。

眼看這岸邊積淤再不多時便要清理乾淨，屆時軍官來押囚犯，一見楊常年還活著，他要如何交代？

最要緊的是，那錢他可是用得七七八八了，要還也還不出來。

「噯，你有什麼辦法？」錢通達連忙問。

張嗣光朝新來的囚犯努了努嘴，錢通達霎時意會。

「成嗎？」老錢思忖半晌，有些惴惴。

「一定成！」

新來的這兩個地痞只是輕罪，服完兩月勞役便沒事了，不若其他人犯前途茫茫，氣沮神喪。叫他們來這兒服勞役，倒像是來玩兒似的，嘻笑怒罵，輕鬆無比。

也因爲他們是新來的，體格比飢餓多時的犯人好多了。平時他們說插隊便插隊，說推人便推人，也沒人敢反抗他們，連楊常年都不太吭聲。

尤其高壯的那一個，活生生一尊巨樹鐵塔，有幾回他故意去戲弄楊常年，楊常年大概是知道討不了好，竟然隱忍下來。

想想也是，楊常年現在瘦得皮包骨樣，眞要幹起架來，怎會是那壯漢的對手？張嗣光越想越覺此計管用。

「喂！」

趁著那壯漢正搬了根斷柱過去，張嗣光將那人叫了過來。

「我？」那壯漢比了比自己鼻子。

「廢話，過來！」張嗣光把他拉到一旁去。

那人笑得嘴巴開開，一口牙白亮整潔。

「官老爺，你叫我？」

張嗣光聽他喚自己官老爺，心頭一爽。

「你叫什麼名字？」

「官老爺，我叫林諾，那邊那個是我的兄弟黃軍。」

「我問你兄弟了嗎？」張嗣光白他一眼。

「是是是，小的多嘴。」那壯漢笑道。

「我瞧你不像宋人？」

「官老爺，我娘是西域人，我肖到我娘那邊的長相。」

「是麼？」張嗣光對他身家背景本也沒多大興趣。「我有個好處要給你，就不曉得你有沒有膽子。」

「官老爺，你這不是開我玩笑嗎？有好處的事，我就算沒膽子也會生出一副來。」林諾連忙道。

張嗣光點點頭，往楊常年的背後一指，低聲道：「那人是涼國細作，害死咱們大宋好多官兵，他奶奶的眞叫人氣不過！你若是殺了他，我非但不治你罪，反倒說你報國有功。」

「那老小子看起來沒三兩重，竟然有膽子做奸細？」林諾嚇了一大跳，狐疑地朝楊常年的方向望過去。

「是啊是啊！你這麼高這麼壯，一定打得贏他。這不是殺人，這是報效國家。」張嗣光趁機說。

「官老爺，忠君愛國這是一定要的，不過……您剛才說有好處……」林諾露出一臉涎笑。

「你怕我反悔不成？事成之後自然有你拿的。」張嗣光踢了他一腳。

「十兩銀錢？」林諾趁機討價。

張嗣光假意爲難半天，最後忍痛點頭。

「行了行了，就十兩。」其實他原本要付二十兩的。

「好，我找個機會將他押進水裡，三天之後教他自己浮上來。不過我剛來沒多久，若是立刻生事，城守鐵定不會放過我。官老爺，你先給我幾天的時間緩衝一下。」林諾要求道

「你要等多久？」張嗣光愀然不樂。

「這片水岸想來再十天便清完了，十天之內，我一定動手！」林諾保證道。「官老爺若是看他不順眼，您放心，這十天我天天照三餐招呼他，有他好日子過。」

張嗣光一想到楊常年那副倨傲的神情就有氣，讓那落難老虎受受這地痞的欺凌，豈不正大快人心？

「行了，就這麼辦，你去吧！」

只見林諾往犯人堆裡走回去，途中對自己的同伴招招手，那個叫黃軍的小夥子湊過去，兩人嘰哩咕嚕說了一陣，笑了起來，齊齊往楊常年的方向看去。

楊常年正背對著他們，在淺水處整頓流木。那兩個地痞互相一點頭，林諾走到他身後，突然對著他的背重重一踹。

楊常年一時不察，整個人撲進髒水裡，林諾和黃軍哈哈大笑。

楊常年氣得跳了起來，轉頭對林諾握緊拳頭。林諾絲毫不畏，反而上前一步，用厚實的胸膛頂了楊常年一下，挑釁意味十足。

楊常年咬了咬牙，鬆開拳頭回過頭去，不再搭理他們。

「林大哥，你不是說那幾棵樹後頭卡了一堆髒東西？不如叫這廝去搬。」黃軍清亮

的嗓音響起。

「好極，姓楊的，你聽到我兄弟的話沒有？」林諾低沈的嗓音回道。

「你們兩個是什麼東西？竟敢指使我。」楊常年又跳了起來，對他們呲牙裂嘴。

「你去不去？你不去，老子用拖的拖你去！」林諾威脅地上前一步。

這時，旁邊的韓老頭突然過來，陪著笑打圓場。

「兩位小哥，大家都是天涯淪落人……」

「呸！我們哥兒倆只是來過個場，立馬要出去，誰跟你天涯淪落人？晦氣，晦氣！」黃軍順手一推，將老人推入趕上前的孫子懷中。

「楊常年，你不去也行，我叫這老頭子去。」林諾懶懶地盤起雙臂。

楊常年用力深呼吸幾下，回頭對韓老爹道：

「韓老爹，這事你別管，我自己理會得，你和孫子到一旁去。」

說完，他在前，林諾和黃軍在後，三人一起走向樹後。

林諾不忘回頭給張嗣光豎個大拇指，一副「一切有我」的樣子。張嗣光嘿嘿一笑，心頭得意萬分。

校尉又怎地？現今不也是個任人宰割的階下囚？呿！

✶

樹後，楊常年緊緊扣住林諾的雙臂，激動萬分。

「楊大哥，我們上個月才聽到你落難的消息，讓你辛苦了。」林諾反握住他的手臂。

「別這麼說，你們干冒大險來救我，楊常年豈是不知好歹之人？林諾、黃軍，還有凌姑娘，你們眞是……眞是……」楊常年虎目含淚。

林諾看他確實憔悴了，一臉鬍髭，滿頭亂髮，身上的囚服爛穿了好幾個洞，穢臭無比。

軍人每日消耗的熱量高，因此食量極大，他在短時間內突然大幅減少熱量攝取，造成的效果是極顯著的。他的體脂肪變得更少，肌肉代謝率變高，身形瘦削得厲害，關節部分突出，體重少了十幾斤。

他們當兵打仗，比這更難的苦也不是沒吃過。楊常年此時卻是神色委靡，只怕心理上的因素多於肉體上的因素。

他的人生信念一夕之間瓦解，還能堅持到現在，已經很不容易了。

如果要讓他有足夠的體力跟他們一起逃走，得利用這幾天盡快讓他補充足夠的營養才行。

「兩位大哥，你們說歸說，別忘了作戲。」黃軍心中亦是激動萬分，只是表面上不敢表現出來。

他站在一旁假裝看戲，實則監看獄卒的行動。

林諾微微一笑，一手開始擊打自己的另一隻手，發出砰砰肉搏之聲。

「這是怎麼？」楊常年一愣。

「我答應獄卒天天照三餐招呼你，十天之內讓你沈到黃龍河底。」他低聲笑道。

楊常年怒從心中起。「我呸！這幫賊廝鳥，有膽子怎地自己不來動手？」

「幸好他們提出這個要求，對我們倒是比較有利。楊大哥，我心中有個想法……」

林諾遂將如何捱過接下來幾日的方法說了一下。

楊常年聽了連連點頭。

「好，就照你說的做。」

「這幾日少不得要委屈楊大哥任我們欺壓了。」林諾低笑道。

「你們要是能把老子弄出去，給你做牛做馬都成！」楊常年爽快地一拍胸口。

「噓！」黃軍趕快打暗號。「有人過來了。」

「做戲要做足，大哥，委屈你了。」林諾盯著楊常年。

「成了，不怕，你來！」楊常年擺擺手，做好準備。

林諾掄起拳頭，朝他的下巴重重揮去。

★

翌日午餐時分。

凌葛扮成的老婆婆顫巍巍地將麵餅一一切成小塊，往前一推，疲憊的人犯一一拿起自己的麵餅往前移動。

老婆婆頭一直低低的，下個犯人走到她面前，她冒險抬頭看了一眼，然後頓了一頓，趕快低頭再繼續切餅。

楊常年撫著自己腫起來的半邊臉咕噥幾聲。

「怎麼一看到女人眼睛就發直，連年紀這麼大的你也要？」身後一個懶洋洋的惡霸推他一把。

幾個站在後方監視的獄卒聽了，哈哈大笑。

楊常年又咕噥兩句，繼續往前方移動。

『你忘了我們是來救他，不是來殺他的？』切餅的老婆婆低聲道。

『我知道我在做什麼。』林諾對她露齒一笑。

最好那時還有命給他救！凌葛心裡嘀咕，切了一大片麵餅給他。

林諾低問：『我答應獄卒十天之內把楊常年弄死，現在還有九天，我們什麼時候走？』

『我問過了幾個船夫，必須等到十五滿月大潮。』岸邊斷木淤積雖然已清得七七八八，水線依然太淺，他們人數又多，須等到滿月大潮船才開得出去。

林諾在心裡算了一下，距離十五還有七天，應該能拖到那個時候。

『好。』

他點點頭吊兒郎當走到舀豆汁的年輕姑娘面前。那姑娘一見了他，害怕地低下頭來。

「小姑娘長得眞俊，妳幾歲了？許過人家沒有？妳瞧哥哥怎麼樣？」他的食指輕挑地挑了那姑娘下巴一兀。

那姑娘驚惶地躲到老婆婆背後，不敢看他——

她怕她一看他就笑出來！

林諾裝地痞的樣子眞的太好玩了，百年難得一見。而且他體裡沒有一根獐頭鼠目的骨頭，她只覺得他極是可愛，一點都不可怕。

當然這是她的私心之見。在她眼裡，林諾永遠都是好的。

「你、你莫欺我孤兒老婦，我們只是來討口飯吃……你良心不好，當心老天爺罰你。」老婆婆顫巍巍地道。

「喂，快走！」一個獄卒走過來推林諾。

「官老爺，你瞧我這麼大一個人，又要搬磚又要運木，吃這麼一點東西如何幹活？好歹再多給我一份。」

「你想死麼？」獄卒提起木棍就要揍他。

張嗣光突然走了過來，對那獄卒使了個眼色。獄卒看了林諾幾眼，退到一旁去。

張嗣光對放飯的人點點頭，然後警告林諾一眼，轉身走開來。

小姑娘和老婆婆趕緊多送一份餐食給他。黃軍當然也要多拿一份，張嗣光遠遠地一點頭，兩人施施然拿著多一倍的份量走開。

凌葛給他們三人的食物是加過料的。麵餅請張四娘用了豬油下去揉，食水以一些具有殺菌效果的香草泡過，給他們吃的豆乾也是先以藥材燉煮，再行烘乾。

她知道楊常年在這種潮濕的環境裡苦勞月餘，體力必然耗虛，趁著這幾天盡量為他補充元氣，以利行動。

「喂，老子要到樹下吃飯，你還不過來伺候著？」林諾經過楊常年身旁，大腳一踢。

楊常年回頭怒瞪他們兄弟倆，最後摸摸臉上的紅腫，好像提醒自己不聽話會發生什麼事，不得不跟著他們過去。

張嗣光在一旁見他那副孬樣，樂得心裡直打跌。

林諾、黃軍大剌剌往樹底下一坐，楊常年側坐著，角度正好擋住其他獄卒的視線。

黃軍將多的那份食物偷偷塞給他。

「楊校尉，這一份是給你的，快快吃了。」

「黃軍，你莫再喚我校尉了，我早就不是什麼狗屁校尉了。你若不嫌棄，以後大家兄弟相稱吧！」楊常年知道自己現在的體力確實與他們有別，為了不在逃脫之時變成阻礙，他也不推辭，接過那一份餐點大口大口吃了起來。

林諾和黃軍分著吃了其餘的食物。

「今天的滋味兒挺不同。」楊常年咂咂嘴道。

「凌葛應該在裡頭加了料，你需要補充熱量和蛋白質。」

楊常年聽慣他說些怪裡怪氣的話，雖然不懂什麼是「熱量和蛋白質」，大概也知道是對身體好的。

「林諾，接下來咱們怎麼逃？」他低問。

「凌葛說要等到十五大潮才能走，還有七天。」

楊常年尋思半晌。「是了，現在岸邊堆滿廢棄雜物，水線較淺，若是不到大潮時期，船隻載不動咱們這麼多人。」

「所以，我們現在要想辦法度過接下來的七天。」

「七天是不難，只是七天之後要如何從這裡逃出去？」黃軍低問。

「沒錯，你們別瞧四周沒有圍籠，只有十幾個獄卒，就以爲簡單。這些獄卒之中有幾位箭術極佳，頭一天有個囚犯想衝進死人林躲起來，跑不到幾丈就被一箭穿心。」楊常年低聲道：「而且這些獄卒日夜輪斑，每天十二個時辰都有人看守，此處地勢又開闊，無可躲藏之處，要逃出去實是困難。」

「嗯，這交給凌葛去傷腦筋，她自然有法子弄咱們出去。」林諾老神在在。

「林大哥，敢情你是吃定凌姑娘了。」黃軍低笑道。

林諾愉快一笑，絲毫不會不好意思。

「喂！你們幾個，還不回來做事？」那邊獄卒們已經在集合人犯。

三人匆匆吃完，林諾吩咐兩人無論多餓多渴，絕不能生飲河水，吃東西之前手一定要洗乾淨。

「行了，幸得之前與凌姑娘同行過一些時日，她愛乾淨，天天洗漱，當時她就跟我說過了，不乾淨的水裡有什麼……什麼『菌』的，喝了會生病。也不知怎地我就記住了。」楊常年低笑道。

林諾拍了一拍他的肩膀。

照例在經過獄卒面前，兩人對他推推拉拉，嘻笑怒罵，楊常年只做忍氣吞聲的神情。

「我瞧這兩個痞子說不定能成。」錢通達在一旁對張嗣光咬耳朵。

「一定成。」張嗣光得意地道。

「尤其高壯的那個番人，你瞧他一隻手跟鐵缽一樣大，一拳搥下來不死也半條命。」

「可不是麼？那楊長年欺善怕惡，遇著強人也只能龜著了。」張嗣光地撇撇嘴。

「他們說了何時動手沒有？」

「再過兩天吧！」

兩人走了開來，各自去監督人犯。

楊常年直接走向河邊的流木斷枝，韓氏爺孫連忙跟了上來，憂形於色。

「楊大爺，那兩個惡人沒爲難你吧？你受傷可重？」韓老頭問道。

他回頭見到兩人關懷之色，心下微微感動。在這裡人人自危，自己保自己的命都來不及了，難得這對爺孫良心這般好。

這樣的好人，卻判了個流放之罪。

他一生為國衝鋒，捨生忘死，也判了個流放之罪。

他心頭沈沈，突然對許多以往堅持的信念都生出懷疑。

「韓老爹，我沒事，你別擔心，我知道如何應付他們。」他慨然一拍胸口。

韓老頭嘆了口氣，突然大咳起來。

「爺爺，你沒事吧？要不要去一旁坐坐？」韓必生連忙扶住他。

「幹什麼、幹什麼？還不快去幹活！」獄卒指著他們大吼。

「你沒見著老人家身子不舒坦麼？」楊常年回頭一吼。

橫眉豎目的獄卒持著棍棒朝他們走過來，韓老頭連忙攔住楊常年，拚命向獄卒陪笑。

「沒事沒事，我這就去幹活，差爺莫惱，差爺莫惱！」

那獄卒陰陰地瞪他們一眼，退回乾爽的地方去。

「楊大哥，我知你是好心，但我爺爺這兩天受了風寒，你千萬莫要聲張。若是讓那些衙役知道，將他拉進黑房裡去就糟了。」韓必生小聲道。

須知在這種時候染上疫病，等於判了死刑，獄卒為了所有人的安全，一律直接拖進黑房裡，死活再無人聞問。

楊常年不由得望了那間黑房一眼。

林諾在另一頭注意到他們的動靜，微一揚眉詢問。他特別交代過，在行動之前，盡量保持低調，省得引來不必要的關注。

楊常年對他微微搖頭，轉頭繼續去工作。

★

翌日午時，吃飯時間。

「凌姑娘，妳可有治傷寒風邪的藥？」楊常年領餐時低聲問。

老婆婆看他一眼，沒有說話。

楊常年只好再說：「後頭那個韓老爹是我朋友，他心地極好，受人所陷才關進來的。他最近染了風寒，若是無藥治他，只怕撐不了多久。」

老婆婆依然沒有搭話，楊常年站了片刻，實在沒有理由再拖下去，只得鬱鬱走開。

『給他就是。』林諾上前拿自己的餐點。

『你們是來這裡交朋友的嗎？什麼時候辦迎新派對，別忘了通知我一聲，我可不想錯過。』老婆婆低聲道。

林諾睇眼瞪她一下，然後走開。

輪到黃軍，他對她燦然一笑。凌葛白他一眼，將他的肉也遞給他。

林諾停在公主面前，公主低著頭將一碗豆汁推向他。他取豆汁時，公主的指尖輕輕滑過他的指尖。他的大掌一翻，順著碗撫上她的手。

只是短短的一刻，兩人又放開。

他繼續往前走，她繼續發豆汁，嘴邊那抹輕淡的笑無人見到。

一日無事。

隔日又至午時，韓老頭排在領餐的人犯之中，咳得越發劇烈。張嗣光走了過來，把他從行列裡叫出來。

「老頭子，你莫不是染上什麼髒病吧？」

「不不……咳咳咳……不是的，官爺，我就是喉嚨乾，咳個不停……咳咳咳……過一會兒喝喝水……咳咳……喝個水便好了。」韓老頭邊咳邊答。

張嗣光懷疑地看了他好一會兒，韓老頭勉強忍著喉嚨的癢，一張臉漲得通紅。

「官爺，我爺爺自來肺氣就高，不是染病，您放心。」韓必生連忙過來道。

張嗣光半信半疑地讓他們回隊伍裡去，一雙眼依然直直盯著韓老頭。

所有人犯一聽說他身上可能有病，嚇得全退開來，一時之間韓氏祖孫的身旁空了一大圈，兩個人尷尬無比。

韓老頭這時又忍不住想咳，只好緊捂著嘴巴，努力不咳出來。

「這位老丈，你喝喝水，順順喉。」那切麵餅的老婆婆倒了一碗水給他。

韓老頭接過來，也顧不得碗裡是什麼，匆匆灌了下去。

說也奇怪，水一入喉，他的喉間漸漸清涼起來，咳嗽的感覺消退了。他看著碗裡的餘水，見它色澤微綠，氣味和普通白水不太一樣。

「想是喉頭乾得厲害，才會咳得這麼凶，你再喝一碗。」那老婆婆笑瞇瞇地又倒了一碗。

韓老頭接過來，這回略略嚐了一下，喝出一股明顯的青草味。他心知是遇到好人相幫，低低道了聲謝，將水碗還給老婆婆。

那年輕姑娘對他溫柔一笑，將兩張餅和豆汁遞給他。他低頭看了那兩張餅，其中一張的顏色比另一張更黃一些，情知有異，於是謝過，低頭走到一旁。

那張發黃的餅咬在口中，滋味酸中帶苦，著實不好吃，然而吃下去之後，他的腹中一股溫熱慢慢湧上四肢百骸，驅走了體內的寒氣。

他知道這餅大有文章，雖不明白老婆婆為何幫他，然而他無財無勢，也不怕人家害他，藥水既然都喝了，藥餅便放膽吃下去。

「爺爺，你沒事吧？」韓必生匆匆趕來，在他身旁坐下。

韓老頭先看看獄卒，確定沒人在注意著他了，才低聲對孫子說了食水與麵餅摻藥的事。

韓必生暗暗驚異，對著爺爺手中的餅驚疑不定。

另一頭，林諾三人看見了發生的經過，微微一笑。

「凌姑娘給韓老頭帶藥來了。」楊常年用麵餅遮著自己笑開的嘴角。

「凌姑娘其實是面惡心善啊！」黃軍笑道。

「我會把你的『讚美』轉告她的。」林諾非常好心。

黃軍立時垮下臉。「林大哥你別害我！要是被凌姑娘知道我說她面惡，我還有好日子過嗎？」

林、楊兩人笑了起來。

「喂，林諾，你過來！」張嗣光突然叫喚他。

三個人同時站起來。

林諾要走出去時，突然眼前一暈，整個人一晃差點跌倒。黃軍和楊常年見狀，反應極快，由黃軍扶住他，楊常年故意收腳做出剛才絆了他一跤的樣子。

「你這老賊給我小心一些，害我大哥摔了，你斷十根骨頭都賠不起！」黃軍大罵。

楊常年故意冷笑，伸手去推林諾，實則是扶住他的肩膀。

「林兄弟，你怎樣了？」他急急低問。

這陣昏眩來得快，去得也快，只是一轉眼林諾就覺得好過許多。他吐出一口長氣，張眼對兩人笑笑。

「沒事，可能這兩天吃的東西太少，血糖不足，才會容易暈眩。」

「我早說了你別通通留給我吃，下一頓你把我那份也拿去，我餓上一天不打緊。」

楊常年連連頓足。

「是啊，林大哥，你別救人救得自己一身病。」黃軍給他嚇得滿臉發白。

「我沒事。」林諾安慰兩人。

「林諾，他奶奶的，你現下成了天王老子，連我也叫不動你了？」張嗣光怒氣沖沖地殺過來。

「楊大哥，對不住了。」林諾低聲說完，突然伸手打了楊常年一巴掌，大罵：「他奶奶的！你竟想摔老子跟頭，活得不耐煩了麼？」

不等張嗣光走過來，他搶先迎上去，滿臉堆笑。

「官老爺，不好意思，那姓楊的不懷好意，剛才差點著了他的道，一會兒我把他拖到林子裡痛揍一頓。」

張嗣光「嗯」了一聲，示意他到一旁去說。

兩人來到無人之處，張嗣光低聲問他：

「喂，你什麼時候下手？」

林諾一怔。「官老爺，不是說十天之內下手麼？眼看還有七、八天。」

「沒有七、八天了，朝廷的通令下來，這批流放的犯人後天就要上路，你只剩下今晚和明天可以動手。」張嗣光不耐煩地道。

林諾的心思飛快轉動。

「官老爺，我才進來兩天，手下就過了條人命，我怕城守知道了，把我也給流放。」

張嗣光氣得拍他腦袋一記。「有我遮掩著，你怕什麼？我警告你，這單生意咱倆是談好的。如果時候到了你沒辦成，別怪我沒把醜話說在前頭，到時候跌進黃龍河裡上不來的人是誰，你自己想想。」

林諾沈吟半晌，咬牙一點頭。

「成了，官老爺，我幹就是。今天只剩下半天，我沒有準備，明天此時，定然讓楊常年這號人物不在人間。」

張嗣光點了點頭，警告地瞪他一眼，轉身走開。

林諾神色陰沈地走回黃軍身旁，楊常年已經到前面忙活去了。

「怎麼了，林大哥？」黃軍低聲問。

「有麻煩，得提早行動。」他大手一撈，挑起一根浮木往後面的乾地走去。

✶

『什麼？』傍晚放飯時分，凌葛對他的消息皺眉。

『朝廷後天移監，獄卒逼我明天一定要動手，我們得盡快離開這裡。』

『我已經說了，未到十五滿潮，船開不動，現在就算逃了也沒地方可躲。』她壓低嗓音回答。

『沒有時間了，就是現在。』林諾低聲回回去，轉頭大步走開。

『Shit!』

B計畫。

6

破曉時分，張嗣光拖拉著腳步，呵欠連連地上工。

這眞是不讓人活了，成天到這鬼地方來！

然而一想到過了今天，天下就再沒有楊常年這個人，他心情又好了起來。

他跟楊常年其實無冤也無仇，他只是瞧著這人就討厭。

說來他們兩個人年齡相當，同樣都平民出身，吃公家飯的，那姓楊的也沒比他多長兩顆頭，可是他只能當個地方小差，楊常年卻能當上校尉，憑的是什麼？

當校尉也就罷了，卻又不知珍惜，大好的人生被他棄之如蔽屣。倘若換成是他張嗣光，那鐵定一路幹到將軍去，將來要娶個公主老婆。

他瞧不起這姓楊的變成一個叛國賊，看不慣這人的一臉倨傲。他最難以忍受的，是楊常年身上擁有許多他求之而不可得之事。

殺了楊常年他非但不會良心過意不去，反而希望世上越快少了這人越好。似乎唯有如此，他的世界才能重新平衡。

他依然是他，一個平凡無奇的衙差，不會再有「如果當校尉的人是我……」的悵惘。

「張兄弟，早。」夜班的獄卒過來和他交班。

「各位大哥夜裡辛苦了。」張嗣光走進囚犯圈圍之處，見一團團人影躺在半乾的泥地上兀自沈睡，便大聲吆喝：「起來幹活啦！要睡到什麼時候？」

呻吟聲紛紛響起，一團團人影蠕動起來。

張嗣光抽出長棍，東敲一記西摜一下。疲累的人犯蹣跚地走向河邊濕地，開始上工。他走到林諾身旁，林諾正要爬起來，他的長棍用力按在林諾胸口。林諾一愣，隨即會意地點點頭，對他擠眉弄眼一番。

張嗣光陰陰地瞧他半晌，繼續往旁邊走去。「起來起來！叫你們來享福的麼？」

黃軍被他一腳踢醒，揉揉大腿咕噥地爬起來。

把所有犯人叫醒，張嗣光悠哉游哉地走到乾爽之處。

林諾大聲打了個呵欠，走到楊常年身旁故意撞他一下。

「今兒要怎麼走？」楊常年頭也不回，只是低聲問。

「我也不知道，等凌葛來，看她怎麼安排。」

「此處河岸比前幾日更靠近死人林。若真是不行，我們拔腳便衝就是，被箭射死了也好過在這裡發霉發爛。」

「不要衝動，我們靜觀其變，凌葛一定會有安排。」林諾低聲回答，楊常年點點頭。

身後突然有個聲音，兩人一起回頭，韓必生在後頭眼睛亮晶晶盯著他們。林諾暗叫不好，希望剛才的話沒被他聽見。

「看什麼看？你眼睛大嗎？」他粗聲粗氣地推開韓必生，大步走向河邊。

楊常年不理這夥子，只是彎身去抱一段粗木。

韓必生小心翼翼地蹲在他身旁一起撿流木。

「楊大爺，你們剛才在說什麼？我好像聽見什麼『走』呀、『安排』的。」

「我不知道你在說什麼。」楊常年的面色緊繃。

韓必生突然停了下來，一旁的獄卒大喝他一聲，他才又動了起來。

那獄卒見他們開始工作了，轉頭看另一邊的人犯，忽地韓必生就跪了下來，拉住楊常年的衣角垂淚。

「楊大哥，你若要逃，不必管我沒關係，但我爺爺，請你一定要帶著他走，他的身子實在禁不起這般的折騰啊！」

楊常年大吃一驚，連忙四下看了一下，確定沒有獄卒看見韓必生下跪，伸手去拉他。

「你先起來再說。」楊常年急道。

韓必生硬是不起來，楊常年只得抬了根斷木擋住兩人。

林諾回頭看見了，眉宇陰暗，警告性地對他搖搖頭。

「你不答應我，我就不起來！」韓必生抹抹淚。「我已經想明白了。那好心給我爺爺藥的婆婆也是你們的人吧？楊大哥，你救人救到底，送佛送上天，求求你帶上我爺爺。你們若自己逃了，把我爺爺丟在這裡，他只有死路一條。」

在另一邊，韓老頭發現他們的動靜，擔憂地走了過來。原先盯著他們的獄卒又要轉回來。

林諾一看情況不對，突然大喝一聲：

「楊常年！老子在這兒幹活幹得這麼辛苦，你以爲你躲在旁邊納涼就成了嗎？」

楊常年被他衣領一拽，兩人立時扭打起來，一旁的獄卒看了又好氣又好笑，連連喝斥他們分開。

「怎麼回事？」林諾藉機貼著楊常年問。

「他請我帶他爺爺走。」楊常年被他從後頭箍住脖子，臉孔漲紅，勉強迸出話來。

「不行，我們都自身難保！」林諾低斥。

楊常年旋身解開他的鉗制，一腳將他掃在地上，兩人又抱成一團扭打起來。

「林諾，你們想想辦法不行嗎？這對祖孫是好人，我們若自個兒走了，他爺爺眞撐不了多久。」楊常年低聲道。

「不行！」林諾終於明白每次他不按照劇本來，葛芮絲說她心裡很幹是什麼感覺了。

「好了好了，通通退開！」獄卒看夠了戲，終於過來趕人。

林諾堅定地對楊常年一搖頭，這一回倒不是裝的，不悅的表情非常傳神。

韓老頭趕到孫子身旁，一面輕咳著，不住關切孫子有沒有被波及。

楊常年呆立片刻，不敢回頭看那對祖孫，只得扛起一段斷木大步走開。

✶

「老張！」

剛才和他交了班的夜班獄卒忽地回返，身後多了一騎。

只見馬上那人身形瘦長，穿著一身軍服，眉眼略略下垂，長得一副衰相，神色卻甚是倨傲。

「周老弟，這位軍爺是？」張嗣光見了，連忙迎上前，兩眼不住打量馬上之人。

「仁勇副尉趙虎頭。」那軍爺從懷中抽出一張通令，在他們面前揚了一揚，又揣回懷裡。「這兒有幾個犯人今日須押往邊關，我且來提人。」

「老張，我在路上遇見這位軍爺，就領他過來。現下沒我的事，我先走了。」夜班獄卒笑著離去。

「趙副尉，你們不是明天才來嗎？」張嗣光連忙道。

趙虎頭露出不耐之色。「路上腳程快，我們提早一天到了，早一天晚一天又有什麼分別？難不成你捨不得？」

「不是……不過上回來的好像不是您老人家。」他陪笑道。

「上頭要叫誰來，誰就來，你是認人還是認通令？」趙虎頭神色更是不耐。

同樣是當差的，京城來的就是比他們這種小地方的氣焰高，他奶奶的！張嗣光怕再惹他生氣，只能訕訕陪笑。

楊常年遠遠地見到趙虎頭的身影，又驚又喜。他以爲趙虎頭早已回涼國去了，沒想到竟然也在營救自己的行列。

他生怕自己掩不住喜色，連忙轉過身去，冷不防對上韓必生的雙眼。

韓必生神情哀懇地看著他，韓老頭輕輕拉了拉孫子，對楊常年笑笑，爺孫倆一起回頭工作。

楊常年不知如何是好，心亂如麻。

忽地，他大步走到林諾身旁，低低迸出一句：「韓老頭和他孫子若是不走，我也不走！」然後走過去。

林諾瞪住他的背影，他沒聽錯吧？

「呃，林大哥……」黃軍湊了過來。楊校尉怎麼在這緊要關頭使性子呢？真是急煞人。

林諾抹抹臉，扛著一段腐木從圈圍的柵欄旁經過。趙虎頭不動聲色地瞄過來，他微一搖頭，繼續走開。

那個搖頭是什麼意思？趙虎頭心念電轉，應變速度極快。

「這位兄弟貴姓？」

「敝姓張，張嗣光。」

「張兄弟，人犯可吃過飯沒有？」

「他們一天就吃午晚兩頓，民間糧食都不夠了，哪裡能讓他們一日三餐？」張嗣光訕笑起來。

趙虎頭眉心一皺。「今兒有一段長路要走，我可不想他們半途體力不支昏厥，給我添麻煩。等中午吃過了飯我再來押人吧！你讓他們吃飽一些。」

後方林諾聽見了，幾不可見地點了下頭。

「是，是，那趙副尉可要先去一旁坐坐？」

「不用了，我先進城跟同伴說一聲，時間到了再來拿人。」他轉頭策馬離開。

張嗣光看著他高傲的背影，嘴裡不乾不淨地低罵幾句。

一肚子氣無處發，他索性提著長棍，走過去一棍往林諾厚肩轟下去。

「官老爺，你這是幹什麼？」林諾被揍倒在地上，連連求饒。

「京城來的軍爺午後便要押楊常年那廝上路了，你若是讓他活著離開這裡，別怪今晚黃龍河中浮著的就是你林諾的屍體！」他斷聲道。

「官老爺，我知道該怎麼做了。」林諾忙笑道：「最多我午時找個理由和他打起來，將他殺了便是，決計不讓他活至未時。」

「哼！」張嗣光神色憤憤而去。

★

凌葛和公主從轉角探出頭來，遠遠看著河邊的動靜。

這個小城的最外圍和河邊之間沒有任何障礙物，神線良好，河邊的動靜皆能一目瞭然。

她們看著趙虎頭抵達河邊，趙虎頭等待片刻，然後……趙虎頭自己走了？

搞什麼鬼！

「凌姑娘，林諾他們怎麼沒跟著一起出來？」公主急了起來。

我知道就好了。

凌葛想抓狂。有鑑於她這個死弟弟有脫序演出的前科，她神色陰沈地拉著公主躲回牆後，等趙虎頭回來匯報。

她們又等了好一會兒，趙虎頭的身影才從她們身後那頭而來。猜想他是爲了不引河邊的獄卒疑竇，特意繞到城中心再繞過來。

「怎麼回事？」凌葛立刻迎上去。

「不知出了何事，林兄弟一時走不得，看來得等吃過午飯再做打算。」

凌葛深呼吸幾下，忍住踹牆壁的衝動。

趙虎頭假扮軍官一事只能撐得一時，極易露出破綻。那張通令上面的官印是她以紅墨僞造的，雖然還算精巧，只要夠細心的人就會察覺不對。若是有其他衙役過來探班，一聊到衙門裡並未有京城來的軍衛等著提人，一切就穿幫了。

她的安排完全基於打帶跑戰術，以時間換取空間。在她的預想裡，趙虎頭提了楊常年出來，找個理由把林諾黃軍一起押上，眾人在說好的地點集合，立刻出發，待衙役發現情況不對，他們早就跑遠了。

如今竟然未能將林諾幾人帶出，整樁行動的風險頓時飆高。

「你剛剛去了哪裡？」她問。

「我去河邊的路上遇到一個下了差的衙役，硬要替我帶路，我怕推辭會引他疑心，只好允了。如今計畫既然有變，我剛才追在後頭打暈了他，綁起來，丟在一處廢棄的柴屋裡，省得他回到衙門揭穿我的身分。」

「幸好你細心。」凌葛點點頭。「不過，如此一來，我們的時間就更加緊迫了。」

「凌姊姊，現在怎麼辦？」公主急道。

「怎麼辦？當然是回去做飯。」凌葛沒好氣。

這就是爲什麼她的備用計畫永遠有備用計畫。

林諾這臭小子，總有一天她要跟他好好算帳，看他害她短壽了多少年。

C計畫！

★

午時，放飯時分。

林諾走到老婆婆面前，無言地領過一片薄如蟬翼的麵餅。他稍微吹口氣，那片餅只怕立刻化了。

黃軍在他肩後拚命憋笑。

『計畫有變，我們得多帶兩個人走。』林諾低聲道。

『什麼！』她拚命忍下尖叫的衝動。

『我知道。但那兩人不走，楊就不走。』林諾無奈地低語：『我答應獄卒中午會藉故鬧事，既然我不會鬧事也不會殺楊，午飯一過我大概就沒命了，妳加油。』

說完，他一副沒事人的樣兒走到公主面前，說些下流調侃的話，把小姑娘逗得面紅耳赤，偷偷丟給他充滿擔心的眸光。

林諾偷握一下她的手，然後吊兒郎當地走開。

輪到黃軍，他無言地看著自己比林諾更小片的麵餅心想：凌姑娘，妳刀功長進了，連我練了十年刀都沒把握能把餅切到這麼薄啊！

老婆婆陰陰地瞪他一眼，他委屈地拿起麵餅往前走。

林諾領了餐，走到楊常年身旁大剌剌地坐下。張嗣光從獄卒的吃飯桌子望過來，雙眼拚命對他放銅鈴。

那個說午時過後才要來拿人的趙副尉莫名其妙又出現了，肩上多了把怪模怪樣的弩，尺寸比尋常的弩大上許多。

張嗣光一見他便緊張起來，連忙迎上前。

「趙副尉，您吃過沒有？要是不嫌棄，不如跟我們幾個兄弟一塊兒吃吧！」

「嗯。」趙虎頭也不跟他客氣，直接走向獄卒吃食之處。

他們在岸邊乾爽的地方搭了一張小棚，平時有乾淨的水和桌椅，獄卒都在這裡用膳，偶爾累了小歇一會。

獄卒的食物同樣由張四娘張羅，當然有菜有飯，有肉有湯，與囚餐不可同日而語。

所有獄卒是分三批吃飯的。趙虎頭一坐下來，張嗣光也坐下來，心裡卻在暗自著急。

只見第一批獄卒吃完了，換上第二批。

第二批獄卒也吃完了，換上第三批。

眼看第三批獄卒都快吃完了，林諾那裡卻一點動靜都沒有。

有趙虎頭在此，張嗣光不敢衝過去叫罵，只能竭力隱忍。

「時辰差不多了，你把楊常年帶過來。」眼見囚犯都吃得差不多了，趙虎頭抹抹嘴站起來。

張嗣光連忙跟著起來。

「趙副尉，要不……」他的身子突然一晃。

他連忙扶著桌面穩住自己。忽地，才走出去幾步的錢通達晃了一晃，軟倒在地。

彷彿下好暗號似的，所有的獄卒突然一個一個砰、砰、砰地倒在地上。

趙虎頭站在原地不動，面無表情地盯著他。

張嗣光臉色大變，指著趙虎頭。

「你……你……」他再也支撐不住，軟倒在地。

「林諾！」趙虎頭沈一吼，將背上的弩扔了過去。

他體格雖瘦，臂力卻大得驚人，一把重弩凌空直飛林諾而去。一個藥效晚一點發作的獄卒見情況不妙，勉力抽出弓箭——

只見林諾如一隻展翅大鵬高躍而起，在半空中接弩、上箭、對準、發射，四個動作一氣呵成，直接射中持箭的獄卒。

獄卒翻身一倒，林諾重新落地，身子打了個旋，弩對住四面八方。

所有獄卒紛紛倒地不醒。

他們吃飯時間不一樣，要讓三批人馬差不多時間發作，可不容易。凌葛特意在先吃的人食物中加入較少量的迷藥，然後依序增加，才能把時間抓得剛剛好。

所有犯人迷惑地站在原地，一時弄不清發生了何事。

「走！」她把頭間的黑色斗蓬一脫，揚聲大喊。

「獄卒已經被迷昏，老子不管你們，自己要逃了。想逃的人自個兒想辦法，不想逃的人要留在這裡等死也成！」林諾喊完，把弩往肩後一揹，大步衝向凌葛和公主。

韓氏祖孫最先省悟過來。

「爺爺，快！」韓必生急道。

韓老頭被孫子扶了，跌跌撞撞地往前跑。楊常年衝過來，將韓老頭往背上一揹，只說了聲「快走」，便往林諾等人衝去，韓必生感激無比地跟上。

侍眾人一會合，韓老頭再換到林諾背上。

『他們是誰？』凌葛難以置信地問。

『走！』林諾先跑再說。

其他犯人突然間全醒了過來，不知是誰發了聲喊，所有人一哄而散，各自逃命去也。

★

『你根本不知道他們是誰。你看，那個老人一直在咳嗽，說不定得了瘟疫，我們每個人可能都被傳染了。我真不敢相信你們竟然爲了一個陌生人冒這麼大的險。你們就沒想過他們可能是朝廷安排的暗樁嗎？如果他們是其他國家的奸細呢？如果他們是連續殺人狂、連續強暴犯、爲害一方的大魔頭呢？』

妳眞是太抬舉他們了……林諾能忍的時候儘量忍，忍到不能忍再出聲。

『閉嘴，Grace! 妳每次一緊張就開始嘮叨。』

凌葛露出受辱的表情。

『我從不嘮叨的！』她終於找回自己的聲音。『你這輩子哪隻眼睛哪根手指哪根毛見過我嘮叨？』

『好、好，妳不嘮叨。』林諾安撫地拍拍她的頭。

你在拍狗嗎？凌葛受辱的表情更深，黃軍在後頭不敢笑。

一行人往前衝了一段路，趙虎頭忽然覺得不對。

「凌姑娘，這是回城裡的路。」他的步伐慢了下來。

「當然。」凌葛繼續往前跑。

「我們不是要去搭船麼？城裡沒有可供躲藏之處，進了城等於自投羅網啊。」趙虎頭只得跟了上去。

「我們不搭船。」凌葛依然繼續往前衝。

嗯？原本不是要預定走水路逃向陳國嗎？雖然現在還未到滿潮時期，可是不走水路，就只能往內陸而去，不消多時就會被追上了。

趙虎頭越跑越狐疑。

他們這行人其實很引人注目：幾個衣衫襤褸的人犯，兩個粗布衣裳的婦人，一起在街上狂奔。幸好有個穿軍服的趙虎頭在，一時不會有人過來問。

然而，他們入了城之後，卻是往另一頭的城南而去。

河岸在西方，城南距離頗遠，凌葛和公主卻選中此處棲身。當時趙虎頭曾問過為何不就近在城西落腳？凌葛只是笑笑，依然租了城南的一間木厝。

他們在城裡待的時間越長，被抓住的可能性就越高。若不是對她的智計有信心，他眞會轉頭找最近的路逃出城外。

他們一行人開始引起百姓的側目。忽地，前方有一隊人馬讓他們緊急停住，飛快閃到巷子裡躲起來。

凌葛探出頭來看。

前方有一片廣場滿滿擠了幾十名士兵，一隊衣履光鮮的官員被簇擁於兵士之中，似乎是在視察災民生活。奇特的是，那些士兵穿的不只是宋國的軍服，還有穿著陳國軍服的。

「他奶奶的，運氣這麼不好，遇到這群狗官。」楊常年低罵。

不期然間，一名面目清朗的男子鶴立於眾人之中，被眾星拱月般圍住。凌葛眉心一皺。

「哼。」身後的林諾低哼一聲。

她不暇細究，往右邊一指，眾人順著右邊的小巷子繞道，繼續前往他們的目的地。在大街小巷間穿梭一陣，趙虎頭越發肯定他們是要回到凌葛租處。這時候回去做什麼？

凌葛的租處轉眼在望，一夥人從巷中衝了出來，眼前突然一閃，幾名軍人從另一條巷子衝出，團團將他們圍住。

而且這群人穿的是陳國的軍服。

路旁民家見了，紛紛嚇得躲回屋中。林諾、楊常年等人臉色一變，有兵器的操兵器在手，沒兵器的隨手抽出路旁的長棍木凳，全神戒備。

「陳軍好大的威勢，在宋國直如在自家境內。」凌葛微微一笑，氣定神閒。

陳軍微微分開，一名男子緩步走出來。

只見此人錦袍華貴，長扇風雅，身如長松，面如冠玉，一身貴胄子弟之氣，正是方才凌葛在眾官之中看見的那個男人。

楊常年和趙虎頭俱是一愣。

此人雖然無一絲江湖浪拓之氣，卻分分明明是他們識得的那個青雲幫徒，陸三。躲在林諾身後的公主陡然想起一事，指著陸三急急道：「凌姊姊，你們別信他！他是陳國世子陸衍之，不是什麼陸三！」

陳國世子陸暢，字衍之，為陳王第三子，年二十六；自幼才思敏捷，舉一反三，一目十行，月讀百經；性格仁厚，通情達理，甚為陳王所喜，故於弱冠之年，加封為陳國世子，長兄皆服。

「性格仁厚、長兄皆服」個屁！凌葛得知他真實身分的那一瞬間，腦中豁然貫通。

她知道他為何一直跟著他們了。

一開始她和陸三的相識確實是巧合，青雲幫極有可能是陳國——又或是陸三自己——在民間的情報組織。那時的她之於陸三只是個普通民女，所以在她前去北方找林諾之時，他多數時間放牛吃草，偶爾有空再來看兩眼。

他對她真正起了興趣，應該是在發現她要去找的弟弟竟然是「宋國新虎」，於是他開始一路跟隨，想瞧瞧她能做什麼。

沒想到她智計層出不窮，一環扣著一環，他一一瞧在眼裡，心中開始生出驚異。

他也真能忍，為了探她的底，竟然甘願讓辛苦抓來的三名猛將被她救走。

後來他毫不掙扎地與他們分手，化明為暗，繼續在暗中監控他們的行動。

那夜他領人夜襲送嫁隊伍，目標確實是公主無誤。

若要破壞涼宋兩國的結盟，直接將公主殺了是最直截了當的，然而當他發現她和林諾就在送嫁隊伍中，一定明白事情不會如此輕易。

果然，林諾等人殺傷了他幾名手下，計畫功敗垂成。

此人心計也夠深沈，一計不成，二計又生——這一點倒是跟她很像——既殺不得公主，索性讓她如期進京。

公主的來歷只消花點時間打聽，並不難得知，楊常年的家世背景亦是如此。他讓公主上京送嫁，只要時機算得剛好，還能帶上楊常年一筆，順便把楊常年被凌葛救走的帳再討回來。

陸三那夜不是出手抓公主，而是抓向凌葛，因為他知道凌葛若是跟著這行人，極有可能洞穿他的計謀，實為一大威脅。

他會出現在小村中幫他們，除了眞心好奇凌葛會如何退敵之外，也是想確保公主眞的能成功抵達宋京吧？

公主一旦到了京城，婚期既定，宋陳兩國雖然在交戰之中，面子上依然要顧全，陳國必然會受邀觀禮。

陸三只需以陳國世子之名前來，然後由他們埋在宋廷的暗樁將「公主原是個私生女」的消息放出去，陸三適時在公開場合風涼幾句，宋國皇室必然顏面大失。然後再捎帶上幾句「楊常年如何一心為公主送嫁」、「他的母親本為涼國人」等等，以宋君多疑的天性，定然不會放過他。

楊常年武藝雖高，腦子卻不怎麼管用，要在他家偷放些涼國細作的信物委實不難。三下五除二，便坐實了他涼國奸細之名，其罪可誅。
只能說陸三……不，陳國世子陸衍之的運氣極好，所有事情都往他要的方向發展。凌葛和林諾一送到京城，就與楊常年分別，沒有留下來成爲阻力。此爲利他之一。涼國二王爺竟然選在此時墜馬身亡，涼國一夕變天，新主自己就揭了公主的底，撕了宋涼和親之議。此爲利他之二
他的一條計策，不只壞了宋涼兩國關係，也毀了當初他放走的宋國猛將，實是一舉兩得。
「陸三，你施的好計啊！連我都差點著了你的道。」她微笑道。
眾人錯愕地看著她，只有林諾隱約想明白了發生什麼事。
陸衍之見她電光石火之間竟然把一切想通，心下一凜。
他忽然恭恭敬敬地長拜而下。
隨侍的陳軍見世子突然對此女行此大禮，吃了一驚，也不敢怠慢，齊齊躬身行禮。
陸衍之正色道：「凌姑娘，宋君昏庸無能，賊臣當道，忠良被陷，民不聊生，此間種種妳皆是親眼所見。我陸三忝爲陳國世子，雖是不才，卻不會糊塗至此。若姑娘願來陸三身旁助一臂之力，他日陸三登基之後，必以高位待之。」
這是廠商招才來了。凌葛笑容更豔。
「放屁、放屁！」楊常年暴跳如雷。
陸衍之對他只做不聞，緊緊盯著這個千載難逢的奇女子。

「高位？是什麼樣的高位？等你當了皇帝，要封我當皇后，封林諾當大將軍嗎？」凌葛笑道。

「楊校尉身為宋人，一心護宋，情有可原，兩位卻不是宋人，事陳事宋又有何差別？姑娘若留在宋國，難保令弟不會變成另一個楊常年。兩位若肯投入我的旗下，他日陸三便是以后位高祿迎之，又有何難？」陸衍之的神情莊嚴慎重，絲毫不是玩笑。

楊常年氣得要衝過去幹架，被林諾一手攔住。林諾的神情只是冷冷的。

「好吧！你給我點時間想想，下次見了面再答覆你，我們現在要逃命了，你要不要一起來？」她笑靨如花。

口中問著他要不要一起來，卻等也不等，直接領著眾人進了屋子。

陸衍之並不追上，只是立在原地，定定注視著她。她熱情地對他揮揮手作別，轉身把門關上。

「走！」

門一關上，嘻笑之色盡斂，她火速衝入房中，從櫃子裡翻出幾個大包袱，一個人丟一個。

「補給品，一人一份，裡面有可以撐上五天的食糧和基本裝備。」

她永遠是在準備好的狀態。林諾不由得微笑。

「沒料到會多出兩個，老先生和他的孫子沒有。」凌葛白他們一眼。

「無妨，我和黃軍分著用便是，我的這一包給韓老頭他們。」楊常年連忙道。

凌葛不理他，只是跟韓氏祖孫說：「韓老先生，現下我們救了楊常年走，朝廷重兵一定會專注在搜尋我們，正好給了你們兩個逃走的機會。你們兩人換上常服，洗漱一下，看起來就像尋常百姓了，可以混在其他難民之中一起逃出去，路上就算有官兵盤查也多半認不出來。你們自己逃，比跟著我們安全多了，你如何看？」

「姑娘，事已至此，咱大家都在同一條船上了，我們還是跟著凌姑娘走妥當些。」韓必生連忙道。

「好吧！」

凌葛不多說，拿起自己的那一包往後門衝出去，所有人跟在她身後。

奔出不遠，趙虎頭終於弄明白她逃的方向。

原來當初她會租下這間房子，就是因爲它最靠近死人林。

她早就想好了各種逃脫的路線。

「啊，這一路是去死人林的啊！」韓老頭頓時有些著慌。

「老丈莫慌，我們跟著她走便是。」林諾依然揹著他，語聲極爲沈著。

「你們還有回頭的機會。」凌葛冷冷道。

韓氏祖孫互視一眼，堅忍地對她搖搖頭。

事已至此，除死無大事。

所有人本著對凌葛的完全信任，一起衝進噬人的叢林。

7

死人林不愧是死人林。

古木參天，蔽日遮月。寒氣森森，瘴氣積鬱。

他們初入林中猶然不覺如何，誰知走不出里許，景象幡然不同。觸目所及，密密麻麻，全都是樹。

不只是樹，還是大樹。

初始的平凡密林轉眼間變成參天古木，粗則三、四人合抱，細則一個成年漢子圍抱。初時他們仰頭猶看得見天空，轉眼間就被層層疊疊的樹冠遮蔽。雖然不至於伸手不見五指，然而酉時未到，已經必須點起火把，方可順利前行。

眾人終於明白為什麼死人林如此惡名昭彰，只因在這裡連要抬頭看星象辨方位都不可能。

韓氏父子和楊常年等人一開始還擔心身後的追兵，然而走了一個多時辰，別說是追兵，連他們自己都難以判斷是從哪個方向而來。

他們分成兩兩一隊，凌葛和楊常年走在最前，由楊常年掌著火把照明，韓氏祖孫次之，黃軍、趙虎頭在後，末尾是拿著火把的林諾與公主。

楊常年越走心中越悚。他常年刀山劍雨，火裡來水裡去，就算人頭在他眼前落地都不會眨一下眼睛，這座陰森詭異的叢林卻讓他打從背心裡涼上來。

密林深處影影綽綽的，有時彷彿看見異物一閃而逝，待得正目一瞧，卻又什麼都沒有。

藤曼氣根一條條地纏掛盤旋，明明是死物，卻又像有生命一般，總覺得眼睛一轉開它便會自行蠕動。一行人好幾次回眼去瞧，確定了眞是自己疑神疑鬼，才轉開視線。結果就在楊常年以爲自己抓的是一條尋常氣根之時，被細心的趙虎頭一喝：「楊兄小心！」，才發現那竟是一條通體墨綠的毒蛇，嚇得忙不迭抽刀將那蛇砍成兩段。

公主此時也顧不得什麼男女有別，緊緊抓住林諾的手不敢放。

他們要維持直線前進根本就不可能，處處是腐木斷根，亂石殘堆。才走了一個時辰，他們連來時的路都認不得了。

密林之中濕度極高，腐葉、沼澤、濕泥混合起來的氣息如一張厚毯子，罩得人喘不過氣來。

倘若眞有什麼蟲鳴鳥叫也就罷了，這座死人林卻異常安靜，反而讓人心中更感不安，林中彷彿藏著什麼怪物，隨時等著吞噬他們這些外來者。

空氣不流通加上心理壓力，不消多久眾人便背心汗濕，氣息喘促，體力竟消耗得比攀山登高更快。

林諾眼觀四面，耳聽八方，一有動靜，手中的弩立刻對準了方向。

他們一度以為自己聽到人聲，似眞似幻，似遠似近，一時也辨不清楚，三轉兩轉之後那些聲響又不見了。莽莽天地間，彷彿只剩下他們幾個活人。

楊常年偷眼瞧了幾次凌葛的神情，只見她神色森凝，卻無任何驚懼之色，逕自篤定地往前闖。他對凌葛之能已經信到五體投地，心想：人家姑娘家都沒有懼色，他堂堂一個校尉還怕了誰的？又想：凌姑娘既然敢領他們進來，想必早已有出林之道。如此一想，便安心了。

「凌姑娘，我們現在是朝哪一頭走？」楊常年問道。

「只管往前走便是。」

她的回答極短，眾人聽了卻是心神一定——

凌姑娘一定知道要往哪裡去！

終於，森林裡的光線完全暗了下來，他們來到一處還算平整的空地，凌葛停了下來。

「今晚就在這裡歇腳吧！」

聽她一說，所有的人把包袱放下，開始張羅晚上過夜的需要。

「黃軍，將周圍的草叢清一清，免得有蟲蛇躲藏。」林諾低沈吩咐完，自己抽出弩，大步走入林中。

黃軍一手持著小刀，一手拿著一根樹枝，開始打草驚蛇。

夜間濕氣更重，若是直接坐在地上，不多時濕氣便會透體而入，於是楊常年和趙虎頭搬了幾塊石頭當凳子。須臾間，眾人整治出一塊可供休息之處。

林諾沒多久便回來了，手中提著幾隻野兔，這密林的唯一好處大概是獵物不虞匱乏。他在附近找到一小處乾淨的水源，已將野兔剝洗乾淨，公主接了過來，黃軍在營地中央生起一堆火，幾隻野兔轉眼便架在火上，透出陣陣肉香來。

此時已然進入秋冬交界之際，一入了夜寒意甚重，兩個身子較弱的姑娘都有些禁受不住。凌葛從包袱中翻出一件長袍穿上，林諾也不避諱，讓公主坐在自己的身前，他的兩條長腿將她夾在中間，形同用自己體溫包住，凌葛早就自動自發偎在他身側取暖。

這個時候就覺得男人體溫高很好用了。

之前她曾希望在冬天之前收工回家，現在看來是不可能了，她苦笑一下，雙手靠近火堆取暖。

林諾開始檢查他姊姊到底在包袱裡放了些什麼。

一件長袍。

一套換洗衣物。

牛皮水壺。

三日份的肉乾和乾糧。

打火石，一塊防水油布，一小束棉芯。

一小塊鹽塊，可調味也可清潔消毒。

眾人的包袱都大同小異，只有林諾的包袱裡多了一袋用油布裝著的瓷瓶與乾布，瓶中是他的弩專用的保養油。

他拿起那瓶保養油，對他貼心的姊姊一笑，謝過了。

「老爹，這件袍子你拿去穿。」他將長袍遞給正在發抖的韓老頭。

「咳……咳咳……多謝。」韓老頭伸手接過來。

「慢著！」凌葛手隔在兩人中間。「老先生，你病了多久？何時開始？有什麼症狀？現在感覺如何？」

林諾蹙眉瞪她一眼，她才不理他。

「姑娘，我確實只是風寒而已，妳莫擔心。」韓老頭苦笑道：「發疫之處是在支流十里遠的青田鎮，疫情一起便被封鎮了，此事已有月餘，現下想來已經無事。且黃龍河湍急，災民過不了河，大多是往東北而去，因此我們這一帶未有疫災。」

「噢。」其實現在天氣變冷，也不是傳染病盛行的時節。

不過凌葛想想還是不放心，在自己包包裡翻翻找找，掏出兩包藥粉遞給韓老頭。

「這是止咳散，這是祛風去表散，一日三次，飯後服用。風寒未好之前，每次咳嗽要用手捂嘴，盡量不要碰觸其他人，以免傳染給別人。」

『Grace!』

『What?』

『妳可以含蓄一點嗎？』

『含蓄可以讓你不生病嗎？』

『也不必像對待痲瘋病人一樣吧？』

『哦你放心，痲瘋疫苗三十年前就研發成功，我們兩個人都接種過了。如果他是痲瘋病人，我反而不怕。』她理所當然地道。

林諾受不了地拍一下前額。

韓老頭笑道：「林公子，不妨不妨，姑娘是一番好意，小老兒領受了。」於是將藥接了過來，湊著剛燒熱的水服了一包下去。

公主忽然重重一抖，越來越受不住寒氣。涼國位處南方，氣候原本就沒有此處冷，這種溫度在涼國已經算是冬天的氣溫了。

林諾索性將她拉起來直接坐在他大腿上，然後攤開防水油布將她和自己包住，如此一來他們就可以互享體溫，熱氣不會散失。公主又驚又羞，腦子裡亂烘烘地糊成一團。

楊常年搔搔腦袋。他本來就是個大老粗，自是沒什麼忌諱，只是不曉得趙虎頭如何作想就是。

趙虎頭心中卻是頗有感嘆。

公主年紀輕輕卻多經舛難，如今她和宋室的婚約既已告吹，涼國眼見也是暫時回不了的。他雖是因送嫁之事才識得這位纖雲公主，常久來的相處也知她性格溫善，且她對林諾的情愫眾人皆知，若是她和林諾之事能諧，也未嘗不是壞事。

「姑娘，我們不是要坐船逃走嗎？」趙虎頭只作不見，直接和凌葛說了起來。

「船夫不是說得很清楚？未到十五大潮，船載不動這麼多人，我們逃到江邊也沒用。」凌葛配著林諾切好的兔肉，秀氣地吃起餅來。

「莫怪乎凌姑娘將房子租在城南，原來是做好了水路不成便逃入死人林的謀劃。」

趙虎頭頷首。

「不過凌姑娘，妳怎麼會識得路？妳以前又沒有來過死人林。」黃軍趁機問道。

「誰說我識得路了？」凌葛涼涼地掃他一眼。

所有人全傻了。

「凌凌、凌姑娘不識得路？」韓必生結結巴巴道。

「不識得！」她乾乾脆脆一攤手。

「那凌姑娘，我們……我們是迷路了？」楊常年整個傻眼。

「迷路了！」她愉快地說。「就算你們叫我帶你們從原路出去，我也走不出去。」

眾人傻得更厲害。

「那……那……那可怎生是好？」黃軍喃喃地道。

楊常年頓了一頓，突然一拍大腿笑了起來。

「凌姑娘，我老楊差點又上了妳的當。妳一定是在開玩笑，唬弄我們的是吧？」

凌姑娘怎麼可能會迷路嘛！想也知道。

「騙你對我有什麼好處？」凌葛橫他一眼。

「難……難道眞的迷路了？」楊常年終於瞠目結舌。「凌姑娘，妳怎麼帶大家躲到連妳都不識得路的地方？」

「這樣不是最安全嗎？如果連我們都不知道自己在哪裡，還有誰能找得到我們？」

這……這簡直強辭奪理！

可是想想，好像又有幾分歪理……

一行人抓耳撓腮，要反駁嘛，又想不出道理來，不反駁嘛，又覺得怪怪的。

「凌姑娘，您眞是天性樂觀。」黃軍暗自含淚。國家就需要您這種人才。

「不妨，除死無大事。老子寧可死在這勞啥子鬼林裡，也好過死在那群狗官手上。」楊常年吸了口氣，豪氣干雲地拍拍胸口。

不是啊大哥！你想死，我們可不想死。黃軍苦著臉啃餅。

「咳，那凌姑娘可有出林之道？」趙虎頭清了清喉嚨。

「我不曉得。就算曉得，說了有什麼用？反正你們從來也不會照我的意思做。」她冷笑一聲，轉開身子不理他們。

一夥人偷偷你看看我，我看看你，開始明白了。

都忘了，凌姑娘其實挺有脾氣的，這下子算起總帳，惹惱了她，大家伙沒好日子過了。

黃軍頂一頂楊常年，楊常年頂一頂趙虎頭，趙虎頭旁邊沒有人可以頂了，只好再原路頂回去。

他們幾個人暗自較勁，終於目光一致投向坐在對面的當事人——的弟弟。

林諾摸摸鼻子，在眾人的目光壓力之下，只得接過話頭。

「沒關係，我知道路。」

所有人的目光霎時從沈沈壓力變成閃閃期待。

「林諾，你來過死人林？」楊常年忙問。

「沒來過。」

「沒來過怎麼知道路？」黃軍問。

「荒野求生是我的強項。」

他們受訓時最艱困的關卡，就是每個人全程被蒙住眼睛，扔上各種交通工具，載到某個不知名的地點，再一個個丟包。

有時是酷熱無比的沙漠，有時是密不見天的叢林，有時甚至是海中央的孤島。每個人只拿最基本的食水和一柄刀子，然後必須在規定的時間內返回營地。

他通常是最先回去的前幾個。

凌葛冷冷看他一眼。林諾雖然是她弟弟，從小到大吃過的排頭也不少，所以他完全沒浪費時間去解釋，等她自己氣頭過去再說。

「荒野求生是什麼？」公主仰頭看著他，一雙晶光燦爛的大眼中只有信任。

「就是我們現在的情況。叢林裡其實有許多可辨別方向的事物，大家不必擔心，等天亮之後我們再來找路。」

眾人聽他說得這麼有把握，都放下心來。

「既有出林之法，出林之後該往何處去，卻是要合計一番。」趙虎頭深思道。

「大哥，你的母親在涼國，你想去涼國接她嗎？」林諾望向楊常年。

楊常年逃走的消息一傳出去，一定會有人去他的母親家監視，然而他身為人子，不能棄母親於不顧。

楊常年持著麵餅的手垂了下來，淚突然流了下來。

「大哥」、「楊兄」、「校尉！」幾個人同時出聲，連凌葛都為之側目。

「我出事的消息傳到涼國，我娘……我娘為了不連累我，上吊自盡了，我……我早已沒了娘了。」楊常年流淚道。

「啊……」凌葛輕叫出聲。

公主捂著雙唇，一顆眼淚滾了下來。

「楊大哥，等我們逃出此境，找馬將軍去。你的忠心馬將軍最是清楚，他定然能證明你的清白。」黃軍含淚道。

「不用啦！這是我自個兒的事，沒必要再多連累一個人。」楊常年抹乾了淚，搖搖頭。

林諾和凌葛互視一眼。

「你曾向馬將軍求援，他沒有理會你是麼？」林諾深目中全是森森寒意。

楊常年不想再多說。

黃軍年輕的臉龐在兩位大哥之間轉來轉去，終於明白了過來，露出震驚之色。楊校尉爲馬將軍立下多少汗馬功勞，馬將軍怎會不理他的求援……

凌葛只是唇角輕輕一勾，了然於心。

馬將軍好功貪祿，此時去挺楊常年等於去捅一個馬蜂窩，莫說他無法確定楊常年是否眞爲細作。即使他十成十確定楊常年不是，爲了自己的前途，他也不會出面去替楊常年說項，沒的惹火上身。

林諾雖然早知馬將軍的爲人，一想到還是怒火升起。

「楊校尉，就算全天下都說你是壞人，我們也都知道你是好人。」公主輕聲地道。

「公主莫再稱我『校尉』，我已經不是校尉了，以後喚我一聲老楊便是。」楊常年嘆口氣道。

「那我跟著他們一起喚你大哥吧！你也別再叫我公主了，我本就不是什麼公主。我的名字叫芊雲，芳草芊芊的芊，小名叫雲兒，楊大哥若是不見外，便像幼年一樣喚我一聲『雲兒』便是。」

僅數月之別，他們已校尉不是校尉，公主不是公主，世事變化之劇，著實令人感嘆。

「對了，林諾，凌姑娘，你們原本預計把我救出來之後要到哪裡去？」楊常年不想再談自己的傷心事，遂轉個話題。

林諾只是看著她，凌葛眉頭深鎖，沈吟了起來。

黃軍在路上曾報告他在小山村中查問的結果。那些姑娘平時被關在房裡，有些人是在李四死後才被抓來的，果然對李四的事一無所知。

雖然陳秀娘提供的訊息很有幫助，然而李四終究死了，他們要如何找到第二個實驗體的行蹤，著實是一件難事。

「我們在找一個人。」凌葛決定照實說。

「凌姑娘要找誰？或許我們可以幫得上忙。」楊常年精神一振。

「不曉得。」

「啊？那他叫什麼名字？」

「不曉得。」

「他是哪一國人？」

「不曉得。」

「他慣常在哪一帶出沒？」

「不曉得。」她攤攤手。

「妳啥都不曉得，怎麼找人？」楊常年怪叫道。

「我只知道他身上有怪病，他去過的地方應該也會有人跟著得怪病。」

「那他去過哪些地方？」

「不曉得。」

簡直不負責任嘛！一干人頓時覺得上當。哪有要找人還不知找誰的？

「凌姊姊，妳說這人有怪病，是什麼怪病呢？」芊雲好奇地問。

「頭暈、嘔吐、全身無力、容易疲累、拉肚子，一開始會讓人以爲這人是傷風感冒或吃壞肚子。他常常生病，一旦病了也不像其他人那麼快好。他的毛髮會脫落，皮膚上有紅斑、乾痂或是脫皮，身上如果有傷口也不容易復原。他的眼睛、鼻子、嘴巴這些黏膜部位會充血或破皮。

「跟他接觸久了的人，輕則嘔吐頭暈拉肚子，嚴重一點的會跟他一樣掉頭髮，晚上睡不著，也可能有黏膜出血的現象。

「有些人會產生神經病變，例如四肢不由自主地搖晃發抖，視力變得模糊。通常這些人都找不出病因，所以地方上只會傳揚『某些人突然得了怪病』的故事。」

「這麼厲害？」芊雲聽得糊塗，卻也瞠目結舌。

一直在旁邊聽他們說話的韓氏祖孫互視一眼。

「姑娘是說，這些……病都是那個人過給別人的？」韓必生開口問。

「兩位聽說過什麼風聞嗎？」她的視線立刻轉向他們。

韓老頭接過話來。「倒也不是什麼風聞，我們家鄉的人都知道，陳國從陽縣那一帶，就發生過姑娘說的怪病。有一陣子，好些個人皮膚紅腫搔癢，也有些人吐啊、身上起紅斑啊，著實不少人犯了。大夫看過只道是蟲蟻咬傷，醫過之後也不見好轉；又說是季節交替，起了風疹，可吃了風疹的藥也無效。況且，風疹也沒有人人同時一起犯的道理。」韓老頭道：「有些地方上的人是說，定是從陽境內有人犯了什麼邪祟，在村子裡作祟開來，可是後來聽說怪病自個兒消失了，這事也就不了了之，幸得沒有出人命。」

「韓老爹，你是怎麼聽說這件事的？」林諾眉心微皺。

「我們家住黃龍河畔，和陳國也就一河之隔，兩邊的人時常有往來，聲息相通，從陽縣位於對岸三十里之處，所以我們地方上的人都聽過這件事。」

「這是什麼時候發生的事？」凌葛忙問。

「嗯……約莫一、兩年有了。」

「你說，很多人都知道這件事？」凌葛再確定一次。

「在我們地方上是這樣的，至於傳開多遠，我就不曉得了。」韓老頭有問必答。

「有一陣子我們河這邊的人還嚇著了，不太敢跟從陽來的人做生意。」韓必生也點頭證實。「雖然事情已經有一陣子了，直到現在還是有人在傳。凌姑娘，你們幾位就算沒遇著我們，一出了死人林就是陳國的善信，距離從陽更近，遲早也會聽見別的陳國人說起。」

如果這件事已經傳了一陣子，極有可能歐本也聽說過，甚至先找到了第二個實驗體。

「你們可知道具體在從陽縣的那個地方？」凌葛問道。

韓必生皺起眉頭。「這個……確切的地點就得去問問當地人了，我們倒眞是不知。」

「眞是多謝兩位了。」她感激地道，韓氏祖孫連連謙讓起來。
『這麼巧，竟然被我們聽到實驗體的消息。』林諾對她挑了下眉。
『說巧倒也不巧，歐本傳送過來的地點似乎集中在東南方，本能會讓人往地大人多的地方躲，地方大代表有足夠的藏身空間，人口多就能隨時混跡其中，所以他們若不是向西往宋，就是向東往陳。黃龍河是宋國與陳國東西交界的主要幹道，水路更容易隱匿行蹤，這個實驗體會順著黃龍河找尋適合的藏身地點，倒是不難理解。』
『我們可以因此推論，歐本也在附近嗎？』
『誰知道？找了再說。』她聳聳肩。
陳國，從陽縣。
「好吧！就是那裡了。」下一步就到那裡看看。
「老爹，你們接下來要去哪裡，想好沒有？」楊常年問道。
「眼下老家是回不去了，我的女兒嫁到陳國，我們只得到陳國去投靠她一段時間。」韓老頭嘆了口氣。
「好，那決定了，大家都到陳國去吧！」楊常年大筆一揮，拍板定案。
凌葛啼笑皆非地想：喂，我們沒有必要同路吧？
芊雲在林諾懷中，仰頭對他一笑。林諾在油布之下握了握她的手。
『人多好辦事。』他告訴姊姊。
凌葛翻了個白眼。

算了，反正要出死人林還不知要多久，走一步算一步。

★

這一夜眾人睡得並不安穩。

白天幾乎是寂靜無聲的死人林，夜裡卻充斥著各種奇奇怪怪的聲響，似獸吼不是獸吼，似蟲鳴不是蟲鳴，兼之風聲淒厲，枝葉窣窸，到了中夜簡直是鬼哭神號。

林諾、趙虎頭、楊常年及黃軍輪班守夜，營火通宵點燃，一來取暖，二來可以驅避林中猛獸。

他們並不是沒有在山林裡露宿過，然而和死人林一比，那些經歷如小巫見大巫。

這座森林一直讓凌葛聯想到亞瑪遜叢林。在他們的世界裡，應該沒有死人林吧？也不知亞洲東部為什麼會長出這麼一座茂密的雨林，又或者曾經存在，只是在文明演進的過程中被砍伐殆盡了？

嗯，這倒是有趣的主題，哪天回去之後來找找資料。

回去……啊，何等遙遠的心願。

早上眾人都起身了，黃軍卻側躺在地上，動也不動。

「黃軍？」

林諾伸手去搖他的肩頭，卻見黃軍臉色慘白，手指悄悄朝自己的下半身一比。

林諾蹙著眉頭，把他蓋在身上的大袍掀起一角，沒看到異狀。再往他的褲管檢查過去——

「怎啦？」楊常年好奇地過來探頭探腦。

林諾把他攔在身後，慢慢撩開黃軍蓋著的大袍，然後從腰間抽出一把短刀，將黃軍的褲管割開到膝蓋處。

芊雲見了差點驚叫出聲，連忙緊捂著嘴巴，趕緊退開來。

一隻色彩斑斕的大蛇蜷在黃軍的褲管裡，被他的身體煨得暖呼呼的，一點都不打算離開。

這混小子啥都不怕，就怕蛇。

楊常年忍不住想取笑他兩句，被林諾白了一眼，硬將推到他後面去。

黃軍嚇得全身都在抖。

林諾繼續把褲管割開，這大蟲感覺到寒意，竟然往他的褲管裡鑽，整顆蛇頭從褲腰鑽進黃軍的上衣裡，黃軍嚇得連大聲呼救都沒力了。

「喂，你把他褲子割了，他就沒褲子了。」凌葛在後面「很幫忙」地提醒。

黃軍表情悲慘。

林諾回頭用刀尖指住她的鼻子，再堅定地往後一指。

好心沒好報。她咕噥著回去啃麵餅。

林諾小心翼翼地將黃軍的腰帶解開，再割開褲頭，撥開衣服——

「嘩，好大一隻蛇啊！」楊常年驚嘆連連。

黃軍的神色一片死寂。

林諾嚴厲地回頭，刀尖指了指楊常年的鼻子，再往凌葛旁邊一指。

楊常年也出局。

「別怕，這蛇看起來不怎麼毒。」這蛇看起來非常毒。「不過牠現在睡著了。」牠看起來活跳跳。「我不驚嚇牠，輕輕撥開讓牠自己爬走就好。」

「不一刀殺了麼？」趙虎頭過來一探。

蛇的生命力很頑強，即使頭被砍斷，肌肉依然保留一段時間的活動力，足以注射毒液，所以讓牠自己爬走是最安全的方法。

林諾怕說太多會讓黃軍更害怕，只是搖搖頭。「抽一根木炭給我。」

營火剛弄熄不久，韓必生就站火堆旁，連忙抽出一根猶有餘溫的炭木給他。林諾將木炭放在不遠處，然後刀尖輕輕挑起蛇頭，放到濕冷的地上。

那蛇懶懶的，不太想動。如果是在美洲，這時的蛇類已經準備冬眠，此處氣候不算嚴寒，蛇的冬眠時間還沒到，可是活動力已經降低。

他幾乎是像在對待情人一般，溫柔地一點一點撥弄，那隻大蛇終於心不甘情不願地離開黃軍身體，蛇信微吐，察覺到附近另有熱源，緩緩滑向那根木頭。

蛇一離開身體的剎那，黃軍就想彈跳起來，被林諾即時按住，用眼神示意他動作放慢。

滿頭冷汗的黃軍終於慢慢地起身，那蛇在木頭旁盤桓片刻，似乎感覺它暖意不足，於是慵慵懶懶地往樹林裡鑽進去。

黃軍想尖叫又不好意思尖叫，所有的恐懼融在一聲充滿壓抑的低吼中：

「呃啊——」

「喂，你現在沒穿褲子。」某個正在啃麵餅的女人提醒。

黃軍的怒吼戛然而止，再度一臉死寂。

「哈哈哈哈哈——」楊常年毫不客氣地爆笑出來。連穩重如韓老爹都不禁莞爾。

「凌姊姊那裡有針線，我幫你縫一縫，還能擋著穿。」芊雲忍著笑，好心地提議道。

「我的針線是拿來縫人皮人肉的，縫布太浪費了。」凌葛抗議道。

黃軍這時已經失去了求生意志。

「拿來就是！」林諾主動撈起她的包裹，被她貓斷一聲搶回去，自己心不甘情不願地掏出來交給他。

林諾將針線包遞給芊雲，芊雲於是坐下來幫黃軍補褲子。

「別動。」林諾忽然雙手按住她姊姊的肩膀。

「幹嘛？」凌葛一愣。

他定定盯著她半晌，大手突然往她的肩後輕撥一下。

「什麼？是什麼？我身上有什麼？」

凌葛跳起來全身亂撥，拚命找他剛才撥掉的是什麼。

「沒什麼。」林諾安慰地拍拍她。

「到底是什麼？蜘蛛嗎？毛毛蟲嗎？蠍子嗎？」她最怕蟲子類的東西了，所以她從不野營的！好噁心好噁心好噁心——

「眞的沒什麼。」林諾轉身走開。

本來就沒什麼，他故意嚇她的。

不能讓姊姊的日子太好過，這是身爲一個弟弟應盡的義務。

趙虎頭在一旁看得清清楚楚，拚命忍著笑。

「好了好了，大家收拾一下，等公主……等方姑娘將褲子補好，咱們就上路。」趙虎頭改口道。

「趙大哥，若是你不嫌棄，此後也同他們一樣，喚我一聲雲兒吧。」

趙虎頭吃了一驚，連連搖手。「公主，卑職怎敢僭越？萬萬不可，萬萬不可。」

須知芊雲雖然落難民間，依然是涼國皇室登載有名的公主，流有皇族血統。即使敬帝斥她出身不正，也不敢擅自將她自牒譜除名。他日事過境遷，她依然是公主之尊，而他趙虎頭丟了官差，如今只是平民百姓，怎敢與公主兄妹相稱？

芊雲拉住他的衣袖，目中有淚。「涼國禁軍統領趙虎頭爲人如何，他人不明瞭，難道我還會不明瞭嗎？我這聲『大哥』喚的是眞心實意。我知道趙大哥心中掛意什麼，就算以後涼國要我再回去當他們的公主，我也是不去的了。我只想當個平民女子，舒心舒意地過活。

「這一路都蒙趙大哥你以性命相護，我沒有兄長家人，現下是眞心誠意想認大哥爲兄，莫非是大哥你嫌棄了麼？」

趙虎頭又感動又憂心，嘆息連連。

「趙大哥，我看你一個人孤孤單單的，如今添了個貼心可人的義妹，也算是有家人了，這豈不是太好了嗎？」凌葛笑道。

「可不是嗎？反正咱們同是天涯淪落人，也沒有誰比誰高，誰比誰低，這個妹妹你就認了吧！」楊常年笑著幫腔。

趙虎頭長嘆一聲，雙手抱拳旋身向眾一揖了圈。

「公主……不，義妹，承蒙義妹不棄，我這個『大哥』的名頭，就擔了下來。」

芊雲破涕爲笑，兩人在眾人眼前義結金蘭。

趙虎頭從懷中掏出一個古拙的玉珮。「今日做哥哥的沒有什麼稱手的東西可以相贈，這塊玉珮是當年我藝成之時，欲離師門下山報國，恩師親手送給了我。中間的『俠』之一字，提醒我切切不可忘卻俠義之心，這玉珮便算是我送給義妹的一個信物吧！」

芊雲一聽是他恩師送的，肅然起敬，珍而重之地接了過來。「可是我沒有準備什麼東西給大哥。」

趙虎頭一擺手。「豈有妹妹送哥哥東西的道理？」

眾人笑了起來，拍手歡呼，都爲這對新結義的兄妹感到開心。

芊雲將玉珮收入懷中，走回林諾身畔，抬頭對他一笑，燦然如花。林諾食指的指節輕輕滑過她臉頰，嘴角浮著笑意，深邃的雙眸十分溫柔。

眾人收拾好了東西，準備上路，楊常年搔搔腦袋，捱到林諾身旁咬耳朵。

「林兄弟，你倒是說，接下來的路要怎麼走？」他不敢再到凌葛面前自討沒趣。

這一大片林子，前後左右看去都是樹，壓根兒沒有辨識方向之物。即使天亮了，濃密的樹冠依然遮雲蔽日的，視線昏暗，風不吹草不動，著實教人摸不出頭緒。

林諾在附近繞了起來，先翻動幾塊長青苔的石頭，又抬頭東看西看，也不知在找什麼。

「我們的目的地在東南方。」凌葛悠哉地開口。

林諾點了點頭，繼續在周圍翻看一陣子之後，突然往右邊一指。

「這一邊。」

芊雲立刻跟在他的後面。其他人見他一說，自然也跟上他的腳步。

走了一陣，韓必生忍不住好奇地上前。

「林公子，爲什麼朝這頭走？」

「叫我林諾就好，不用加什麼公子，聽了怪彆扭的。」林諾對他一笑，親善的笑容煞是好看。「植物都有向陽性，會朝著太陽的方向生長。雖然這裡照不到陽光，可是太陽的熱能依然會影響植物的生長方向。」

韓必生似懂非懂地點點頭。

「我們是在北半球，對照太陽的位置，岩石的南面會比較乾爽，北面比較容易生青苔——」

「啊！我明白了，剛才林大哥翻看石上的青苔，就是爲了看哪一面的青苔比較厚。」

「沒錯，而樹木的南面會長得比北面茂盛，所以只要觀察一下四周的景物，大約就可以辨別出南北之分。」

「原來如此。」韓必生聽得連連點頭。

其他人也沒有想到，找個路還會有這麼多門道。

「什麼是北半球？」黃軍愣愣地問。

「呃……」這就很難解釋了。

現在的人依然相信天圓地方之說，光是向他們解釋腳底下其實是一顆巨大的球體，就要費不少工夫。

「嗳，反正你跟著走就是，問多了你也不懂！」楊常年已經很習慣他和凌葛說一些他們不懂的話，拍一下黃軍腦袋要他跟上。

一行人持續往前走，每隔一段時間林諾就會停下來，要不就是抽刀砍斷一截樹幹，觀察它的樹輪，要不就是看看蟻丘蟲穴的開口，要不就是在樹身劃幾道口子，看它的汁液怎麼流。

每每問他，他都有解釋。

蟻丘的洞口大多朝南。

樹輪南面較疏，北面較密。

松樹幹的汁液南面比北面濃稠。

原本眾人以為在死人林中迷了路，定然只能摸索前進，不承想一天下來他們已經走了頗長的一段路，多虧了林諾的識路之功。

「原以為只有凌姑娘腦袋管用，不承想林兄弟也知道這許許多多的怪把戲。」楊常年笑道，一掌拍在他厚厚的背肌上。

「……」你這是損我還是讚我？

那天晚上他們的運氣不錯，逮著一條肥美的大蛇，晚上升了火烤蛇肉吃。凌葛照例看了就敬謝不敏，直到芊雲替她把蛇肉切成一小塊一小塊的，看不出蛇的樣子了，她才敢勉強吃一點。

黃軍倒是吃得特別賣力，一副想報早上被牠同類驚嚇的憤慨樣。

第二天早上，他們吃完早點，正在收拾，凌葛從自己的包袱裡翻出一樣東西來，一臉笑瞇瞇。

「咦？原來我的包包裡有磁鐵耶！」

林諾一時怒自心中起，惡向膽邊生，大手一抓搶了過去。

「妳在開玩笑嗎？也不會早點拿出來！」

凌葛照例貓嘶他一聲。「喂！我包包裡這麼多東西，我怎麼記得放了什麼？」一夥人又摸不著頭緒了。

「不過就是塊磁石嗎？有什麼好搶的。」黃軍道。

「有了磁鐵就可以做指南針！」林諾沒好氣地道。

「指南……？就是羅盤吧？」芊雲現在已經反應越來越快，可以「翻譯」他的話了。

妳根本就是故意的！林諾怒瞪姊姊一眼。

隨便你怎麼想！凌葛不甘示弱地呲牙。

大家立刻圍過來，看他怎麼變把戲。只見他拿著磁石在一根針上以同一個方向磨擦數次，然後撿一小片枯葉，將小針放在枯葉上，把枯葉放在一灘水窪上。

姊弟倆的腦袋立刻湊過去，後面幾顆腦袋全部跟著探頭探腦。

那片載著針的枯葉轉了兩下，最後靜止下來，姊弟倆對著針頭指的方位滿意地點點頭。

「還不錯，你的方向大致上走對了。」凌葛拍拍他腦袋，跟拍小狗一樣，林諾皮笑肉不笑地瞪她一眼。

哎，幼稚！楊常年和趙虎頭雙雙嘆了口氣。

芊雲掩著唇險些笑出來。

凌姑娘雖然機變無雙，林諾看起來也是個雄赳赳氣昂昂的漢子，可他們姊弟倆老愛鬥意氣，讓人見了又好氣又好笑。

可這樣的小意氣，反倒顯出姊弟倆的情感深厚。

「好了，走吧！」趙虎頭振臂一揮，招呼眾人上路。

★

就這樣，連走了五天，他們終於聽到潺潺水聲。

一群人喜出望外，紛紛加快腳步走向水源之處。

從前天開始，每個人的水壺都快要見底了，他們已經開始收集露水做爲飲水。如今聽見流水湯湯之聲，直如聽見天籟一般。

果然走不多時，林木漸稀，天光漸亮，水流沖刷聲也益發激越。眾人都快要悶出香菇來，一見到光亮忍不住皆往前衝。

「慢著！」林諾連忙攔住眾人。

「官府的人一定會順著黃龍河尋找我們。」凌葛提醒道。

眾人頓時省悟。若他們貿然衝到水邊，官差正好乘著船過去，等於自投羅網。

林諾要他們在原地稍候，自己悄悄掩至林木的邊緣。他的身形高大，移動起來卻幾乎無聲。

林諾觀察半晌，忽地打個手勢要他們撤退。

河面上果然有官差巡邏！眾人憾然再看一眼天光，然後無聲無息地遁入林間。他們又在密林中走了兩天，地勢明顯轉爲往下。

黃龍河通往下游處有一段極陡的段差，水勢變強，才會致災慘重。由此可見他們已經來到下游處了，死人林的終點在望。

這日停下來吃午飯時，韓老頭嘆了口氣。「沒想到咱們眞能活著離開死人林，若不是各位大俠高義相助，我們祖孫倆只怕早已命喪荒野。」

「先別高興得太早，我們還沒出去呢！」凌葛看眾人一眼。「旅途的最後一段通常是最容易出事的，因爲心頭放鬆了警戒，危險往往在這個時候出現。」

「姑娘說得是，爲山九仞，功虧一簣，咱們千萬不可在此時鬆懈。」趙虎頭沈聲道。

這死人林果然古怪，竟似一個天然的迷陣，兩日前他們繞離了河邊，沒想到就一直近不了前。有時候似乎聽見河水的聲音，轉個彎又不見了。

有一次他們離得岸邊終於又近了，卻聽見水聲中混雜著人聲，想來是官兵依然在水路搜尋，於是他們再往叢林深處走去；這般來來往往，花費的時間自然又多出不少。

兩天後突然變了天，雨勢爆猛，在濃密的枝葉間匯成一股一股的往下潑灑，直如瀑布一般，眾人縱使有防水油布遮蓋，依然被雨勢打得全身濕透。

「我們得找個地方躲雨！」放眼望去全是白花花的水霧，根本什麼看不見，凌葛加大音量蓋過暴雨的聲音，對著領路的林諾大喊。

林諾的油布讓給韓氏祖孫，自己和芊雲共用一張。大半片油布幾乎都罩在她身上，他自己完全暴露在冷雨之中。

他知道再這樣下去，他會有失溫的危險。

「我們找找看有沒有樹洞或……Shit!」

眾人回頭一看，他和公主突然失去蹤影！

凌葛大吃一驚，衝上去拚命叫喚：

『Leno? Leno? Lenox!』

「當心！」趙虎頭連忙將她拉回來。

楊常年小心翼翼地往前，查探兩人消失的地方。

『Lenox? Lenox!』

『我在這裡。』下方某處傳來他低沈的回吼，他用漢語再重複一次：「我在這裡。」

「林諾，你們怎麼啦？沒事吧？」楊常年小心翼翼地摸到邊緣。

原來在他們前方十尺左右，有一個非常高的段差，暴雨中視線不清，林諾一時不查，竟然滑了下去。

『Lenox，你還好嗎？有沒有受傷？』凌葛急得想上前去看，楊常年連忙將她拉回來。

雨水將段差的邊緣沖刷得柔軟異常，他們的腳底下突然踩崩了，泥漿嘩啦啦往下沖去，幸好楊常年拉著她跳開得夠快，才沒有一起跌下去。

「我們很好，你們不要再過來了。」林諾胡亂抹去滿頭的泥水，對上頭的人喊。

「你描述一下底下的情況，我想辦法把你們弄上來。」凌葛聽他中氣十足，應該沒有大礙，心頭定了一定。

「這裡有個小凹處，還算堅實，勉強可以容身，再往下就是黃龍河了。現在河水湍急，我們上不去也下不來。你們不要再靠近了，免得大家都跌到河裡去。」林諾往上回吼。

原來他們又走回黃龍河畔，只因雨勢太強，一時聽不清是河聲或是雨聲。

「雲兒沒事吧？」趙虎頭喊道。

「大哥……我沒事……」芊雲細弱的嗓音幾乎被雨勢蓋掉。

「你們再過來會有危險，我們分頭走。等雨停之後，我會帶著雲兒下到河邊去，你們留在上頭，我們約好一個地方碰面就是。」

「你可以嗎？」凌葛不想離開他。她不能放他一個人！他如果遇到危險怎麼辦？他如果受傷怎麼辦？

「可以，Grace，妳知道辨識方位的方法，一定要帶他們走出林子。」林諾在下方喊道。

凌葛的神情分分明明不願丟下弟弟，趙虎頭較為理智，勸道：「凌姑娘，此時硬要下去，反倒會有危險，此處想來已離出林之路不遠了，我們相約一段時日之後在清化相等。」

凌葛深呼吸一下。

他不是個小孩子了，他是一個海豹，他受過各種專業的訓練，他能照顧自己，他不是那個拉著妳衣服哭泣的小男孩了！

她閉上眼拚命說服自己。

「不，別在宋國停留，我們直接到陳國去。你們誰知道善信有哪個顯眼的地標？」

她張開眼，眸心已恢復清明。

「善信有間極靈驗的城隍廟，當地人人都知道。」韓必生連忙道。

「好，林諾，我們十五日後在善信的城隍廟碰面，不見不散。」頓了頓，她再加一句：「小心一點，別被抓到。我已經把你從牢裡弄出來三次了，別讓我再救你一次，不然我會非常火大。」

「兩次，而且第二次是妳叫我進去的。」他不甘示弱地回吼。

凌葛轉憂爲笑。

8

林諾評估一下目前的狀況。

他們滑下來的高度竟然不低，幸好是順著暴雨泥流滑下來，多少有了點緩衝，儘管如此也已驚險萬狀。

他們站的是一塊由山壁裡突出來約三尺的巨岩，再往下就是翻滾洶湧的黃龍河。只要石頭再短少半尺，他們現在已經滅頂了。腳下的滾滾怒濤讓芊雲緊緊抱住他的腰不敢放。

雨勢雖然變小了，黃龍河的激流卻依然十分凶險，他們不可能在這麼小的空間站上一夜，下一波泥流隨時有可能將他們沖進河裡，必須設法移動到安全的地方去。

林諾感覺自己的身體無法克制地顫抖起來，這是即將失溫的警訊。芊雲依然裹著他繫在她肩頭的油布，所以她不像他失溫得那麼嚴重。

「我們必須找個安全的地方！」即使近在咫尺，他依然必須大喊才蓋得過黃龍河的波濤聲。

「可是……我們能去哪裡？」芊雲驚懼地看著腳底下的激流，手心突然感到一陣顫動，原來他整個人都在發抖。

「林諾，你的身子都濕透了！」她驚呼一聲，急急要將身上的油布解開套在他身上。

他竟然冷了這麼久她都沒發現！芊雲對自己又氣又急，眼淚在眼眶裡轉了幾轉。

林諾不讓她褪下油布，他的唇色微微青紫，上下兩排牙齒不受控制地打起架來。

「我……我快要失溫了……我們必須找個乾爽的地方。」

芊雲不必他解釋「失溫」是什麼也知道大大不妙。此時此刻她完全顧不得害不害怕，心中只有一個堅定的念頭：要幫林諾暖起來。

「好，你說要去哪裡，我跟著你！」她堅毅地繫牢油布。

這張油布是他們的救命之物，千萬不可失了。

林諾研判一下情勢。河水雖然漲得很高，岸邊還是有一些層層疊疊的大石沒有被淹沒，再等下去，若是整個河道都滿上來，他們就眞的求生無門了。

他看準了左下角的一顆大石，距離他們約有五尺的落差，他先跳了下去，然後回頭對她伸出手。

「別怕，跳下來，我接著妳。」

芊雲毫不猶豫地跳進他懷中。只要能讓林諾趕快到乾爽的地方，她就什麼都不怕。

他帶著她嶙峋起伏的巨石跳躍，有幾次岩石上的青苔太滑了，他又因爲低溫而漸漸肢體不協調，差點滑下去，在她的驚叫聲中爬了回來。

河水比剛才漲得更高了，泥黃色的湍流之下猶如躲著一個暴怒的巨人，拚命翻湧咆哮，天地為之震動。芊雲強迫自己忽視身旁的怒水，眼睛突然瞄見前方有一個小洞。

「那邊！那裡有個山洞！」

「太低了，再高一點。」林諾拉著她繼續往前躍進。

分不清在岩石間跳躍了多久，岸邊終於出現一個小小的山坳，中間被風切鑿出一個空洞，洞口左邊是山壁，右邊是一塊巨石，形成一個良好的躲藏空間，高度足以避開繼續上漲的河水。

「那裡……」林諾的牙齒開始打架。

兩人她往山坳過去，來到洞口下方，他先將她舉起來，幾乎是半拋半丟地扔進洞裡，然後自己再費力地撐上去。此時他的全身肌肉已經不受控制，幾乎無法支持他自己的體重。他試了幾次，終於在芊雲的幫忙下，勉力跳了上去。

芊雲累得滿頭大汗，卻完全顧不得自己，急急將肩頭的防水油布解下來。

「林諾，快把自己包起來，你……你抖得這樣厲害！」

林諾將背後的包袱卸下來，然後開始解開全濕的衣物。

芊雲只臉紅了一下，就強迫自己別去管害不害羞的問題。她心中只有一個堅定的念頭：絕對不能讓林諾凍死！

「我……得……暖起來……妳……過來……」他抖到連句子都無法連貫。

她用油布將他赤裸的身體裹住，林諾跌坐在地上，差點把她帶得跟著跌下去。他張開油布對她伸出手。

「妳……過來……我需要……妳的體溫……」

芊雲毫不遲疑地將自己微濕的外衣脫掉，然後一身裡衣地偎坐進他的懷中。

他的體型太壯碩，這張油布要包住兩個人著實有些勉強。林諾調整一下兩人的姿勢，背靠著山壁而坐，讓她緊緊貼在他胸膛，油布盡量往前拉過來，包住兩人的身體，不然他們的體溫外流。

當她的溫度開始傳到他身上時，他長長地嘆息一聲。

第二波激烈的顫抖襲來，連她的身體都在震動。她的雙手緊緊環住他，手心拚命在他的背心上下揉搓。

「等我……身體暖起來……就……沒事了……」林諾勉強笑一下，這種時候依然想安慰她。

「你總是這樣，只顧著別人，都不顧自己，以後不可以再這樣了。」她低聲地道。

他將油布拉高，把兩人的頭一起包住，讓兩人呼吸進去的是暖空氣。

芊雲和他裹在黑暗的繭中，不管外頭水暴雨急，她的心頭卻漸漸安寧下來。

過往數月以來，這竟然是她最感安穩的時候。她臉頰枕在他強壯的肩膀上，不知不覺地睡著了。

✶

芊雲迷迷糊糊睜開眼睛，看出去竟然是一片漆黑。她嚇了一跳，急急坐起來，背心一隻溫暖的大掌輕輕一按，將她按回原位。

她的臉頰下是一片泛著男性氣息的體膚，林諾。

她鬆了口氣，軟軟枕回他的肩頭。

他們依然裹在油布底下，她不曉得這片漆黑是因爲天色暗了，或是油布遮著的關係。

「醒了？」他低沈的嗓音在她的耳下隆隆震動著，感覺有點不眞實。

「嗯。你好些了麼？」她悄聲問道。

「好多了。」

她偎貼的體膚確實已發出熱度，顫抖也不知在何時停止了。她安心地舒口氣，更深地偎進他懷裡。

在這個小小的繭之中，沒有人心險惡，沒有朝廷鬥爭，沒有江湖恩怨，只有她與她心愛的人。

她一直以來求的，也就是這樣一份小小的幸福。沒想到，竟是在一個荒郊野外的山洞裡找到了。

她知道他們兩人衣衫不整，也知道和一個男人同處一穴的事若傳出去，她一生名節都毀了，但她什麼都不在乎。

只要能和林諾在一起，她就滿足了。

即使他們尚未脫離險境，未來如何殊難預料，她寧可與他窩在這石穴中，也不願被囚在宮廷的黃金籠子裡。

坐了一會兒，林諾的喉嚨間發出一個古怪的聲響，芊雲忙抬起頭問：「我坐痛你了？」

他稍微調整一下姿勢，輕咳一聲。「不是。」不過沒有再解釋下去。

她再安心地貼回他胸懷，這時腳下總覺得坐到什麼，硌硌的，她挪動一下找個舒服的姿勢。

他的大手突然緊緊按住她的腰，不讓她再亂動。

「我壓到你了嗎？」她趕忙再問。

「……沒有。」他終於說。

雨不知何時已經停了，唯有黃龍河的暴水依舊激越翻湧。

她用手指輕輕撩開一角油布，洞外的天色果然暗了下來，洞內已伸手不見五指。林諾將油布滑低一些，讓兩人的頭臉露出來。

「天已經黑了，我們沒有乾木頭可以生火，今晚只能摸黑度過了。」他道。

「好。」頓了頓，她又補一句：「我不怕。」

黑暗中響起他的一聲低笑。

他的下巴長出一片鬍碴子，扎得她的臉頰刺刺的，她有些心不在焉地去摸他的臉頰，不是很自覺自己在幹嘛。

他下顎一絲肌肉抽動一下，按住她的手。須臾，她的掌心感覺到一陣溫暖的氣息，頓了一下才明白，他剛才親了她的掌心一下。

她的胸口一熱，在他赤裸的懷中蠕動，想找一個更貼近他的姿勢，臉頰像貓兒般不斷磨蹭他粗糙的臉頰。他的氣息更粗重了一些，手臂突然收緊，箍住她的細腰，不讓她再動。

芊雲安靜了一會兒，覺得剛才硌硌的地方更明顯了，忍不住又蠕動一下。

「別再動了！」他用力按住她，動作有些粗魯。

「對不住，我覺得硌硌的，不知坐到什麼東西。」她小聲道。

「……那是我的身體。」

身體怎麼會這麼硬？是坐到骨頭麼？她疑惑地想。

忽地，她想起月餘前喜娘曾給過她的春宮圖。喜娘說，她得先學些取悅三皇子的手段，才好捱過洞房之夜。她只看了幾張圖就不敢再看，想到要讓三皇子那般對她，她只覺得噁心，委屈得幾欲哭出來。

現下她臀下之處，依稀便是……

她登時面色大羞，心裡湧起的不是委屈和想哭，反而是，是……她也不知是什麼，她的身體開始有些熱熱的感覺。

「男、男子……平時都這麼硬邦邦地硌著，不會不舒服麼？」她不敢相信自己眞的問出口了，可是，她好好奇……

又隔了好久才響起他無奈的回答：「平時不會硬邦邦硌著。」

「那什麼時候才會？」她悄聲問。

「……想和人洞房的時候。」

她渾身彷彿脫了力一般，羞人的地方有一股股的熱潮上湧。

「林諾……你想和我洞房嗎？」她在他耳畔輕語。

好一會兒他沒有回答。

她的心中小鹿亂撞，懊惱自己太過莽撞。林諾會不會以爲她是個隨便的姑娘，竟然問男子這樣的問題……

「我想和妳洞房，但是不能。」他的嗓音終於沈沈在黑暗中響起。「雲兒，將來我和凌葛必須回家去。如果我和妳洞房，妳失了清白，一個人留在這裡，將來如何對妳的夫婿交代？」

「……我不能和你一起回去麼？」她輕聲問。

他又靜了片刻。

「不能。不是我不願意，而是實際上做不到。我和姊姊來自一個……很古怪遙遠的地方，那裡除了我和她，別人都過不去，所以我若回去了，妳一定會一個人被留在這裡。」

「那，你不能留下來麼？」她低下頭，泫然欲泣。

「我和我姊姊是過來出任務的，我們在抓一個壞人。抓到他之後，我們一定要帶他回去覆命。」林諾舒出一口長氣。

「就是你們一直在找的『吳阿大』麼?」她輕問。

「嗯，不過他的本名不叫吳阿大，他叫歐本。」

「他做了什麼事?」

「他是一個科學家，專門幫一個極邪惡的犯罪頭子做事。」他想著該如何對她解釋。「那個犯罪頭子殺了許多無辜的人，歐本的工作就是幫他想出更多方法殺更多的人。如果我們不能把他抓回去，會有更多無辜的人受累，所以我不能爲了妳留下來，因爲這不只是妳我而已，還牽涉到許多生命。」

她茫然地盯著一室黑暗，一顆心從雲端重重跌進泥地裡。

半晌，她幽淡的嗓音在黑暗中漫開來：「林諾，我知道在你的心中，我只是個軟弱無用的姑娘，不如淩姊姊聰明堅強。然而，經過了這些事，我心中早已有了決定。我雖不如淩姊姊聰慧，卻也學到把自己的命運交付在別人手中是最傻不過的事。人人都有自己的算計，所以只有自己才能幫助自己。且不論你將來能不能留下來，便是你能，我也得自己堅強起來，因爲說不準何時便會有國破家亡之禍，將你我拆散。」

她在黑暗中撫上他粗糙的臉頰。「所以，若是成親意謂將我的一生交與別人，我寧可不成親，一輩子當我自己!我要活得天經地義，理直氣壯，和淩姊姊一樣，再不讓任何人主宰我的人生。」

林諾握住她的手。

最後，他低嘆一聲，俯身吻住她。

他薄而涼的唇覆在她嬌軟的唇上，舌尖撬開她的唇輕輕鑽入。芊雲從不知可以這般親吻人，心跳急促得幾欲暈去。

他輕啃，吸吮，也誘她吸吮自己的舌尖。

她與他口沫交融，心中漾滿甜蜜的酸楚。

決定了，林諾留在她的身旁一天，她就跟著他一天，留著一年，她就跟著他一年。

即使不能永遠在一起，這片刻的回憶，足以供她後半生細細品嚐。

✶

天色一亮，他們就動身了。

半夜林諾曾短暫醒來，將牛皮水袋放到洞口接水，因此他們一早就有乾淨的雨水可喝。

兩人就著洞口的積水簡單洗漱一下，然後拿出被泡濕的乾糧，配著水吃了頓簡單的早餐。芊雲很早就發現林諾姊弟都很愛乾淨，早晚洗漱，定時沐浴，所以她對自己也不敢馬虎。否則，要是被他嫌臭烘烘的，那多尷尬？

林諾昨日要找高一些的地方是對的，一出洞外她就嚇住了。黃龍河竟然在一夜之間又暴漲數尺，倘若他們昨日是躲在她看到的那個洞穴，現下早已被泡在水裡。

由於河面漲高，只有一些巨大的岩石露出頭，比昨天更危險。林諾帶著她在石間跳躍，好幾次洪水就在腳邊，她膽怯地看著，雙腳幾乎軟了。

「不要怕，跳過來，我會接住妳。」林諾先跳到一塊大石頭上，然後回身對她伸出雙手。

芊雲鼓起勇氣，往他的懷中一躍，林諾順利接住她。

昨夜他並沒有和她發生關係，女人的第一次不該在一個骯髒黑暗的山洞裡。現在他很高興他們沒有做愛，否則她可能肌肉僵硬，恐怕應付不了這段旅程。

昨天下的豪雨讓水勢漲高，官兵應該不會在這種時候出船巡邏，然而他不想冒險。他們在河岸待的時間越長，被發現的機率就越大。

之前他曾懷疑過，如果中下游之間有段差，只利下不利上，那去敦普清化的人要如何返航？後來黃軍告訴他，返航是走另一條較平緩的支流，等於繞死人林的外圍一圈，來回一趟便要花上一天的時間。

這種交通不便利的情況對他們有利，河上往來的船隻不會很多，不過他依然要趕快找路躲回上面的叢林裡。

他們不住地在大石與大石之間躍進，芊雲發現，只要她在跳的時候眼睛看著林諾，不去想其他的事，就沒那麼恐怖了。

幸好接下來的地勢漸漸平緩，還未到午時，他們就找到一處森林與河的段差不高之處，林諾輕輕鬆鬆便攀了上去。

他們才剛躲回森林不久，幾艘船便載著官兵順流而下，林諾連忙拉著她遁進森林裡。

最後一條船過去時，兩人都鬆了口氣。

「已經快要出森林了，我估計最多再走一天，平地裡官兵會更多，所以我們得更加小心。」

「好。」

於是兩人又開始了與前幾天相同的旅程，只是這次只有他們兩人。

芊雲不曉得昨夜說的話，對他有沒有任何影響。林諾表面上一切如常，彷彿什麼都沒有發生過，她失落之餘不禁又有一些傷心。

然而，只要失落的心一起，她便告訴自己，一定要振作，她不想在他面前永遠一副泫然欲泣的小可憐樣。

她已經宣誓了，她要當一個勇敢的姑娘，靠自己的力量站起來，她一定能做到！

午時，他們來到一處亂石堆疊之處，石縫間潺潺淌出乾淨的清水，林諾確定四周沒有蟲蛇毒蟻，拉著她在亂石堆坐下。

這一處的林木已經漸漸疏朗，仰頭看得見天空，空氣也不若前幾日的滯悶潮濕。

芊雲吐了口氣，看見一行雁鳥從天上飛過去，不由得綻出一絲笑意。

「我們離人煙已經不遠了，現在生火可能會被人看見，中午只能摘些野果吃。」林諾用雙手捧了一把水洗了洗臉，舒暢地吁了口氣。

她把包袱攤開，盤點一下他們的存糧。「我們還有一塊之前吃剩的獐子肉，分著吃捱過一餐，應該是沒問題。」

「妳在這裡等著，我不會走遠，有事就大聲叫我。」他抽出腰間的短刀，準備覓食。

「好。」

她安坐著，靜心等他。

她覺得自己可以這般靜靜地等他一生一世。

過不多時，他便回來了，懷中揣了一些紫紅色的莓果和幾段木頭。

不是不生火嗎？他撿木頭回來做什麼？

「運氣不錯，找到這個。」他笑道，在她身旁坐下來，用清水將木頭上的濕泥洗掉，然後開始削起皮來。

樹皮一去，露出底下白潤的果肉，原來不是木頭。

他咬了一口試試滋味。

「山藥。還不錯，妳試試。」他將那段山藥遞給她，自己又削一根。

她臉色微紅，就著他咬過的地方啃了一口，立時明白過來。

「啊，是薯蕷。」

「你們這裡叫薯蕷嗎？」他笑起來白牙亮閃閃的，她眞喜歡他笑起來的樣子。

「是啊，薯蕷性甘溫，除寒氣是極好的，你昨日差些凍壞了，這薯蕷你多吃一些。」她忙道。

他將莓果遞給她，拿出獐子肉兩人分了，再配著薯蕷簡單地吃了一頓午餐。

她坐在石上，看著林諾將水袋裝滿，然後把包袱中的弩拿出來，一塊一塊地拆解下來，取出一個凌葛爲他準備的瓷瓶和乾布，用布沾了點瓷瓶裡的油，開始擦拭每個部件。

「林諾，你好能幹，什麼事都會做。」她欣羨地看著他。那雙手雖然粗大，卻出奇地細膩靈巧。

他微微一笑。「以前我還是個小兵的時候，士官長曾經告訴我：『對待你的武器就像對待你的愛人一樣。你全心全意地愛它，它就會在關鍵時刻救你一命。』」

她點了點頭。「我明白，就像大廚子特別照顧他心愛的菜刀一樣。」

他笑了起來。「差不多。此後我一定隨身攜帶槍械的保養用具。Grace……凌葛知道我的習慣，所以這次也替我準備了。」

她從來不會錯過一絲細節。

「凌姑娘最是精細了，什麼都難不懂她。」芊雲輕聲嘆息。「你們姊弟倆的腦子裡，好像都裝滿了我想也想不到的事。」

「凌葛那顆腦袋才是負責裝東西的。和她比起來，我只是一口井，她卻是一片大海。」他笑起來。

「你知道的也很多啊，你知道怎麼看樹，看石頭，看星星找路。是誰教你這些的？」

「我十六歲開始唸軍校，都是學校裡學來的。」他把各個部件保養好，再把它們一一組起來。

「軍校？」

「在我們那裡，士兵有專門的訓練學校。你可以小時候就進軍校讀書，也可以長大之後再報名從軍。」他把弩收回包袱裡，對她解釋。「進了軍校，所有當兵打仗的事他們都會教你。有時我們必須去一些艱險的地域出任務，各種野外求生技巧都必須學。」

她似懂非懂地點點頭。

「林諾，你跟我說說你家鄉的事好嗎？」她柔聲央求。

他拿起水袋喝了一口，想想該說什麼。

「我們那裡的生活比這裡快速多了，車子快，馬兒快，說話快，什麼都快，不過這裡有這裡的好。這兒的人性情質樸，不像我們的人那麼冷漠。」

「可是你一點都不冷漠。」

他微微一笑。「我也有冷漠的時候，只是妳不在意而已。」

她俏顏微紅。他對付壞人的時候確實森嚴冷酷，可是她從來沒怕過他，她就是知道他不會傷害她。

「那你在你們軍營裡是做什麼官呢？也是校尉嗎？還是大將軍？」

他又笑了起來。「在我們那裡，能當上將軍的人都已經很老了。我是上士，算算差不多是這裡的校尉，不過你們這兒的校尉分好幾品，我也搞不懂哪個是哪個。葛芮絲的官階就比我高，她是中尉。」

她大吃一驚，差點跌下石頭。

「凌姊姊也是軍人？可、可她是女子啊！」

「在我們那裡，女人和男人是平等的，所有男人能做的事女人也都能做，而且法律規定，不能因爲男人女人，種族或宗教信仰這些理由而限制人民的權利，否則就犯了法。」

她聽得悠然神往。

「你們那兒，聽起來很好啊。」

林諾想起沙克，歐本，以及許多類似科學部那樣善惡難辨的組織。

他想起所有他曾踏過的戰場，目睹過的血腥殺戮；那些無家可歸的難民，在暴政之下犧牲的百姓。

他的心頭沈了下來。

「不，我們那裡一點也不好。」他淡淡道。

「這樣還不好嗎？」

「這個世界上沒有完美仙境，我們只能盡量讓它變得更適合居住一點，但那往往是用其他代價換來的。」

芊雲輕觸他的手，誠心誠意地對他說：

「林諾，不論什麼代價，只要是你一心想做的事，我相信你一定能做到。」

他偏頭看了她半晌，傾身向她靠來。

芊雲不知他要做什麼，直到他溫熱的唇貼住自己。

這個吻，少了昨夜的摸索與試探，多了更多的甜蜜與大膽。她張開唇讓他探入，主動吸吮他的舌尖。他細細品嚐過她唇內的每一寸，感覺她的氣息急促，嬌軀細細地輕顫。

他嘆息一聲，退開來。現在實在不是適合調情的時候。

「我們得上路了，那些官兵還在追捕我們。接下來會越來越空曠，我們得找個安全的地方度過今晚才行。」

她的眸中水光迷濛，好一會兒才瞭解他在說什麼。

她「呀」地輕呼一聲，羞臊無比地把臉埋進手中。他輕笑一聲，大手揉揉她的青絲，將包袱收拾好站起來。

這代表林諾是喜愛她的嗎？她腦子裡亂烘烘的。

她跟在他的身後，下半午的路確實好走一些，他藉由雁鳥飛行的方向與偶爾露出臉的太陽判別方向。接下來運氣更好，他們竟然在天色全黑之前找到一間廢棄的木寮。

「在這裡等著。」林諾舉著臨時做的火把，走進木寮內。過了一會兒他探出來，點點頭道：「可以了，進來吧！」

她走進去，木寮雖然蔽舊，卻不算破敗，地上難免淩亂骯髒，屋內有一座土坑上頭堆了些斷枝殘葉，略微清理一下應該可以用。

她發現後頭有個門，打開一看。啊！是灶！

「今晚能生火煮食了。」她歡聲道，想想又覺不安，問道：「這裡會不會是有人住的？」

林諾搖搖頭，將火把湊近牆壁，指了指離地三尺的一條水線。

「這裡應該是之前獵人歇腳的木屋，淹過水被人棄置，一時三刻之間不會有人來，我們暫住一晚應該無妨。」

她點點頭，歡歡喜喜地到後院撿幾枝枯枝，用細藤綁了，做成一個簡易的掃帚，開始整理屋子裡的環境。

「我去找找看有沒有獵物，妳一個人待在這裡會不會怕？」

其實她有點怕，不過她勇敢地搖搖頭。林諾又看了她一會，將火把綁在牆角，再將歪掉的門板扶正，試試窗上的掩木，確定一切牢固。

「我出去之後，妳用樹藤把門綁起來，沒有聽見我的聲音絕對不准開門。」

「好。」

芊雲本來以爲自己一個人在這間破屋子裡一定會嚇得發抖，沒想到她忙到根本沒時間怕。

她在灶台裡找到一塊布，屋後正巧有一個破缸子盛滿了這幾天下的雨水。她將布擰乾，先將土坑上的枯葉撥到地上，用抹布來回擦拭過幾次，然後用臨時做成的掃帚將地上的枯枝灰塵掃到角落。

灶台底下還有一些木頭，她用手探了一探發現木頭很乾，可以生火，於是在灶台裡升火燒了一鍋熱水。

她用熱水將灶鍋刷洗一下，再擦拭一遍屋子各處。一間廢棄的木屋，倒也被她整理得乾乾淨淨。

她再煮一鍋熱水備著，此時前頭傳來窸窸窣窣的聲響。

「雲兒？」他低沈的嗓音在前門輕喚。

林諾回來了。

她連忙跑出來，將樹藤解下。

「快進來，外頭很冷吧？我燒了熱水，你先喝幾口驅驅寒。」

林諾閃進門的時候身上還帶著絲絲寒氣。

終究是十一月了，夜裡的霜涼極是凍人。她接過他的水袋，先倒了小半出來，再到後面用熱水裝滿，將調得剛剛好的水溫遞給他。

他接過來喝了一口。「妳怎麼煮的水？」

「灶裡還有一些乾木柴，屋後有水缸，我自己生火燒了一鍋熱水。」

「我不是叫妳不要出去嗎？」

「我沒出去啊，水缸就擺在後門邊上，手一伸就摸到了。」

他嘆口氣，搖搖頭，大手抓抓她的頭髮，走到門外將一頭鹿拖了進來。

她嘴巴張得圓圓一圈。這……這麼大一頭鹿……她以爲他獵些野兔什麼的呢！

「只有我們兩人，本不應獵這麼大的動物，但是冬天獵物不好找，我巡了半天只遇到牠，吃不完的怕是浪費了。」他看著鹿屍，心中有些歉意。

她輕輕一笑。「沒關係，我們今晚能吃的就吃，吃不完的肉我包起來，也可以掛幾串在屋簷下風乾，留在這裡，難保他日不會有同我們一樣落難的人需要。」

有道理。他點了點頭，將鹿屍拖到屋後清理。

他將清乾淨的鹿肉切成一條一條的。她接過其中一條，切成小小塊拋進熱水中，加些柴火，再切幾塊他們中午沒吃完的山藥一起放進去，燉了一鍋山藥鹿肉湯。

其他的肉塊她先放灶台上，等到要睡前再將它們放進灶鍋裡，生個小火慢慢烘乾，明天一早就是現成的鹿肉乾，可以隨身帶上幾條。

鹿肉湯做好了，屋裡找不到碗筷，林諾就地取材，去外面撿了一小段木片，挖出一個勺，就是現成的湯匙。兩人站在灶頭，以小刀爲筷，薄木爲匙，就著灶鍋痛痛快快地吃了一頓熱食。

熱肉熱湯一下肚，渾身都暖了起來；兩人相視一笑，只覺大廚子做的菜都沒有這鍋鹿肉湯讓人心滿意足。

吃完了鹿肉湯，林諾將灶鍋刷洗一番，重新燒了半鍋熱水。

「現在有熱水，可以洗澡了。」他道。

他眞是很愛乾淨，她半是有趣地想。

水一燒開了，他調了點冷水進去，確定溫度剛剛好。「妳先洗，洗好了再換我。」自己先回到前頭去，讓出廚房給她。

今晚洗衣服，明早一定來不及乾，她只能憾然將沾滿塵土的外衣披在一旁，然後脫去裡衣，用包袱巾子當做毛巾，舒舒服服地洗了個熱水澡。

洗完了澡，她穿回裡衣，用防水布把自己包起來，回到前頭去。

「我洗好了，換你。我留了一半熱水給你。」她的臉頰被熱水蒸得紅潤潤的，甚是剔透可愛。

她一定不知道自己現在看起來有多好吃，他想。

趁他去後面洗澡，芊雲在前頭開始想著晚上要怎麼睡。直接睡在土炕上太冷了，防水布得當被子蓋，想了想，她拿起大袍鋪在炕上，這樣便剛剛好。

可是，林諾要睡哪裡呢？

好像……他們只能睡一起。她腦子裡又亂烘烘地糊成一團。

不管了，他要睡哪裡就睡哪裡吧！她抱著防水油布跳上炕去，臉朝著內側睡了下去。

過了一會兒，聽到他走出來的聲音，她不敢翻身看他，心跳得幾欲要從口中衝出來。

他在後頭窸窸窣窣一陣，似乎正在用巾子擦身體。她冒險回頭偷眼一眼，卻立刻叫出來：「這麼冷的天，你怎麼打赤膊呢？也不怕著涼著，快把衣服穿起來！」

她翻開油布坐了起來，裡衣的衣襟微微敞開。

他回頭看見，眸光頓時一暗。

她順著他的目光低頭，面色大羞，急急將油布拉高，大半張臉都藏在油布底下。

也不知道他怎麼動作這般快，剛才還站在屋子中間，轉眼已經到了炕前，眸心一些深沈的意緒讓人臉紅心跳。

她滿腦子亂七八糟的念頭又開始造反。

他微微一笑，拉開油布躺進她身旁的空位，側著身子和她鼻貼著鼻，面對著面。

她望著他近在咫尺的俊顏，忍不住伸手去撫他的臉。她的林諾這樣好看……

他的大掌在油布下滑上她的纖腰，將她拉向自己。

「怕嗎？」

他的手撐在她的臉頰旁支撐自己的重量。

她望進他深邃無盡的眼眸中，心中各種紛亂的意緒裡，獨獨沒有害怕。

她輕輕搖頭，嬌柔的手撫上他粗糙的下顎。

林諾低頭吻住她。

這一夜，她從一個懵懂青澀的女孩變成了他的女人。

9

同爲黃龍河大澇受災之地，陳國的善信在短短兩月之內的改變不可謂不大。

城裡雖然猶有幾處善堂在發放善糧，領糧的多爲河邊重災區或上游宋國來的災民，一般百姓民生已經漸漸恢復常軌，即使是重災之處亦已有官府協助重建之中。

街坊鄰里間又出現了往日的熱絡生氣，市場裡互相寒暄的話不外乎「您那灶頭修好啦？」、「趕明兒把牆糊一糊，趁好過冬」、「聽說張大元一家再過兩天要搬回來啦」。

人人臉上不再是兩月前的倉皇無措，遠走避災的人也逐漸回返，整個善信似乎只有屋角牆壁間留下的水線看得出此處遭過水害。

人間若有不平靜之事，廟宇的香火往往是最鼎盛的，尤其位於黃龍河畔的城隍廟此次幾未受到損傷，人人都道是城隍爺顯靈，拜得更加虔誠。

城隍廟旁有一株百年大樹是信眾納涼聊天之處。此時有四人坐在樹下，意態悠閒，似是在等人。

其中一名是面有嫱髯的青衣漢子，身寬骨闊卻略顯消瘦。另一名是貌不驚人的黃衣男子，唯有一雙眼光華隱隱。第三人是一個年輕英俊的青衫公子，笑容可掬，非常討人喜歡。

最後一人卻是個身穿月牙白裳的美貌女子。只見她俊目挺鼻，櫻唇含丹，微勾的唇角彷彿未語先笑，端的是眉目如畫，清麗無雙。她皮膚光滑無比，瞧著年歲不大，眼中的精明聰睿之色卻不像年輕小姑娘會有的，一時之間難辨年紀。

許多香客經過之時，不由多瞧了這美貌姑娘一眼，幾個地痞樣兒的甚至想過來搭訕。那婧髯漢子見了，兩眼一翻，大步往前一站，腰間的柴刀明晃晃地亮出來，那貌不驚人的黃衣男子也突然張開眼，目光如電地投來，幾個地痞瞧瞧他們的架勢，摸摸鼻子，悻悻然離去。

四人自中午過後不久便來城隍廟，如今眼見日頭已偏西，要等的人還不來，婧髯漢子不禁跳起來，來回踱步。

「凌姑娘，妳說林諾和雲兒是不是遇到什麼麻煩了？咱們要不要回頭去找？」

「不用。」凌葛悠然舔著黃軍買來的糖葫蘆，既不焦也不躁。

「說不定他們受傷了，要不便是碰著野獸了。」

「不會。」

「或者他們繞了遠路，今兒說不定到不了。」

「會到。」

楊常年看她一副老神在在的樣子，只好搔搔腦袋，再回去踱步。

幕色漸濃，信眾越來越稀少，一對上香的母女離去之前好奇地對他們多看上幾眼，楊常年想想不對，又有了疑問。

「凌姑娘，咱們在這兒待這麼久，會不會給人認出來？」

「你是宋國的通緝犯，又不是陳國的，陳國人怎麼會認得你？就算認出了又如何？」凌葛看他一眼，繼續吃糖葫蘆。

有理。

再想想他不服氣地道：「可陳國的官兵就有可能認出來呀！好歹老子在戰場上也殺過不少陳兵，凌姑娘怎麼知道就沒有陳國的兵便服經過呢？我老楊這顆腦袋，在陳國軍營裡可值上一點錢。」

能夠在她面前說出一番反駁的道理，他非常得意。

凌葛嘆了口氣，把糖葫蘆放下來，認眞地問他：

「楊大哥，你說，陳國那時候爲什麼要抓你呢？」

「那還用說，當然是那幫龜孫子在戰場上給老子打怕了。」他一拍胸膛，神氣得緊。

「那就是啦！連陳國世子都知道你現在不替宋國打仗了，他們還抓你做什麼？」

楊常年一時語塞。

半晌，他又不甘心地道：「可他們難保不會想抓了咱們，送回宋國討好。」

「先不說陳國幹嘛要討好宋國，就算如此，你們家那個國君既沒肚量又小心眼，被你這個『涼國細作』逃了，他只怕希望全天下沒人知道最好，陳國抓了你，再把你送回去，豈不是在揭他瘡疤嗎？

「『宋君啊，你看看，你們家楊常年殺了我們那麼多人，我們陳國可是一點都沒在怕的，現下我們抓到他了，還給你送了回來，看你們要怎麼處置隨便你吧！』陳國這不是馬屁拍到馬腿上？陸三那小子哪裡會做這麼白癡的事？依我說，現在宋涼趙許四國，我們到哪兒都危險，獨獨待在陳國最安全。」

楊常年抓抓腦袋。「好吧，是妳有道理。」

「我當然有道理。」

楊常年氣悶地走回大樹下，黃軍在旁邊忍不住嗤的一聲笑出來。楊常年氣得一腳飛過去，他連忙跳開，閉上嘴巴不敢再笑。楊常年瞪他一眼，坐下來繼續等。

「來了。」

一直在一旁半閉著眼睛養神的趙虎頭原來目光最亮，最先看到從街口大步而來的兩道人影。

只見一高大一纖巧的兩道身影，高者青衣短打，背有鐵弩，英挺不凡。纖者白衣綠裙，玲瓏婀娜，端的是令人眼睛一亮。

「林諾！你這小子上哪兒去了？累得我們在此等了大半天。」楊常年衝過去對著林諾重重一拳，然後親熱地抱著他大笑。

黃軍與趙虎頭也迎了過來，見大家都平安出死人來，一時歡喜異常。

「抱歉，我們渾身髒兮兮的進了城，怕引人注意，所以先找個地方洗漱，換身乾淨的衣服，你們來很久了嗎？」

「林大哥，也還好，就等了一會兒。」黃軍笑道。

凌葛悠哉地站在眾人後頭，觀察了半晌。嗯，這兩人有些地方不太一樣了，兩人之間少了往日的緊張，多了幾分親膩的氣息。芊雲從頭到尾輕抓著他的衣角，眼神甜得快滴出糖來，有趣……

「好了，我們走吧！該找個地方過夜了。」她拍拍手集合。

「凌姑娘，我和林諾已經找好了客店，很乾淨寬敞，大家一起來吧！」芊雲親熱地道。

「好啊。」

眾人一起走回鎮子中心。她故意和林諾落在最後面，看著前頭嘻嘻哈哈閒聊的幾個人，突然發難。

『說吧！一定有事。』

林諾看她一眼。『我不知道妳在說什麼。』

『你們兩個看彼此的眼光都不太一樣了，沒事才有鬼。』

有鬼的是妳吧？精得跟鬼一樣！

『沒事。』他決定以不變應萬變。

凌葛看了前方的芊雲幾眼，突然手指一彈。

『你跟她上床了？你這個小色鬼！我就知道你一定撐不了多久。』

『……』

『告訴我，是誰先開始的？』她興致勃勃道：『你先的，她先的？還是乾柴擋不住烈火，兩個人孤男寡女同處一室於是一起爆發，共赴那維蘇威火山的巔峰？』

『拜託妳住嘴！』他一臉痛苦。

『奇怪了，你老姊又不是老古板，有什麼不能說的？別忘了你人生的第一堂性教育還是我幫你上的。』

『拜託妳不要提醒我！』他閉上眼，用力捏了捏鼻梁。

『夢遺是很正常的，總得有人告訴你沒事，你很好，你的小雞雞不會爛掉……』

『Grace，閉嘴！』他低吼。

前頭的人全部回過頭來，訝異地看著他們。

林諾痛苦地掩著眼睛，凌葛立馬給他們一個閃閃發亮的燦爛笑容——露太多牙了，有點恐怖。

芊雲隱約明白他們可能在談什麼，突然俏顏緋紅。

「天快黑了，我們快去投店吧！」她清了清喉嚨，飛快轉過身去。

隊伍繼續前進，凌葛不甘心放過他，手肘頂了頂他的腰側。

『喂！自從我們來到這裡，每天只是趕路趕路趕咯，一點社交生活都沒有，我已經快悶死了。你起碼要盡點同伴的義務，提供一些香豔綺聞來聽聽！』

『妳怎麼不提供妳的香豔綺聞來聽聽？』

『好啊！你要聽我跟誰的？』

『閉嘴！我什麼都不想聽！』誰會想聽自己姊姊跟男人上床的故事？他恐怖地瞪著她。

『那你就說啊！你們兩個什麼時候上床的？』她興致勃勃地繼續。『當天晚上？隔天晚上？進了城之後？』

『我沒有跟她上床！』他打死不認。見鬼的他才不會讓自己的性生活成為她茶餘飯後閒嗑牙的話題。

『我不信。』她眯起眼。『我警告你，我跟你的小女朋友是手帕交，我有義務灌輸她安全性行為的知識。』

『我、不、會、告、訴、妳、的。』

『雖然你是我弟弟，我不能偏袒你。你在阿富汗沒跟亂七八糟的女人胡搞吧？你出發之前做過健康檢查嗎？你安全嗎？你最近有沒有異樣的搔癢感、灼熱感，私密部位長出不明肉疣？』

他難以置信地瞪著她。

終於他明白什麼叫氣到無力。

『這些都是重要的資訊，你有義務保護你的性伴侶。』她指出。

『……有一天！總有一天！』他咬牙切齒地捏緊拳頭。

『奇怪了，我都無所謂，你有什麼好害羞的？我又不是對你的過去一無所知。』她突然賊笑兮兮地看著他。『我知道你的第一次是跟莉安・培瑞，你十年級數學課的同學，我事前就和她聊過了。』

『什麼！』他的腳錯了一步，差點跌倒。

『她姊姊和我是化學班的同學！她想跟我弟弟上床，當然要先跟我報備一下。』她一副「你幹嘛大驚小怪」的樣子。

他已經說不出話來了。

『我告訴她，只要你們兩個是你情我願，我無所謂，可是她的 SAT（高中學測成績）必須先考到兩千分。』

『……這跟 SAT 有什麼關係？』他勉強找回一點點聲音。

『你也不想想看，我們兩個好歹有一個號稱全世界最聰明的老爸。你和她上床，就表示她有潛在性的懷孕風險，我能讓我未來的姪子是個蠢蛋嗎？』她睨他一眼。

他又找不到聲音了。

『我也曾經是個好色的青少女，我知道這個時期有多麼容易擦槍走火好嗎？不過，你放心，對芊雲小公主我可以放點水，我還算喜歡她。』

『妳的意思是說，只要是妳喜歡的人，妳就不在意她生出來的小孩子是蠢蛋？原來妳的原則是因人而異的。』他終於逮到她的小辮子，指控起來充滿勝利感。

『廢話，如果我喜歡小孩子的娘，當然對他們會更有耐心一點，不然你以爲一天到晚看著一對蠢蛋母子很有趣嗎？』她不齒地看著他。

他又沒話說了。

掙扎了好久，他終於找到一點微弱的聲音。『妳知道妳是個惡婆婆嗎？』

『哎呀怎麼會？我這人最好相處的，可惜公主不能跟我們回去。不過你放心，你要是讓她懷孕了，我們會想辦法安頓好她母子再走。』

『我不會讓她懷孕的！我知道如何避孕，我們很小心，妳以為我這麼笨嗎？』他從牙縫中迸出話來。

『哦——所以你們眞的上床了嘛！』她拍他的肩膀。早說不就好了？

結果還是被套出來了。

林諾突然停下來。

前方的人發現他們不再走，跟著停下來。芊雲不知怎地覺得插手會很危險，所以很罕見地躲在趙虎頭身後，不敢看他們。

林諾看了他老奸巨滑的姊姊良久，然後堅定地走到前面，把楊常年拉過來放在她右邊，再把趙虎頭拉過來放在她左邊，他自己走到最前面，完全不看她！

「呃，林諾……」

他堅定地舉手制止楊常年的發言。

「林大哥……」

他再堅定地舉手制止黃軍的發言。

最後是趙虎頭仰頭望天，悠悠開口：

「林兄弟和淩姑娘一起長大，怎會不知鬥嘴定是鬥不贏她的？」

「又被欺負了嗎？」黃軍同情地道。

前面那個人高馬大的男人蹎了一下，憤慨地走了開來。

★

他們一行人投了客棧，在客棧中好好地洗了個澡，晚餐吃的是新鮮現煮噴香菜餚，夜裡睡的是香軟如雲鬆軟枕被，一時覺得人間再沒有美過此間之處。善信果眞是個地靈人傑的好所在，連客棧的床都比別的地方好睡。

隔天中午，他們叫了一桌豐盛的飯菜。小二直接將這票金主迎到樓上靠窗最好的位子，笑逐顏開地張羅起來，一點都不敢怠慢。

六人痛痛快快地吃完一頓午餐，叫上兩壺好茶與幾樣細點，心滿意足地坐在樓頭。難得的冬陽將每人都曬得舒暖異常，眾人有一搭沒一搭地閒聊著。

「對了，我有一件事要宣佈。」淩葛拿起筷子敲敲茶盞，喚取眾人的注意。

「姑娘請說。」黃軍暢快地飲了口茶。

「我們的錢用完了。」她愉快地說。

所有人全停下來，彷彿她剛才說的是他們聽不懂的嘰哩咕嚕話。

他們看看淩葛，淩葛看看他們，半晌沒人搭腔。

「嘿！你們也不想想看，我們一直只賺錢不花錢，支出大於收入，當然會沒錢。」她理所當然地指出。

「這……我不是給了你們幾百兩銀子麼？」楊常年有點傻眼。

「你們以爲過日子很容易麼？你，你，」她冷笑一聲，先指了指林諾和黃軍。「你們兩個幫人家修房子蓋屋子的，你們以爲都不需要花錢？還有你，」她指了指楊常年。「你以爲把你救出勞改營，不需要打點麼？我們旅費，食宿費，租屋子，買通張四娘，給你們置辦逃命裝備，都需要錢。

「還有啊！最後我們一逃了之，總不能把張四娘一家丟著，到時候又有個人要跟我算帳，所以我給了他們家一筆銀子，讓他們快快搬到其他地方。昨日韓氏祖孫要去找女兒，也需要盤纏，我又給了他們一筆錢，所以錢都花完了！」

這麼算算，幾百兩確也花得快。

「如果沒銀兩，我們這兩天又買衣服又住客棧又吃得這般豐盛……」趙虎頭的臉上罕得的出現無措之色。

「這就是最後的一點銀子啦！反正剩下的也撐不了多久，索性一口氣花光了乾脆。」她乾淨俐落地拍拍手。「現在，沒錢了。」

幾個男人面面相覷。

林諾這輩子很少爲錢煩心。十六歲以前有她在，十六歲以後他去讀軍校，一切支出都由軍隊買單，他還有零用金可以領。後來變成職業軍人，薪水還算不錯，他自己的花費也不高，所以幾乎沒有體會過缺錢的感覺。

楊常年和黃軍跟他一樣吃軍營用軍營住軍營，趙虎頭是涼國禁軍統領，收入更豐，這幾個大男人竟然從來沒有想過缺錢這檔事。

「我一會兒回來。」黃軍突然告個罪，一溜煙不見蹤影。

「我們這幾個人裡面，唯一一個有謀生能力的人是我，你們以為一個人賺錢養這麼多人很容易嗎？」凌葛再補一刀。「到目前為止，我還沒『接客』過，我們一直沒有新的收入，我可是無照密醫！要接客人，也得人家肯上門才行，總之我們現在就是處在一種叫做『坐吃山空』的狀態——沒，錢，了。」

「接客」不是這樣用的。楊常年和趙虎頭的心裡犯嘀咕。

她的每段話都是以「沒錢」作收，三個男人的眼光一觸上，一時有點慚愧，訕訕地轉開，芊雲只在旁邊努力動腦子想該怎麼辦。

她可以做些縫補活兒賺點小錢，凌姑娘會醫術，至於他們幾個大男人嘛……

她想了半天，竟然想不出他們能幹嘛。

這些人是很會打仗沒錯，可是打仗換到眞實生活中，可以做什麼呢？

去幫人家走鏢嗎？可是他們有任務在身，無法大江南北四處走鏢。

去當有錢人家的護院嗎？依照他們的個性，這有錢老闆若是為富不仁，公子哥兒太嬌慣，強搶民女什麼的，馬上被他們自己一拳打死了

去當地痞流氓嗎？嗯，這倒是很適合他們……不行不行，地痞流氓不是正當營生。

她和凌葛互望一眼，兩人再一起看向面前的幾個男人。

他們頭上清清楚楚亮著一個招牌：無謀生能力。

幾個男人被她們看得慚愧不已，竟然沒有一個人敢對上她們的目光。

最後，林諾尷尬地咳了一聲。「好吧，我們想法子賺錢。」

「回來了。」黃軍突然又冒出來，笑容燦爛地把一個荷包扔進凌葛手中。

凌葛打開一看，唷！是銀子。她眉開眼笑地接過來。

「你打哪兒弄來的？」林諾瞇起長眸。

「剛才路上有個肥得流油的員外經過……」

「你去扒來的？」楊常年一腦袋瓜子給他。

「我這不是沒去偷窮人麼？那大胖子前呼後擁的，一堆僕從，一看就很有錢，哪裡會在乎這麼一個荷包？」黃軍委屈地撫著腦袋。

「起碼黃軍有貢獻，這是劫富濟貧好嗎？」凌葛竟然替他說話。

「這算什麼劫富濟貧？」林諾瞪她。

「員外很富，我們很貧，就是劫富濟貧。」她說得非常正氣凜然。

她眞的很適合當強盜頭子，連成勝天都比不過她！眾人深深想。

芊雲其實是這幫人裡最有危機意識的。她自幼過慣了論斤秤兩、錙銖必較的生活，深知沒銀兩的日子有多麼難捱。雖然楊常年和趙虎頭也是平民出身，可是男人家對這些事總不怎麼上心，有錢吃肉，沒錢啃窩窩頭。說到底，張羅持家的都是女人。

「凌姑娘，咱們房錢都結了之後，還餘下多少？」她問凌葛。

凌葛心算一下。「把黃軍扒來的銀兩加進去，付完應該還剩一點。」

芊雲大驚。原來原本的銀子連付房錢都不夠了？那她是本來就打定主意去搶嗎？

「錢不夠了，妳怎地還這般花用？」芊雲頓足道。

「日子總是要過嘛！我們的錢付不出來，吃虧的是掌櫃，他比我們更傷腦筋好唄？」

這、這是什麼道理？

林諾一手撫眼，有點不好意思承認這是他姊姊。他沒被她養成小叫化眞的只能說她賺錢有方——但理財完全低能。

「荷包給我。」芊雲頭痛地伸出手來。

凌葛不解地將黃軍扒來的荷包放到她手中。

「把妳的荷包也給我。」芊雲又說。

凌葛又將自己的荷包給她。

芊雲把兩個荷包的銀兩算了一下，痛定思痛地一點頭。

「從現在開始，我管錢。」

✶

陳國　西州　從陽縣

陳國境內有五州四境。五州分別為東、南、西、北、中五州，四境分別為西北角的漠境，東北角的荒境，西南角的陵境，與東南角的漓境。

黃龍河的源頭在宋國境內，流至中游轉了一個彎，這一段成為宋陳兩國的交界，到了下游又是一轉，自善信流入陳國境內，在陳國被命名為景龍江。

陳國與宋國鄰界的西州，地理狹長，多山多林，景龍江將從陽縣橫切而過，流往中州去。

一月隆冬盛雪，地白風色寒，雪花大如手。這雪自三天前開始下，便一直沒停過。

「欣來驛站」裡，人客行旅並不多，掌櫃命小二在中庭生起一堆篝火，十幾個客人索性圍火而坐，一起暖暖身子。

酉時剛過，眾人剛吃完晚飯，肚子飽飽的，身子暖暖的，一時覺得這隆冬時節倒也不難捱。

「善信入秋時犯了澇災，受創不小，沒想到現在已復原得差不多了。」一名中年商賈敲敲自己的旱煙桿，再填入新的煙絲。

「咱們這頭倒不怎地，就是宋國的敦普、清化辛苦些。」

「哎，上頭天天在打仗，底下的卻通通都是百姓，平時聲息相通，也算得上是鄰里之親。看著他們辛苦，難道咱們能袖手旁觀？」

「聽說世子早早下了令，若是有敦普、清化兩地災民進到咱們陳國來，不可阻攔，地方官需好生安置。」

「那可不？聽說世子安排好了善信的修建之事，免了當地百姓一年賦稅，撥空還去了宋國一趟，探看澇區的災民可來得及修復過冬，有無需要咱們陳國援手，一點兒都不因爲兩國交戰，就對災民冷漠無情，眞正是仁心仁性啊！」

一時眾人紛紛讚揚世子之德。

「從陽縣近幾年來可眞是不安穩。」人群中突然響起一串嬌柔的嗓音。「今年善信出了一個景龍江大澇，前幾年不是也有幾個地方鬧出怪病來嗎？」

「什麼怪病？」幾個外地來的商旅不明內情，紛紛好奇地問。

那嬌柔嗓音繼續道：「我們也是在路上聽來的，聽說從陽縣裡有個小村子一夕之間人人得了怪病，有的人上吐下瀉，有的人口鼻出血，有的人掉頭髮，身上出現奇怪的斑痂紅腫，連大夫都找不出原因，聽著挺嚇人。」

「這事我倒是聽說一二，那不是個村子啊！聽說是從陽縣北方的那個龍威，這城可不小，有大半的人都染上病了。」一位中年商賈連忙插口。

「不！我母舅就住在龍威，龍威一點兒事也沒有，其實是發生在龍威再過去一點那個地方，聽說是個沒名字的小村子。」

「不不不，這明明是景陽山腳下的事，我再清楚不過了，聽說直到現在還不太平呢！」

「什麼呀！我老家就是在景陽山腳下，一點兒事也沒有，聽說是我們隔壁幾十里的一個鎮子出的事。」

一時之間，人人爭相發言，彷彿生怕落後了一步就被人笑話消息不靈通，然而說了半天，竟沒人能說得出一個確切的地方來。

引起這個話題的人，自然是凌葛了。

他們上路不久就發現，從陽縣附近聽過「有個地方人人生怪病」的人可真不少，可是細究下去，卻沒人說得出來「有個地方」是哪個地方。

傳說的版本大同小異，所有症狀聽起來都像是錆的感染症。

通常，一個古怪恐怖的傳說四處流傳，卻沒有人說得出來歷，只代表一件事：有人蓄意傳播這個故事，卻沒有給出確切的源頭。

爲什麼？

知道錆中毒症狀的只有兩個人：歐本與第二實驗體。

如果傳說是歐本散布的，原因很簡單，一定是爲了讓第二個實驗體聽說之後，以爲另一個同伴在這裡，然後跟凌葛他們一樣一路尋過來。

如果是第二個實驗體傳的……這就很耐人尋味。照理說，此人應該怕得要死，低調行事，不想引歐本上門找到他才對。

無論如何，凌葛還是追著這個流言來了。歐本也好，第二個實驗體也好，都是她在找的人。只要能追到故事的起源，就離他們的目標不遠了。

一開始他們六人兵分幾路。

凌葛把從陽縣以格子狀畫分成不同區域，每路人馬分配一個區域，然後再約定時間回到中間點碰面。林諾和芊雲一路，楊常年和趙虎頭各自一路，黃軍與她一路，總共四路人馬出發。這種方法在通訊不便的年代已經算有效率的方式，所以他們在一個月內找遍了大半個從陽縣。

沒有人問出眞正的事發地點在哪裡，唯一的共通點是，都是由從陽縣的北方開始。眼見隆冬已至，不宜再四處奔波，他們須得找個地方過冬才行，於是他們會合之後，一同往從陽縣北方而來。

對了，關於生活費的問題。

不是他們不爭氣，實在是入冬之後蓋房子修屋子這種活兒越發難找，幾個大男人依然無用武之地。最後，凌葛直接用了很土匪的方法——

她找到青雲幫在從陽縣的分舵，開門見山說：「我姓凌名葛，這是我弟弟林諾。我是你們幫主兒子的救命恩人，那個陸三的好朋友。幫主的恩是已經還完了，不過陸三想要我幫他做事。本姑娘阮囊羞澀，心情不好，不怎麼想做事，所以你們去跟陸三說，叫他拿個二百兩銀子出來。本姑娘心情好了，或許就會想幫他做事了。」

然後，她搶在分舵管事變臉之前笑道：「你最好乖乖把話傳給陸三，不然到時候抄家滅九族，可別說我沒警告你。我在迎賓客棧等你們消息。」

「抄家滅九族」這話帶著很微妙的意義。一般江湖尋仇，「殺光你全家」這種話聽多了，但「抄家滅九族」就比較像官場上的用語。

那管事的也是個明白人，當下送了他們出去，回頭傳話。

那天下午，兩百五十兩就送到她的房中了。

凌葛在心中做個筆記：改天遇到陸三那小子，一定要問問他是怎麼處理通訊傳輸的這一塊，實在是太值得學習了。

她另外發現自己很適合騙吃騙喝，看來就算留在古代也不會餓死。

「錢給我。」芊雲毫不容情地把二百五十兩收過去，然後發給他們固定的零用錢。

凌葛只能含淚啃餅，默默無語。林諾安然自得，反正財政大臣在他身邊。

眞是見色忘姊，吃裡扒外的傢伙！

啊，扯遠了。

★

「北方」是一個很廣泛的範圍。

他們分散各地打聽回來的故事，都不外乎今晚聽到的這幾個版本：「龍威」、「景陽山附近」、「山腳下沒名字的村子」，沒有明確的地點，卻有一個明確的地域——景陽山一帶。

整個陳國西境地勢峽長，從陽縣南邊是死人林的範圍，往北地勢漸高，爲景陽山脈，北面相鄰的山陰縣幾乎都在景陽山脈裡，因此，從陽縣北端可說是進入景陽山脈的入口。

確切地點雖然不明，凌葛卻認爲一個故事能夠如此迅速廣泛地流傳，還遠至鄰國，一定是透過公開的管道，不會只是靠封閉式的農家耳語而已。

在這個時代，人多熱鬧的官道往往是資訊的流通渠道，尤其是官道上的客棧、飯館、馬站這些行旅人常出沒的定點。白天在這種地方放個消息，晚上就能輕易帶到好幾個城市去了。

從陽縣北方只有兩條官道，一條左官道，一條右官道。左官道轉往景龍江，通往宋國；右官道通往中州，進入陳國內陸。而傳說中出現的「龍威」那些地點，都在右官道的這一邊。

於是他們來到了右官道最靠近龍威的地帶，找了間民宅租下來。過了這一段便通往山上，屬於山陰縣的地界。所有傳說既然圍繞著從陽縣轉，她先不考慮進入山陰縣。

山腳下地處偏僻，有規模的客棧只有兩家，其他都是當地人自營的小飯館。他們盡量在這些飯館客棧流連，總算今晚遇到了幾個見識較廣的商人。

「幾位客倌在聊什麼聊得興致這般高昂？」說著，欣來驛站的年輕掌櫃掀簾而出。

這掌櫃的年約二十許，雖然穿著堂服，卻形貌清俊，談吐斯文，一點兒都不像個市儈掌櫃。

「秋掌櫃出來啦！」幾個熟客早已認得他，立刻親熱地打招呼。「我們這不是在聊前幾年出的那樁怪病嗎？」

「這事怎地還在傳？」秋重天好奇地在每個人臉上轉了一圈，最後落在凌葛和林諾幾人身上。

他們的形貌和當地人不同，一看就是外地來的生客。

「原來這裡的掌櫃這麼年輕，看起來倒像個年輕書生。」凌葛笑道：「掌櫃的，你是本地人嗎？還是外地來這兒做營生的？」

「是了，秋掌櫃在我們山腳下土生土長，又是經營客棧的，消息最是靈通，附近要是有什麼事情，問他準知道！」熟客立馬熱心提供。

「如此說來，秋掌櫃倒是個地頭蛇，不知你聽說過什麼沒有？」凌葛感興趣地道。

眾人立時騰出一個位子讓秋重天坐下來。

「姑娘是哪裡人？怎麼會對我們這種窮鄉僻壤的事如此上心呢？」秋重天打量她。

「是啊是啊，姑娘，瞧妳這般年輕貌美，聽說這種爛皮爛肉的怪病，難道不怕嗎？」一名客人道。

凌葛嫣然一笑，被橙紅的火焰一襯，猶如春花初綻，更見嬌豔。

「我跟著我師父學醫的。我師父說，若要變成一個好大夫，就得遊歷天下。這世上奇難雜症不勝枚舉，倘若我五湖四海走一遭，不變成大名醫也難。」

眾人聽了紛紛點頭。「這是。增廣見聞勝過閉門造車。」

「姑娘瞧來不像我們中土人士？」秋重天對她和林諾份外好奇。

「這是我表弟表妹，打從西域來的。他們的娘是漢人，嫁到番邦去。」楊常年接著說道。

「你這掌櫃眞奇怪，我們在向你討教鄉野傳說呢！你的問題倒比我們多。」凌葛笑道。

「哎，我這是做掌櫃的老毛病，瞧著了生客都要攀談兩句，親近親近，姑娘莫怪。」秋重天連忙拱拱手。

「那，掌櫃的，你有沒有聽過怪病的來處？」

「說來那怪病的流傳，都是一場誤會。」秋重天嘆道。

「哦？」凌葛偏了偏頭。

「大家可還記得，幾年前暑氣不是特別躁熱麼？」看眾人點頭，秋重天腳蹺了起來，開始回憶。「那一年本來我種的幾盆『倒掛金鐘』，正想著搬到客棧外給客人賞賞呢！豈料暑氣來得特別快、特別猛。那幾盆花兒沒能長多久就全給熱死了。」

「哎呀，秋掌櫃種的花可是一絕呢！」幾位熟客紛紛道。

「可不是嗎？連我們馱貨的驢兒都差點給熱沒了。果然更糟的就來啦，風羊草開始瘋長。」秋賞櫃搖搖頭。「一些小孩子到林子裡玩，不知風羊草的厲害，帶了一身的草茸子回家，登時傳了開來。

「雖說是傳開來，倒也沒傳多遠，就那一個小莊子而已。誰知話越傳越廣，從一個莊子變成了一個鎮，幾戶人家變成幾十戶人家，再變成幾百戶人家，傳到最後就停不下來啦！」

「原來如此。」

「今日若不是秋掌櫃釋疑，我們還要再傳下去呢！」所有客人登時恍然大誤。

「風羊草是什麼東西？」凌葛好奇地看看其他人。

幾個客人紛紛開口：「姑娘，妳不知風羊草的厲害啊！『風羊』只是好聽的詞兒，以前的人都管它叫『瘋癢』。」

「是啊是啊，這瘋癢草不容易發，可一發了就長得極快，極難收拾。草根草莖上都是細細的茸毛，一時沾上了還不覺怎地，過了幾個時辰——喝！起泡發癢，管叫你搔得連皮都掉一層，所以才會有『瘋癢草』的稱號。」

「原來是風羊草作怪，莫怪莫怪。」、「這草可都掘了吧？可別再讓它發起來！」幾個吃過它苦頭的客人紛紛出聲。

「掘了掘了，全掘了，一把火燒個精光。想來它要再發起來，也需要個十年五載的。」秋重天笑道。

「秋掌櫃知道那個小莊子在哪裡嗎？」凌葛微笑地問。

秋掌櫃手支著下巴，眼睛轉了一下，露出思索的神情。

「我聽說是在丘原莊，可莊上的人不喜歡人家問這件事，怕讓人知道他們傳過風羊草，不敢去，以後莊上的客店就沒了營生了。」

「除了風羊草沒有其他原因嗎？傳說裡講的是全身化膿、皮破肉爛，可不像簡單的風羊草。」

「那就是傳說誇大其詞了。」秋掌櫃嘆了口氣。「丘原莊只有十幾個人染上風羊草，有個鄰村魚販子送魚過去，在莊子裡見了村人一身紅腫，個個抓得鮮血淋漓，一時嚇得要命，連忙逃回家去，謠言應該就是這樣傳開的。」

「不是說有大夫去看過嗎？」凌葛關切地道。

「是啊，所以後來風羊症也給治好了。」

「那丘原莊離這兒多遠？」她好奇地問問旁邊的客人。

「約莫四十里許，說遠不遠，說近不近。我們這附近這樣的小莊子很多，莊民除了城裡辦大市集會出莊之外，一般是不太在外頭走動的。」秋重天主動回答。

「掌櫃的，這裡是不是不常見著西域人？」

「西域人？那要走左官道過去景龍江畔比較常見，咱們這兒是通往山林的小地方，西域人較少來到這裡。」

「那怪病流傳的那陣子，有沒有什麼西域人，或任何不像中土人士的人在這一帶走動？」她突然話鋒一轉。

「這倒是沒有。」秋重天兩手往胸前微微一盤。「怎麼姑娘在找人嗎？姑娘找的是誰，不妨跟我說一說。我這兒人來人往，可以幫忙留心看看。」

凌葛笑容依舊，眼睛看著秋重天，口中卻對身旁的林諾說：『他的謊吹得完全不打草稿。』

林諾沒有任何反應，依然眼瞼半閉，靜靜端坐，旁邊的芊雲忍不住看他們一眼。

「姑娘說什麼?」秋重天好奇地道。

「沒事。」她笑了一下，欠身而起。「夜深了，我們得回去睡覺，多謝掌櫃解了我們的疑問。」

「姑娘不是住在我們客棧裡麼?」秋重天忙問。

她攤了攤手。「你們店裡早就沒房間了，我們住在附近的一戶民家，因爲吃不慣粗糲的食物，跑來你這兒打牙祭。我們明天一早還會再來光顧，掌櫃可要準備些好吃的等我們。」

「那是自然，那是自然。」滿臉堆笑的秋重天拱拱手，送他們出去。

★

他們離開驛站，走了一陣，凌葛將黃軍叫過來，在他耳畔低聲吩咐了幾句。黃軍點點頭，一轉身消失在夜色裡。

「凌姑娘讓黃軍去做什麼?」楊常年好奇地問。

「我讓他去盯著那個掌櫃，瞧瞧他今晚有沒有什麼動靜。」

「那掌櫃有問題麼?凌姑娘怎麼不叫我去?」楊常年忙問。

凌葛但笑不語。楊常年性格魯鈍，不若黃軍細心，這種監視的事，還是讓黃軍去做好些。

「凌姊姊，妳說那掌櫃是怎麼了？」芊雲走到在她身畔，林諾的目光沈沈地落了過來。

「他說謊。」凌葛微微一笑。

「他哪裡說謊？」

「他每一句話都說謊。」她討厭人家對她說謊。

「凌姑娘怎麼知道他說謊？」向來寡言的趙虎頭開了口。

「因爲他的手腳擺錯地方。」她撇了撇嘴。

幾個人面面相覷。怎麼說謊的人還有對的地方可以看？

林諾只是沈靜地等她說下去。

「說謊在我們腦子裡是一個很複雜的過程。

「首先，大腦裡有個地方叫海馬迴，當我們在回憶事情時，海馬迴很活躍。另一個地方叫前額葉，負責掌管我們理智、情緒的控制這一塊。」

看眾人聽得一愣一愣，她乾脆換成簡化版：

「簡單地想，海馬迴管理你回想的事情，前額葉管理你的意志力和情緒。」

「哦，哦。」楊常年點點頭，約莫有點明白了。

「如果你說的是事實，只需要海馬迴從你的記憶裡挖出發生過的事情就好，你所展現的情緒都是跟著眞實事件發生的。說到傷心的地方痛哭，說到開心的地方歡笑。

「可是當你必須說謊，無論多麼擅長說謊的人心理都會產生壓力，這時必須動用前額葉來控制情緒。」她指了指額前葉的大約方位。

「接著，你的右腦要開始創造一段新的謊言，因為這部分的腦子是掌管創造和建構；左腦則是掌管邏輯，要避免前後故事不連貫。當你的整顆大腦都這麼忙碌時，前額葉一定會有疏漏的地方。

「雲兒！」

「啊？」芊雲沒想到突然被點名。

「昨兒夜裡妳和林諾幹什麼去了？」凌葛忽然問。

「沒、我、哪有什麼啊？」她有些慌亂。

「還敢說沒有？睡前你倆忽然相約去外頭走走，回來之後妳臉頰紅通通的，是不是屋外親親抱抱去啦？」

芊雲嬌顏爆紅，手忙腳亂。

「才、才、才沒那麼種事……我們只是散散步，就……林諾幫王大娘收拾些東西……我們……」

停！芊雲深呼吸一下，雙臂一盤。

「我們忙完就各自回屋睡了，凌姑娘妳別胡說八道！」

所有人來回看著她們兩個，怎麼話頭兒轉到這兒來啦？

大家都是江湖人，不拘小節，早知了她和林諾的關係已然不淺。

凌葛笑了。

「你們看見沒有？他們散步是真的，幫王大娘收拾東西也是真的，雲兒的情緒反應和她的記憶一致。可是最後他們肯定不是立刻就回屋睡了，她說這一段謊話時，原本很慌亂，但前額葉跳出來掌控意志力，讓她很堅定地說：『什麼事都沒發生』，可是她的手卻環抱起來。

「這是一種封閉式的動作，帶有防備或自我保護的意味。彷彿想將你的祕密保護起來，不讓別人知道。」

她看向其他人。「最好的謊，是三分真、七分假，才不容易穿幫。今晚秋掌櫃講的故事有真有假。只要說的是實話，他的神色都很坦然；只要講到謊話，他不是抱一下手，就是交疊雙腿，這些都是閉鎖反應，表示他在說謊。」

其他人恍然大悟，只有林諾掛著淡笑，神色不變。

「還有一件事——楊大哥！」她又喚。

「啊？我在！」

「倘若你家鄉裡的人染上了風羊草，我問你：『楊兄弟，聽說你們村子出了事？』你會怎麼說？」

「那還用怎麼說？當然是『最近風羊症四處傳，癢死人啦！』」楊常年瞪了瞪眼。

「那就是了。你們想想秋掌櫃是怎麼陳述整件事的？

「他先從一些枝微末節的小事開始，什麼暑氣來啦、他的花枯啦，連驢兒差點曬死都比風羊草重要。終於扯完了這些不相干的，他才進入正題。

「即使要談風羊草，他也井井有條，先講了幾年前——時間。

「再講景陽山——地點。

「再講小孩兒——人物。

「最後終於講到風羊草——主角。人事時地物數，一件都不落下。

「倘若正常人，一定像楊大哥一樣從最重要的事先切入：『村上著實犯過一陣子風羊症啊！』但是對秋掌櫃，風羊草反而不是主要的切入點，爲什麼呢？」

林諾低沈接口：「他想降低怪病的重要性，讓人覺得沒什麼大不了的，不再去細究。」

「沒錯。」她點點頭。「眼看我不依不饒一直追問下去，他才清描淡寫說：『染病的人不多，發現的人是鄰村的漁販。』還特地補充這些小莊子大多不與外人往來。他卻忘了，倘若幾十里外的一點小病，山村都不與外人往來，那消息是怎麼傳出來的？

「他又說：『我聽說是在丘原莊。』表示他是聽來的，自己也沒去過，可卻很篤定地說所有風羊草都被拔光了。彷彿怕我們不信，再加一句：『全掘了，一把火燒個精光。』他爲什麼如此肯定？他又沒有親眼看到。村人既然少跟外人往來，也不會有人特地跑來跟他說呀。」

「嗯，嗯。」黃軍聽得直點頭。

「這代表他早在腦子裡想好了一套說詞，遇到有人問，就照本宣科搬出來。凡是說謊者都有一種心理：只要自己提出更多細節，聽起來就越有可信度。殊不知他添加的那些無關緊要的事，才是讓謊言最容易漏出破綻的。」

幾個人聽完了她的分析，作聲不得。

在他們聽來尋尋常常的一段故事，被她一拆解開來，竟然處處是破綻。

以後他們一定好好地學說謊……

不，以後他們鐵定不在凌姑娘面前說謊！

「所以，秋掌櫃說謊。」林諾淡淡的嗓音在冬夜裡漫了開來。

「秋掌櫃說謊。」凌葛櫻唇微挑，眼中卻殊無笑意。「而我，很想知道他爲什麼說謊。」

10

『我們不能就這樣把秋重天綁出來。』

『怎麼？有違你的正義感？』凌葛斜睨他。

『妳在開玩笑？半夜把人綁出來，既不用殺得血肉模糊，又輕鬆省事，誰會不喜歡？』他莫名其妙地看她一眼。

凌葛翻個白眼。

『我們不能綁他是因爲沒有合適的地方可以偵訊他。』林諾深思地道。

這倒是眞的。

他們租來的民宅雖然也滿偏僻的，終究是有鄰居。尤其窮鄉僻壤的夜裡，稍微大一點的說話聲都可以傳得很遠。

『把他帶到山裡面？』她隨即推翻自己的建議。『這樣我們也跟著冷死了，而且他是本地人，地形比我們熟悉，要是一個不愼讓他往山裡一鑽，我們再也抓不到人。』

芊雲爲兩人上了一杯熱茶，然後捱著林諾坐下來。雖然她聽不懂他們的語言，可是在這種安靜的夜裡，靜靜聽著他們說話會讓人有一種安心感。

在此處落腳沒多久，他們便拋開了所有避諱，同寢同食，相處一室，如一對眞正的夫妻。其他人都知曉他們二人沒有正式成親，但她不想再有任何顧忌，只是安心地跟他在一起。

在她心中，他是她的夫，她是他的妻，她這一生都不會再去跟別人了，因此有沒有成親並不重要。她不也被浩浩蕩蕩地迎娶過嗎？下場又是如何？

她不曉得自然還能跟著林諾多久，既然他說他沒辦法帶她走，一定就是他力有未及，再去糾結這些一點意義也沒有。

在他們僅餘的時間裡，她不想讓外人的眼光阻撓他們在一起。

幸得楊常年等人都是瀟灑漢子，即使一開始心中詫異，面上也沒有多說什麼，極快適應了兩人在一起。

她和林諾雖不曾再談論過未來，但她察覺得出，林諾是明白她的心思的，因此他不再避諱與她有肌膚之親。

她曾想過偷偷懷上一個孩子，當林諾離開之後她就有個人陪她了。林諾似是知曉她的念頭，總有些法子不讓她如願。

「妳打定了主意一個人生活是無妨，只是，再帶上一個孩子會更辛苦，沒有必要如此。」有一回他只淡淡說了一句。

既然他的顧慮是出於爲她著想，她心中又酸又甜，也就不再多做盤算。

一切順其自然吧！

「——好吧，那就這麼做。」

只聽淩葛突然拍板定案，原來在她胡思亂想之時，他們兩人已商議妥當了。

「啊，那我該做什麼？」芊雲回過神來，連忙問。

林諾詫異地看她一眼，淩葛只是輕輕一笑。芊雲臉紅了起來，好像她看得見自己腦子裡在想……在想生孩子的事似的。

「動刀動槍的事我們兩個都不成，交給他們臭男人去做吧。妳啊！安心把妳身邊的人照顧好就好。」淩葛調侃道。

芊雲被她講得臉上一紅。他們家這「大姑子」眞是不好對付，她心裡犯嘀咕。

說著，窗外一抹黃影忽地一閃而入，黃軍回來了。

「淩姑娘，有動靜了。」黃軍站在桌前，舉手向淩葛一拱，神情甚是凝重。

「噯，快喝杯茶暖暖身子，你怕不是凍壞了！」芊雲看他全身泛著絲絲寒氣，連忙爲他倒了杯熱茶。

「多謝姑娘，這種天氣不算什麼，以前當兵打仗，在更冷的天站崗盯梢的都有過。」黃軍笑著接過熱茶，幾口喝下。

「有什麼動靜？」淩葛等他喝完了茶才問。

「過去這幾天，秋重天那裡什麼事都沒有，只有每天晚上放隻鴿子出去，也沒見有回信，不過，今天晚上有隻鴿子飛回來了。」黃軍道：「秋重天看完了那封飛鴿傳書，早早將驛站打烊，讓伙夫跑堂們都去睡了，自己回房等著。我當然就跟著躲在屋頂上偷看，到了子夜，果然有人來了。」

「那人長什麼樣子?」林諾低沈問。

黃軍蹙了蹙眉。「那人全身罩了個大斗蓬，看不清楚形貌。不過我瞧他中等身量，卻是步履穩健，不虛不晃，應該是個練家子。秋重天和他關門密談了一陣子，直到子時那個人才離開。

「我暗中跟了那人一小段路，只見他騎馬上了右官道，往東而去。我沒有跟太遠，回來繼續盯著秋重天。秋重天房裡的燈又亮了一會兒，也不知在墨跡什麼。直到確定他熄燈睡下，房中不會再動靜了，我才回來報訊。

「凌姑娘，我們是要繼續看著他，還是快馬追上那個寅夜來客?」

凌葛雙手一拍，一雙妙目炯炯發亮。

幾人精神一振，等她發落。

「喂，你們說他那些鴿子是怎麼教的?要教多久才教得會?好養嗎?我們也來養幾隻成不成?或者抓他們現成養好的，叫那些鴿子改聽我們的?」她興致勃勃道。

「……」呃，凌姑娘，這不是重點吧!黃軍滿頭大汗。

「……」妳如何叫鳥改聽妳的?芊雲烏雲滿天。

「……」家醜，家醜!某人的弟弟慚愧無比。

林諾決定自己還是出來主持大局好了。

「黃軍，你有沒有聽到他們說話的內容?」

「那人有點身手，我不敢躲得太近，所以躍到對街的屋頂上藏著，隱隱約約只聽見什麼『山』、『老先生』的。倒是那人離開之時，我瞥到他的半張臉。是個四十來許的瘦漢子，留兩撇山羊鬍，長相不怎麼起眼，不像武林人士，倒像個江湖郎中。」

林諾長眸深深地看了凌葛一眼。

「如何，幹嗎？」

「選日不如撞日。」她一聳肩。

黃軍一聽他們要動手了，立馬站了起來。

「林大哥，我跟你一起去。」

「不用了。」凌葛接話。「黃軍，這幾日累你辛苦了，你待在這裡跟我一起等。林諾，你跟……」

她話還未說完，林諾忽地站了起來，丟下一句：「我找趙兄一起行動。」大步走了出去。

凌葛對他的背影微微一蹙眉。

「我去幫他們張羅一下。」芊雲見了，連忙站了起來，匆匆跟了出去。

★

他們分租的兩間屋子相隔約半里，楊常年趙虎頭黃軍三人住一間，她和林諾姊弟住一間。

此界雖然有個村名兒，民宅卻不是聚居而建，而是四處散落於田野林間。大家都是找個離自己下田或打獵方便之處，就近搭了房子。幸而此處地廣人稀，房子隨處蓋，倒也不顯得凌亂。

林諾在前頭走得飛快，她一追出小院，他已經消失在轉角處。

過了轉角就是一整片野地，只有一條泥土小徑。此時夜深星稀，萬籟俱寂，月娘將田野蒙上一層淡淡的銀芒。她不敢大聲呼喊，怕驚擾了鄰家，只得加快腳步追上去。

「林諾？林諾？」繞過了那個彎角她才敢出口輕喚。

只見他在月光下衣裾飄飄，背影雄壯威武，可是步子卻停也不停，彷彿沒有聽見她的叫喚一般。

她正欲再喚，前方昂藏的人影突然晃了一晃，跌進路旁的野草堆裡。

「林諾！」她大吃一驚，沒命地追上去。「林諾！林諾你怎麼了？」

林諾想坐起來，撐了兩下竟然沒把自己撐起來。

他翻身仰躺，一手緊緊蓋著自己的眼皮，銀亮的月光讓他的皮膚更像死白一般。

芊雲撲在他的身旁，將他的頭扶到自己的大腿上。

「林諾，林諾……」

林諾感覺好像一顆炸彈在他的大腦裡炸開，天和地陡然翻轉，星星全部掉到他眼前，整片地面翻到他頭頂上。

他的頭痛欲裂，一雙眼睛如要爆出眼眶一般。他用指腹拚命揉著自己的眼睛，彷佛如此就能將旋轉的天與地定住不動。

芊雲使勁去扳他的手，他整隻手臂繃到青筋糾結，她施了好大力的勁才勉強扳開，只見他雙目緊閉，呼息淺短急促，神情甚是痛苦。

「我去叫凌姊姊！」不能再拖了！她斷然起身。

「別去……」林諾掙扎著握住她的手。

芊雲只好再坐回來，抓住他的手，不知如何是好。

「林諾，你這次發作得這樣厲害……」她流下淚來。「我去叫凌姊姊，她一定知道如何治你。」

「這病……她治不好……」他喘了幾口氣，終於漸漸緩過來，慢慢讓自己坐起來。

一串濕濕的感覺他的鼻孔滴下，他大手一抹，深褐色的液體染在他的手心。

「你的鼻子流血了，林諾！」

「我沒事。」他神色疲倦，卻是漸漸緩了過來。

「最近你暈的次數越來越多，若不是躲在我們房中，就是走到凌姊姊看不到的地方，這……這怎麼行呢？今夜你都倒在路邊了，怎麼可能沒事？凌姊姊會醫術，若是她知道了，一定有法子治你的。」

林諾輕輕拉住她的手，神色顯得疲累。

「我的病在這裡是治不好的，必須回到我的家鄉去……她就算知道了也無能爲力。我們冒了奇大的風險才來到這裡，如果現在放棄回去，我不甘心……」

「你為了任務難道連命都不要了嗎?」她垂淚道。

「我們回去之後,下一組的人還要等好幾年才能再來,這中間的變數太大了。妳看,我現在不是好好的嗎?所有症狀都只是一時的,馬上就緩過來了。」他的嗓音在寂靜的田野間沈沈盪開來。

「就是要趁它還緩得過來,趕緊醫治啊!」她叫道。

「我知道妳很擔心,可是我的情況不會有立刻的危險,我還能撐上一陣子。我只需要妳幫我,別讓我姊姊發現!她現在心裡有太多事,我不想再多添一樁。」

「你……」芊雲抹了抹淚,不情願地咬住下唇。

「答應我。」他深邃的眸緊盯著她。

她拗不過他,「好吧!可是你若再昏倒一次,我非告訴凌姊姊不可,就算你生氣我也不管。」

「同意。」

✶

秋重天頭上的黑布套被摘了下來,他拚命眨眼睛,適應突如其來的光線。

有一隻手將他面前的燭火拿遠一些,他又眨了幾下眼,終於看清眼前的景象。

一張方桌,一盞長燭,室內半暗,後方有三條人影——

一個是面有薄婿的漢子。
一個是瘦不起眼的男子。
一個是年輕公子哥兒。
這房間看來有些熟，他再細目看了一下。這……這竟然是他自家驛站的柴房，只是多了幾張桌椅。
這些人綁了他，就爲了關在他自己的柴房裡？
他的目光轉回圓桌前。坐在他對面的是一個極之魁梧的男人，形象威猛，眉目線條深邃，身後捱著一名清弱秀致的姑娘。
秋重天的目光移到坐在他右首的女子身上。
對面威猛剛硬的男人不讓他擔心，身旁的這個女子卻讓他後頸的寒毛卻全豎了起來。
他說不出爲何這名女子讓人感覺害怕。她的相貌並不凶惡，甚至可說是十分嬌豔，眉宇間有點淡淡的胡人影子，不過不若對面那彪形大漢重。
她看著秋重天，嘴角帶著一抹輕淡的笑意。
然後秋重天就明白他爲什麼覺得她可怕。
她的眼神和其他人不一樣。
其他人看著他，有猜忌，有不信任，有懷疑。然而她看著他的眼神裡，什麼都沒有。

無論是猜忌或不信任，起碼那是對「人」才有的情緒，但是她看著他的眼神，沒有在看著一個「人」的感覺。他只感覺到一片淡淡的寒，好像他之於她只是一張桌子，一張椅子，於她唯有「有用」、「無用」的區別。她完全不關心他的生與死，因爲在她眼中，他本來就是個死物。

他從未被人以如此恐怖的眼神看過，他從心底深深地悚了上來。

他識得這些人。

他們數日前曾經到過他的驛站，問他怪病的故事。

「秋掌櫃的，」他身前的女子曼聲開口，笑顏如玉，眼底的空冷卻更令人心驚。「深夜將秋掌櫃邀來一聚，只爲了有些事相問，別無惡意——除非你一直說謊。如果你一直說謊，我就會很有惡意。」

他力持鎮定，臉上堆起客套的笑意。「好說好說！幾位日前不是在小弟的驛站裡用過飯嗎？莫非對小店的伙食不太滿意？」

她嫣然一笑。「秋掌櫃的好膽識，面對匪徒依然談笑自若，想來是頗經歷過風霜，不畏世事了？」

「姑娘抬舉了。」他強笑道：「小弟店子經營久了，道上什麼風波沒碰過？再不練些膽識出來，難道這些年都白混了嗎？而且兩位姑娘看來慈眉善目，這位大爺威武正氣，後面那幾位呢……玉樹臨風，哪裡像匪徒呢？」

凌葛笑得更歡，然後一巴掌打下去！

秋重天萬萬沒想到她說動手就動手，撫著被打紅的臉頰，錯愕地瞪著她。

「那現在像匪徒了嗎？」她依舊維持著甜美的笑容。

「姑娘，士可殺，不可辱，你們若是要錢，小弟只有鄉野破店一間，實在算不了多少錢；你們若是要命，儘管一刀取去便是了，何必零碎折磨人？」秋重天的眸中閃過一絲怒色。

「我們不要錢，也不要命，只是有些問題想請教掌櫃的。倘若你乖乖配合，我們自然放你回去。」

秋重天的視線往其他人掃了一圈，回到她身上來。

「姑娘有話即問便是，小弟自然盡力回答，又何必幹這半夜擄人的勾當？」

「好，那我問你，」凌葛頓了一頓。「你們那傳信的鴿子是怎麼教的？」

林諾的大掌慢慢按住眼睛，芊雲的嘴角抽搐，後面響起幾串嘰哩咕噥的怪聲音。

喂，這個問題很重要好嗎？凌葛回頭瞪他們一眼。這些人真不懂得「工欲善其事，必先利其器」的至理。

由於綁匪問題問得非常不專業，肉票只得回：「姑娘若喜歡，小弟可……」可回到這裡也接不下去了。

須知一隻訓練有素的信鴿可是身價不斐，哪有綁匪還未開口，肉票自己先提價的道理？於是肉票也顯得非常不專業。

至此綁匪、肉票皆不專業的形象確立。

「妳要我來問嗎？」林諾隱忍地看著姊姊。

「不用了。」凌葛輕咳一下。

想了想，又搧了秋重天一耳光。

「姑娘爲何又打人？」秋重天捂住臉頰，面帶怒色。

「我說了我們是壞人，我們打人哪裡需要理由？當然是想打就打，隨便殺點時間。」

後面又響起一串怪聲音。

沒有人這樣殺時間的……

「秋掌櫃，我們來玩個遊戲好了，叫『我問你答』。顧名思義這個遊戲就是我問問題，你負責回答。我知道你一定會說謊，不怪你。只要你騙得過我，你可以說謊，可是你的謊話若被我叫穿了，你就不能再狡辯，得乖乖回答眞話，公平吧？」她笑容燦若春花。

楊常年走上前，將一把鋒銳的小刀放在桌上，再面無表情地退回後頭。

秋重天的目光不由自主地朝那小刀望了一望。

凌葛笑道：「聽說綁匪都要砍肉票幾根指頭的，我是覺得這樣太血腥了，況且我答應了你可以說謊，所以，我只在你被我抓到說謊又不肯承認的時候，砍你一小段指節就好。人只有十根指頭，卻有三十段指節，所以我給你三十次機會，總是比十次多一點。」

「……」秋重天再看了看那柄小刀，又回到她的臉上。

凌葛將他的反應全看在眼裡。

他的呼吸加速，額角微有水光，雙手的手指微微收成拳，背心不自覺地往後縮。

儘管他表面上力持鎮定，生理反應卻已洩露出心底的恐懼，於是她立刻明白他不是訓練有素的情報人員。

她審訊過太多情報人員，知道他們在面對審訊時會有什麼反應。無論秋重天的來歷是什麼，應該不常被人拘捕偵訊。

「秋掌櫃，我審問過太多人了，有細作、朝廷密探、軍官、老百姓。當然不是每個人都用刑，我沒那麼血腥。平民老百姓在偵訊過程中被突破心房，就會說實話；密探和細作就比較辛苦一點，因爲他們受過相關的訓練，這時我們難免就要用點極端的手段。可是在審訊這麼多人的過程中，我得到了一個結論，你知道是什麼嗎？」

「……什麼？」

「每個人都會崩潰。」她輕笑地看著他，眼神依然是那看著死物的空冷。「無論受過多麼嚴格的訓練，他們遲早都會崩潰，沒有一個例外。」

「……」

「我告訴你我認爲什麼。我認爲你是一個老百姓，我認爲你是一個勇敢的人，我認爲你背後有一個組織，我認爲那個組織跟宋陳兩國的朝廷都沒有關係，我認爲你可以給我一些答案，所以我把我的問題問了，你把我的問題答了，不玩任何把戲，不拖延時間，我們大家都可以早早收工回家睡覺。這兒還有個年輕姑娘呢！」她指了指芊雲。「我可不想嚇著她，秋賞櫃意下如何？」

芊雲不由自主地往林諾背後縮了縮。

「……姑娘想問什麼？」秋重天終於說。

「這就是了，痛快。」凌葛嫣然一笑。「秋掌櫃，麻煩你告訴我今兒晚上來找你的人是誰？他想做什麼？」

秋重天一愣。「他是我朋友，姑娘又不識得他，爲什麼想問他的事？」

「你犯規一次，這次我可以做個人情。我們的遊戲規則是我問你答，不是反過來。」

「……那人叫溫洛寶，是我在南都結識的朋友，不過他祖籍也是在景陽山這一帶。我們在異鄉一見如故，他每每來到景陽山，都會特地過來找我敘敘。」

「這不用姑娘說了，我一聽就知道他在騙人。哪有人家半夜特地跑來找朋友敘舊，而這個朋友在大冷天的一夜也不留人？」黃軍在後頭忍不住出聲。

秋重天忍不住瞥了眼桌上的短刀。

凌葛靜靜看了他半晌，嫣然一笑。「你說的是實話，我相信你。」

所有人盡皆愣然。

凌葛不理他們，繼續道：「不過你還沒有回答我，他今晚來找你做什麼？」

秋重天往椅背微微一靠，腰板子挺得更直。

「溫大哥家裡是賣花材草藥的，專門將南都特產的一些花草走貨到京城。景陽山這裡地處偏僻，物資不豐，偶爾他會寄放些藥材在我這兒賣；我們附近若有人缺了什麼，我會傳信給他，讓他下一回過來的時候帶貨來。他今晚只是正好人在左近的清香里，接了我稍早的信，乾脆自個兒過來跟我談。」

凌葛又看了他半晌，點點頭。「好，我相信你。」

怎麼他說什麼凌姑娘都信呢？這分明是瞎話。後頭的人都急了，連秋重天自己都有些訝異。

「你的鴿子是怎麼來的？」她問。

怎麼又在問鴿子了？後頭傳來一陣低低的呻吟聲。

秋重天忍不住笑了出來。「那鴿子是我自幼養馴的。」

啪！

凌葛突然一耳光過去，秋重天錯愕地按著臉頰。

「我說過，不要騙我。我再問一次，那鴿子是怎麼來的？」她冷冷地道。

「好吧！就算是我買來的又如何？」他無奈道。

凌葛淡漠地拿起桌上的短刀。

「我說過了，遊戲規則是只要我揭穿你，你就必須說實話。你已經用掉我做人情的那一次機會，依然選擇繼續說謊，那就是違反遊戲規則——林諾，按著他的手。」

其他人這才知，原來她追著鴿子問是有原因的。

林諾動作快如閃電，秋重天只覺眼前一閃，手腕就被他箍住，硬生生壓在桌面。秋重天嚇得緊握成拳，林諾指在他腕間某處用力一壓，他的手一麻，登時張了開來。後頭的芊雲像是快昏過去了，眼睛緊盯著對面的牆壁，不敢亂看。

「慢著、慢著、慢著！」秋重天見凌葛的短刀已經比在他的小指上，急得滿頭大汗。「姑娘，我說就是！那鴿子是一個認識的朋友養的。」

「好，我再給你一次機會，沒有第三次了。說清楚一點，鴿子是怎麼來的？」她冷冷地道。

「我們有幾個朋友，平時散居各處，其中一人家底子頗豐，養得了一窩『青粉』。青粉這品種聰明伶俐，極會認路，體力長又忠心認主，是信鴿中的極品，有錢都不見得買得到。他深諳馴鳥之道，又想我們久久才能見一次面，所以便派了青粉供我們在各地互通聲息，就是這樣而已。」

「若是這樣而已，你爲什麼要騙我？」

秋重天一時語塞，過了一會兒才說：「我不就怕各位聽說我手中有青粉，會想歪了嗎？」

「你怕我們覺得你很有錢？好吧！你說的這幾個朋友，你、溫洛寶和那個家中很有錢的人——他叫什麼名字？」

「……鄭朝禮。他們眞的都是普通人，姑娘不認識他們的。」

「還有什麼人？」

「沒有其他人……還有一個，還有一個！鄭朝義，是朝禮弟弟，眞的就這樣了。」他看凌葛慢慢舉起刀子，連忙加上去。

她點點頭，把小刀子放下。「你們誰負責陪著老先生？」

秋重天的身體一時坐得非常、非常、非常直。

「姑娘是指……？」他終於道。

「我知道溫洛寶會替老先生送藥，他的身體不是那麼好，你們四個人誰負責陪著老先生？」她淡淡地道。

秋重天看著她好一會兒。她也不急，只是耐心地等他回答。

這麼長的沈默本身就是一種宣告，不容他迴避，所以他必須說些什麼。她幾乎可以聽見秋重天的大腦在轉動的聲音。

「老先生最近康健了些，多謝關心，我代爲謝過了。」半晌，秋重天終於鎮定地回答。

她不動聲色地將他所有的反應收進眼底。他的身體幾乎像木雕一般，動也不動，整張臉完全空白。

屋內一時靜了下來。坐在他對面的林諾從頭到尾面無表情，後面的人彷彿也化爲影子。

這種沈默讓他有一種必須再說些什麼打破僵局的衝動。

「嗯，姑娘怎麼會關心這些無關緊要的事呢？」他勉強笑一下。

「你不用管，多說點老先生的事。」凌葛清淡地道：「他是誰？住在哪裡？你們最近一次見面是什麼時候？」

秋重天手在桌面交疊起來。「我只知他是鄭氏兄弟的表叔，也不太熟……」

凌葛只是對他挑了下眉毛，沒有太大的動作。

「好吧！姑娘若眞要聽，我撿些記得的事說說就是了。」他無奈地道：「鄭家叔叔常年在外邦遊歷，頗有些見聞，我們最近相見的一次大約是在半年前，當時大叔身子微恙，不過談性還不差，跟我們說了他年輕時候在一個湖泊釣魚的故事。

「大叔說那湖裡滿滿都是魚，隨便一條就是兩、三尺長，最輕的也有七、八斤重，你只要在湖邊紮個營，釣隻魚上來就可以吃好幾天。那湖邊淨是奇花異卉、野菜野果，美麗非凡，聽著就像是人間仙境。

「我那時聽他說著這些見聞，幫他泡了茶。鄭叔叔最愛喝龍井，一定要用三分井水對七分山泉。我幫他先用炭火烤過了杯子——這是鄭叔叔的習慣，他喝茶的杯子一定要先炭火烤過，然後再注熱水，溫杯，洗淨——我幫他買了些茶點，有梅花糕，松子糕，還有我託人從京城帶的炒花生，京城裡有一間炒花生做得特別好，他很喜歡。

「我們那天就陪著鄭叔叔聊天說故事，直到他精神不好了才作別，我到現在都還記著那日的情景。」秋重天的神色透出一絲懷念。

凌葛回以一笑，一隻手撐著下巴，定定看著他。

在一室的靜默中，她終於輕輕啓齒：

「你說謊。老先生不是鄭家兄弟的親戚，你最近一次見他不是半年前，你們談的也不是他釣魚的故事——或許他曾經跟你說過這個故事，但不是最近這一次——你幫他帶炒花生的事倒是眞的。所以，除了炒花生的事，我要你從頭到尾再說一遍，老先生和你是什麼關係？你們最近一次見面是什麼時候？這一次，我要聽實話。」

秋重天的神情一片空白，末了，他終於露出不平之色。

「姑娘眞是信口開河。妳既然不是我，又不識得鄭叔叔，憑什麼說我講的是假的？姑娘若眞想要了我這隻手，直接剁去便是，犯不著這般貓捉耗子耍著人玩。」

她笑了起來。「你說得有理，我若不能證明爲什麼知道你說謊，豈不是變成我蓄意刁難。雲兒？」

芊雲沒有想到會突然叫到她，連忙上前一步。

「我在。」

凌葛依然注視著秋重天。「妳說說妳上一次見到黃軍是什麼時候？」

「嗯，上一次？那應該是稍早我和林諾、凌姊姊在房裡說話，黃軍突然回來……」

芊雲遲疑地停住。這些事能讓秋重天知道嗎？

「沒關係，讓秋掌櫃聽了也無妨。」

芊雲一聽便放心地說：「那時已過了午夜，我們三人正在凌姊姊房裡商量要如何……『請』秋掌櫃過來問問話，這時黃軍回來了。他劈頭就說：『凌姑娘，有動靜了。』然後把有人到秋掌櫃店裡找他的事說了一下。我們四人一陣商量，決定今晚就行動。後來我陪著林諾去找趙大哥他們，黃軍留下來和凌姊姊一起等，這就是我上一次見到他的情景。」

凌葛偏頭望著秋重天，嬌豔的臉上始終掛著一抹淡淡的笑容。

「謊言和實話的第一個差別，就是人在誠實地陳述一件事時，一定會講出事情的梗概，以利其他人瞭解。所以在雲兒的陳述裡，她說出了時間、地點、事件、人物。

「你再想想你說了什麼。我要你告訴我老先生是誰，你從頭到尾沒有提過他的名字。你很輕易就吐露溫洛寶他們的名字，卻對老先生的身分避而不談。我不曉得他的年齡、名字、人在哪裡、生了什麼病、你們相見的是哪一天、在什麼地點、在場還有哪些人。你講了很多話，卻沒有描述出那次會面的全貌。

「第二點，說謊的人有一種奇怪的心理，他們認為自己說得越詳細，聽起來就越真實，可是當你把這些瑣碎一一剔掉之後，你會發現他們有說跟沒說一樣。你給了我很多不必要的細節——你如何替他泡茶啦，異邦的湖啦、魚啦，點心啦，卻完全迴避掉我的問題。黃軍！」

黃軍沒有想到自己會被點到名，立馬上前一步。

「姑娘，妳叫我？」

「你練一套長拳，邊練邊把『百守則』背一遍，手腳不准停。」

「好！」黃軍也不曉得她為什麼叫自己這麼做。反正凌姑娘吩咐了，他照做便是。

於是他在房子中央規規矩矩地練了一套長拳，邊把「百守則」給背出來了。

「早起應卯，專心練操。軟筋鬆肌，近身搏擊……」

這「百守則」是宋國軍營的基本守則，講述一個兵從早上起床直到晚上入睡之間要做的事，有點像日課表，所有新兵入營第一件事就是背這「百守則」，黃軍當然是熟到連在夢裡都唸得出來，長拳自然也是練熟的，閉著眼睛都能打。

一套長拳還未練完，百守則已被他稀里呼嚕背完了。

「好了。」凌葛先讓他停一停。「你從頭再打一次長拳，這一次把『百守則』倒著背回來。」

「啊——？」這聲「啊」就拖得很長了。

黃軍搔搔腦袋看了林諾一眼，林諾只是對他聳了下肩。

倒著背……好吧！那，就背吧！

他乖乖打起了長拳。

可是，一篇百守則要倒著背，談何容易？

「呃，收心睡覺，應卯下哨，呃……清甲整械……」他坑坑巴巴背了幾句，實在是太難了，想到最後連拳怎麼打都忘了。

他背不了幾句就停下來，苦著臉道：「凌姑娘，妳饒了我吧？沒人百守則倒著背的，我真是背不出來啊！」

「這樣就行了，謝謝你。」凌葛對他一笑，黃軍莫名其妙地退到後面去。

她看著秋重天道：「你看，人的大腦是一個很有趣的東西，可以同時處理很多事。當我們做的是日常熟悉的事，同時做兩、三件都沒問題，所以黃軍可以邊打長拳邊背『百守則』，拳腳不會亂掉，就是這個道理。

「可是大腦有其極限。說實話的人，只需要單純陳述腦子裡記得的事實，不會對大腦造成太大的壓力，可是當他們說謊就不一樣了。

「他們的大腦必須全神貫注去編造一件不存在的事，邊說還得邊記住，免得待會兒前後搭不起來。就好像黃軍，當我要他倒著背『百守則』時，他的腦子就亂掉了。他必須非常專注去想倒著要怎麼背，於是他的手腳就慢了下來，因爲他的大腦沒有辦法同時處理這麼重度的用腦，再分神去控制他的手腳——這是你另一個露出馬腳的地方。」

秋重天只是瞪著她。

她悠然續道：「你的外表非常、非常鎭定，談起溫洛寶他們時還很輕鬆。可是談起老先生的事，你整個人像化石一樣，動都沒動一下。旁人會以爲你這個叫做『淡定自若』，但其實是因爲你的腦子正在全力運轉，必須想出一套話來應付我，前後的劇情不能不連貫。你的大腦運轉得太專注了，以致你的身體動作被抑止，就跟黃軍邊練拳邊倒背百守則一樣，到最後手腳機能一定會停下來。

「你只有在講花生的事情時有一絲眞實的反應，你的嘴角幾不可見地挑了一下，連你自己都沒有發現，這叫做『微表情』。你記憶裡的這件事是開心的、眞誠的，所以我相信你爲他做過這件事。

「你提到老先生是鄭氏兄弟的親戚時，兩隻手微微交疊在一起，在上的左手輕輕撫摸底下的右手，這是另一個『微姿勢』，是你潛意識裡想安撫自己，因爲你要開始說謊了，潛意識開始感到不安。

「所有這些細小的動作——『微表情』、『微手勢』、『微姿勢』——讓我知道你何時在說謊，何時說實話，不過這些都不重要。」凌葛目光清冷地盯住他。「重要的只有一點：你騙我。」

後面幾個人再度深深地確信一件事：他們這輩子絕對不在凌姑娘面前說謊！

「而且，你選擇在老先生的事情上說謊，只是更讓我明白，這個人很重要。」她往前一傾，輕輕地道：「秋重天，我不會再和你開玩笑了，我很認眞，我眞的會切你的手指。告訴我，這個老先生是不是就是傳聞中那個帶病的異邦人？他現在在哪裡？」

秋重天完全找不出一絲聲音。

他驀地跳起來，旁若無人地開始踱起步來。

「難道眞是……但……不會……嗯……」他邊踱步邊喃喃自語，彷彿他們都不在一樣。

也不知他要踱到何時，楊常年看了一會兒，忍不住大喝：「喂！小子，你是要走一夜嗎？老子都給你繞花眼了！」

秋重天終於停了下來，臉色青一陣白一陣。最後，他彷彿下了極大的決心，緊盯著凌葛，極爲艱澀地擠出一句：

「胡啊……胡啊優兒發了？」

林諾一聽，忍不住伸手按住她的肩頭，即使鎮定如凌葛都身子挺了一挺。

秋重天再重複一次：「胡啊優兒發了？」

他說的，清清楚楚是一句：

Who are your father?

11

「為什麼他問的是Who are your father而不是Who is your father？為什麼妳回答的是Juan González（胡安．岡薩列斯）？」

林諾騎在凌葛身旁，望著喬裝成商旅押貨的秋重天一行人，如劍的眉微微一蹙。

「你知道胡安．岡薩列斯是誰嗎？」見弟弟搖頭，她說：「他就是三十年前研發麻瘋疫苗的人。胡安．岡薩列斯是個超級天才，醫學界百年能夠出一個胡安．岡薩列斯就不得了了。他出生於墨西哥，從小跟父母移民到西班牙，十九歲就拿到醫生執照。他專攻內科，直到現在許多論文依然是醫學界討論的焦點，對整個內科醫學的發展影響深遠。

「胡安會英、法、西、中四種語言，唯一的問題是他口音非常重。另一個特點是，他體型瘦小，相貌非常地不起眼，平時喜歡穿著夾腳拖和一件爛T恤四處跑，即使參加正式的學術研討會都不例外，所以人家經常認不出他就是那個頂頂大名的醫生。

「有一年他受邀到洛杉磯的『全球醫學研討會』演講，那天他遲到了，於是他匆匆從側門想直接進禮堂，一個保全人員把他攔下來，看他一副清潔工的樣子，就斥喝他從後門進去。

「胡安這人脾氣也大得很，當場就和那狗眼看人低的保全吵了起來。可是他的口音實在太重了，保全根本聽不懂他在講什麼，反而譏笑了他一頓：『你們這些老墨子想到我們國家來搶工作，起碼先把英文練好再說！別說大門了，連側門都輪不到你走。今天整個會館都是人類裡面的超級精英，你也不掂掂斤兩。你以爲你是誰？』

胡安很憤怒地回一句：『Juan. Your father.』（胡安！你老子！）

「但是保全聽成他說：『Who are your father?』當場再把他的破英文笑了一頓，然後把他趕走。」

「我有預感有人快被砍頭了。」林諾搖搖頭輕笑起來。

「幸好主辦單位的人聽到爭執，跑出來看，認出了胡安，那天的演講才沒有開天窗。我說了胡安也不是什麼好脾氣的人，後來在其他場合，他自己又提過幾次差點被人趕出門的事，記恨得不得了。

「總之，這件事從此成爲醫學界的笑談，一直到現在，還是有醫生被問到『Who are you？』的時候，會開玩笑回答：『Juan. Your father.』或故意講成『Who are your father?』」

林諾慢慢地點頭。「所以，有人問妳 Who are your father，妳唯一能想到的答案就是——」

「胡安・岡薩列斯。」她點點頭。

如果來的人不是他們，而是隨便一個探員，聽到這句話只會以爲秋重天文法錯誤。無論他們眞的說出自己父親名字，或隨便掰一個人名，答案都不會是 Juan González。

這是只有醫學圈的人才懂的笑話。

「所以，那個老先生在找一個有醫學背景的人？」

「誰知道？我想，秋重天會如此辛苦地記住一句他不懂的語言，教他的人不會故意教一句錯的，必然有原因。」

那一晚，當秋重天聽她說出岡薩列斯的名字，整個人跳了起來，激動地走了好一會兒，終於正色看著凌葛。

「凌姑娘，此事非同小可，我得回去請示一番。妳若信得過我，且在此處多盤桓一些時候，待我得了指示，定回來相報。」

凌葛還未搭話，後方的楊常年已忍不住嚷嚷起來：

「非親非故的，憑什麼你一句『若信得過你』，我們就晾在這兒等？如果你是去叫人來殺我們呢？你好歹撂幾句話下來，先表表誠意，例如老先生叫什麼名字啊，長什麼相貌，現在人在哪裡？」

秋重天不答，只是盯著她。

凌葛和林諾互望一眼，取得無聲的共識後點點頭。

「好，我等你，盼秋掌櫃是個信人。」

★

十餘日後，秋重天果然主動來找他們，恭恭敬敬地長揖到地，只說老先生想親自見他們。

他們自然沒有不去的道理。

出發那日，溫洛寶也來了，帶著三大車的乾貨藥材，和四個小廝一起押貨。

秋重天將驛站的店門關起，掛上公休的牌子，由林諾等人充當保鏢，一行人便上了路。

那四個小廝，溫洛寶只介紹是僱來幫忙運貨的，外表看來純樸老實，但凌葛等人不曉得這些人的底細，表面上雖然保持友善，心頭依然戒意不減。

他們先往東走進陳國內陸，到了中部的成嶺一帶北轉。成嶺是陳國中部和北部的交界，看這態勢，秋重天一行似乎要翻過成嶺進入北方。楊常年幾次試探秋重天要往何處去，都不得其法，氣得他吹鬍子瞪眼睛。

秋重天這趟商旅的僞裝做得非常道地，他們一路押運的三輛車在不同的據點眞的會做買賣，有時收錢卸貨，有時花錢補貨，雖然統共就是那三輛車，然而一路下來，貨物內容早就換過好幾輪，林諾等人幾乎要以爲他們眞的是出門經商了。

一行人又走了一天，來到成嶺山腳下，溫洛寶突然在一個岔口停了下來，領著三名小廝對眾人作了個揖。

「這批香菇和布匹我在清溪的客倌等著要，便在此處與各位作別了。」

「有勞溫大哥了。」秋重天回了個揖。

然後溫洛寶便趕著其中的兩輛車走了。

「這……這……難不成他們眞是出來做買賣的？」楊常年見一半的人竟然自己跑了，納罕不已。

趙虎頭只是皺眉不語，林諾淡淡地道：「做買賣就做買賣吧！」

秋重天與一名小廝押著剩餘的一輛大車，和他們一起繼續往成嶺進發。

「妳想，那個老先生會不會就是歐本？」林諾收回思緒，視線投往前方的秋某人。

「這位同學，你好像以爲我什麼都知道？」

「妳自己就是一個胡安．岡薩列斯，你們這些人腦子怎麼轉的當然只有你們自己曉得。」他抱怨道。

「過獎過獎，小女子愧不敢當。」凌葛笑了出來。

「我比較好奇的是，這人就這麼篤定派來的人一定懂得胡安笑話？如果不懂呢？難道他就不見了？」

「或許他猜到被派來的人一定是我。」

林諾驀地一凜。「等一下，我們在景陽山等了好幾天，早就足夠秋重天把我們的形貌用信鴿傳回去了，如果那人眞的是歐本，一確定來的人是妳，會不會已經佈好陷阱等我們？」

「你有更好的選擇嗎？」凌葛看他一眼。

他想了一想，推翻這個念頭。「這也說不過去，歐本躲我們都來不及了，爲什麼要見我們？他就算想殺我們，也不必千里迢迢引我們到成嶺來。他要動手，哪裡都可以動手。」

凌葛慢慢地道：「秋重天雖然什麼都不說，堅持我們必須親自跟老先生談，可是他少數幾次談起老先生的時候，眼中流露出的孺慕之意卻不是作僞。相信我，歐本就算心情最好的時候，都不是個會讓人如沐春風的長者，我比較傾向於這個老先生是第二實驗體。」

「若是第二實驗體，就更沒有理由要見我們，李四就從沒想過要和追捕他們的人接觸。況且，老先生如何知道過來的人一定聽得懂胡安笑話？」

「我們並不知道第二實驗體的身分，或許他是歐本的親信或助手，若是如此，他一定知道最有可能來抓歐本的人是我們姊弟。」她聳了下肩。「敵人的敵人就是我的朋友，大概是這個道理。」

有理。

總之，在這裡瞎猜也不會有任何結果，見機行事吧！

他們本來就在找第二實驗體，對方既然想見他們，那再好不過。

「時間已近午時，該停下來打尖了。」前方的秋重天停了下來，對眾人做個手勢。

整隊人馬找了道旁乾淨的空地，先安頓好馬匹的食水草料，再各自找地方坐下。

林諾揮手召來黃軍。

「我進林子裡打打看有沒有野味，你小心顧著。」

「是。」

只要他們一停下來休息用飯，林諾都會藉機四處探探，以免中了預先的埋伏。黃軍明白他的用意，便在淩葛、芊雲的左近坐了下來。

「我跟他一起去。」芊雲回頭瞧瞧林諾消失的方向，忽地站起來，拿起自己的乾糧，追著林諾身後而去。

淩葛微微一笑，也不阻止。

「淩姑娘，這羊肉乾是京城的天華羊肉舖子做的，不膻不臊，滋味特別好，妳嚐嚐。」秋重天端著一臉笑，拿著一份油紙包走了過來。

這種路旁的空地原是爲了讓過客人歇腳用，久了便有人搬了許多石頭過來當凳子。秋重天選了個淩葛附近的大石坐下，楊常年當然不客氣，立馬擠在他坐的石頭邊上，差點把他擠下去。

「噯，楊大哥，這兒位子這麼多……」

「位子多你幹嘛跟我搶？」楊常年瞪眼。

秋重天無奈，只得移到另一顆石頭上。

「來，淩姑娘。」他熱心地切了一片羊肉乾給她。

淩葛還沒碰到，楊常年又老實不客氣地夾手奪去。

「凌姑娘是你隨便送東西就吃的嗎?」

「難不成楊大哥還怕我下毒?」秋重天瞪大眼。

「哼。」

他不提還好,這一提,楊常年眞把羊肉放進嘴裡用力咬一塊下來,兩眼直瞅著他瞧。吞了下去,確定沒什麼古怪,才把自己咬過的地方用刀子削掉,交給凌葛。

「楊大哥何必如此?小弟對諸位實無歹意。」秋重天無奈道。

「有沒有歹意等到了目的地再說。」這小子說起話來曲裡拐彎,問三句答不到一句,尤其他看凌姑娘那眼神……哼!癩蛤蟆想吃天鵝肉!楊常年眞是一見他就不爽。

也虧得秋重天脾氣好,這些日子以來天天捱楊常年的白眼,依然笑容滿面,一副和氣生財貌。

凌葛逕自悠哉游哉地吃著乾糧,人家給她什麼她就吃什麼。

「凌姑娘,小弟見妳所知所學頗爲不凡,想來是見識廣闊,胸中自有丘壑了。不知姑娘師承何人?」秋重天重新再起。

「歐本博士。」凌葛似笑非笑地看著他。

「歐本博士?」

「是啊,他面目黧黑,一管鷹勾鼻,凶得緊,會殺人的都有。」

秋重天將這名字在口中無聲地唸了幾次。

「不知這歐本博士學的是理家,史家或是法家?」他蹙著眉道。

「都不是。」她又不說了。

「你管他哪一家？反正不是你家也不是我家！」旁邊有人又看不下去了。「你這小子對別人問這麼多，怎麼我們問你話，你屁都答不出一個？」

「楊大哥，你這樣好像在說，我們平常問他的話都是用屁回答的。」凌葛道。

「不！我說他答的是屁話，姑娘問的自然是香的。」

「噗。」黃軍噴笑出來。

秋重天被他們調侃得一臉尷尬。

「秋掌櫃，說來還是你的偽裝太差。」凌葛忍不住嘆氣。

「呃，此話怎說？」

「人家做掌櫃的要不是見錢眼開，腦滿腸肥，不然就是精打細算，錙銖必較，你看你文質彬彬，一表人才，開口閉口就是理家法家的，哪裡像個市儈掌櫃？」

「這……不瞞姑娘說，以前家中的長輩真的是頗有文名，後來是家中有變，我才不得不去做了其他營生。」秋重天有些不好意思地道。

「既然秋掌櫃頗有學問的樣子，在京城裡找份文官職差應該是不難，何必到荒山野嶺去吃風喝雨呢？」她笑道。

秋重天的眼神微微一陰，過了半晌才道：「我不當官的。」

凌葛將他的反應看在眼裡，轉了個話題。

「對了，秋掌櫃，我有件事眞的很想知道——你們那鴿子到底是怎麼教的？」

「怎麼還在問鴿子？」黃軍眞想一頭磕死。他眞是服了凌姑娘了，簡宜比狗咬著骨頭還執著。

呃，可得小心，別讓凌姑娘知道他把她比喻成狗……

秋重天笑了出來。

「凌姑娘，不是小弟瞞妳，實是我對馴鴿一竅不通。我只約莫知道，馴鳥的人得把鴿子帶到固定的地點野放，還得教牠們認一些聲音手勢，在集合的地點做記號，如此漸漸擴大範圍。」他道：「不過這青粉倒是値得提上一提。尋常鴿子，一日下來，飛行幾百里已是極限，這青粉卻可以飛上千里。從宋國最西至陳國最東，七日之內便可飛達。若是遇上速件需日夜加急，那麼馴好的青粉飛到一站，由另一隻青粉續飛，如此一站傳過一傳，中間不休息，更可在五日之內抵達，可謂靈巧非凡。」

「那要親自馴上一批豈不是得大江南北陪牠們跑一遍？我哪來這麼多時間？」她快昏倒。

「就是嘛！趁早死心吧妳……」黃軍喃喃道。

「你說什麼？」凌葛陰陰地瞄過來。

「沒事沒事。」他趕緊陪笑。

「姑娘若眞是喜歡，將來見著了我朋友，我問問他有沒有法子給姑娘弄一隻。」秋重天笑道。

「是嗎？那多謝了。」她開心地笑起來

這一笑眞正是風致嫣然，如沐春風楊常年登時看呆了。眼一回，旁邊那小子竟然也盯著看，他心頭一個不爽，一腳踹過去。

「楊大哥這又是怎了？」

「看什麼看？瞧你那副猴樣！凌姑娘是你能盯著看的？」眼睛長在我臉上，我臉對著誰不就看著誰嗎？

眞是秀才遇到兵，有理說不清。秋重天只能苦笑，不跟他計較。

★

林諾聽到身後有窸窸窣窣的聲音，回頭一看，登時笑了出來。

只見芊雲小心翼翼踩在他踩過的腳印上，他的一步是她的兩步，對他是用走的，對她卻是用跳的，不出多時她便跳得嬌喘吁吁，上氣不接下氣。

「妳在做什麼？」他好整以暇地盤起手臂。

「我踏著你的腳印才不會踩花了路，讓你認不出其他人踩過的。」她停下來喘口氣。

「這種疏林子躲不了人，不會有人選在這種地方埋伏，妳踩不踩花地面沒差別，何必跳得那麼辛苦？」

芊雲愣住。「那，那你怎麼不早說？」

「我怎麼知道妳好好的路不走，一定要學兔子跳？」

芊雲氣鼓鼓地衝過來捶他。他渾厚大笑，將她整個人撈進懷裡。

她捧著他的臉，細細觀看他的神色。「你最近比較不常暈了。」

「我說過不要緊，只是一時的。」他不甚在意地聳了個肩。

「總之你身子要是再不舒服，一定要讓我知道。」她頓了頓，突然狐疑地盯著他。「你不會依然在暈，只是瞞著我吧？」

「我們兩個天天黏在一起，我能怎麼瞞妳？」他啼笑皆非道。

她聽他說「天天黏在一起」，心中又羞又甜，淡淡的薄暈輕染上如玉的頰。林諾心頭一軟，低頭吻住她的櫻唇。

她溫熱的氣息噴在他的臉上，品嚐著他的味道。這一趟出行，有外人在，他們只有極少數的時刻才能獨處，不能再像以前一樣恣意親近。

「咳！」

一聲輕咳在他們身後響起，趙虎頭背著手從林子裡走出來。

他的輕咳在芊雲耳中如雷鳴一般，她大羞，飛快從林諾懷中跳出來，彈離幾步遠，彷彿這樣就可以表示剛才的事都沒發生過。

「趙兄，你也出來走走？」林諾倒是神色如常。

「嗯。」趙虎頭點點頭。

「這這、這裡沒有什麼我幫得上忙的地方，我、我、我回去找凌姑娘了。」芊雲俏顏緋紅地跑掉。

林諾看著她落荒而逃的模樣，又好氣又好笑。他的性格光明磊落，在其他人面前從不覺得有隱藏他們關係的必要。

「趙兄，這裡林子太疏，離大路又近，沒什麼野兔可打。」

趙虎頭點了點頭。

他天生少言，林諾也習慣了，兩人在林子裡晃了一陣。

片刻後，趙虎頭終於開口：「林兄弟，你想，這一趟過去，可否找到你和凌姑娘在找的人？」

「我也不知道。」他搖搖頭道：「但總是一個開始，比之前只能在暗中摸索好多了。」

「嗯。」趙虎頭又道：「不知找到了你們要找的人之後，林兄弟接下來有什麼打算？」

林諾明白了，停下腳步看著他。

「趙兄，你若有什麼話，直說不妨。」

趙虎頭背著手走開兩步，仰頭嘆了口氣。

「林兄弟，自送嫁事變，吾主下位，我本是不把自己的命當命，如今浪盪江湖，又能奈何？只是，承蒙公主看得起，認了我為義兄，我便不能不為這位公主義妹多多設想。」他回過頭望著林諾。「公主對你一往情深，此事大家心中都明白。我深知林兄弟不是個薄情負義之人，自是樂觀其成。只是，對於義妹的將來，林兄弟難道就沒有一絲計較嗎？」

林諾深邃的眉眼彷彿更深了。

「趙兄，等我抓到那個人之後，必須同我姊姊帶著他回去交差。我的來處奇特，公主只怕不能和我一起回去。」他也不虛言矯飾，直接實話實說。

趙虎頭一愣。他對於林諾和公主之事一直樂見其成，是因爲他認爲林諾英武勇敢，又肯負責，即使兩人的身分有落差，也不失爲一個良配。他萬萬沒想到林諾竟然打算丟下公主一人自己回去。

「公主知道此事嗎？」他頓了半晌，終於問。

「我先跟她說過了，才同她好。」林諾點頭。

「公主此時對你正是意愛情深……」他臉露不豫之色。

「我知道你在想什麼。你一定是想公主爲愛沖昏頭，什麼都顧不得了，我不該佔她便宜。」

趙虎頭無言，不承認也不否認。

林諾緩緩搖頭。「其實，她比你我想的堅強多了，她有她自己的想法。這一趟出來，經歷了這麼多事，你認爲她還能乖乖回去當一隻籠中鳥嗎？」

趙虎頭一愣。回頭細想公主的一言一行，她和出發時那個怯弱畏縮的小公主，相距何其之大。

她見過了天與地，見過了安樂與患難，見過了朝野傾軋與袍澤情誼，尤其，見過了凌葛。

凌葛讓她明白，原來世間也有這樣的女子——冰雪聰明，談笑用兵，堅強自立，機變百出。

女子不是只能關在閨閣裡，默默一生，女人也可以比他們幾個大男人都堅強。雖然她永遠不會變成凌葛，但是她也做不回那個安靜無聲的聯姻工具了。

趙虎頭長長嘆息了一聲，拍拍林諾肩膀，繼續往前走。

林諾並肩走在他的身旁。

過了一會兒，趙虎頭再度開口，嗓音有些沈重。

「涼國宮中想來也無義妹的位置了。將來林兄弟若非離去不可……唉，只怕義妹傷心難免。」

林諾沈默片刻。「無論如何，我和她的事是誰都改變不了的。」

趙虎頭微訝地看他一眼，兩人目光交流之後，趙虎頭笑了，輕輕地搖了搖頭。

林諾不是行事莽撞的人，他既然知道自己不能久留，卻又去招惹公主，本來趙虎頭心中是有些惱怒，但這一想就想通了——

公主和林諾的事眾人皆知，這一路下來公然出雙入對，毫不遮掩，將來涼國新主就算反悔，一個失了清白的公主對他也沒有利用價值了。

他們就算能殺了公主都不能再逼她出嫁——而公主只怕寧可被殺，也不願再嫁他人。既然如此，乾脆置之死地而後生，讓公主直接「聲名狼籍」算了。

「我明白了，就這麼辦吧！」男子漢大丈夫，不必婆婆媽媽說太多。反正林諾走了之後，公主自有他這個義兄會照應。「只是，不能讓她名正言順地出嫁，為兄的總是有愧於心。」

林諾不作聲，眉心微微糾了起來。

✶

是夜，一行人投宿在一間山野小店。林諾望著圍桌而坐的朋友，突然放下筷子。

「在座有我的親姊姊，還有生死患難的弟兄，」他看了秋重天一眼，微微一笑。「以及新認識的朋友。我在這個世間最親的人，就是眼前諸位了。」

眾人見他突然說出這番話，不由得停下筷子。

「未來會發生什麼事，實所難言，但眼前有一件事確是該趁現在親朋好友都在，把它給辦了。」林諾的眼光對上趙虎頭。「雲兒的義兄在這裡，我的姊姊也在這裡，便算是雙方的家屬都到齊了。不知趙兄可否同意，將雲兒嫁給我為妻？」

芊雲手中的筷子啪噠掉在桌上。

「這件事我本來應該先問過妳，不知道妳願意嗎？」林諾握住她的一隻手，神色極是溫柔。

她雙手捂著唇，眼中開始泛出淚光，什麼話都說不出來。待驚訝過去，趙虎頭眼中流露欣慰之色，黃軍喜逐顏開，楊常年更是一拍桌子，哈哈大笑。

「痛快痛快，一個是我自幼認識的小妹妹，一個是我好兄弟，做哥哥的本來就樂見其成，這媒人我當定了。」

「雲兒姑娘當然是願意的。」黃軍笑道。

林諾望向自己的姊姊。本以爲葛芮絲不會有什麼意見，沒想到她的神色卻顯得凝重。

這個反應不在芊雲預料之中，她的心頭不禁一亂。

『你確定嗎？』凌葛蹙眉道。

『這是我應該做的事。』

『但這是你要的嗎？』

他的視線與一旁的芊雲四目相對。她眸中的擔心讓他心頭一軟，忍不住輕輕撫了撫她的臉頰。

『是的。』他微微一笑。『這是我要的。』

『她知道我們遲早會回去的吧？她知道我們不能帶她一起走吧？』

『我已經告訴她了。』

『她愛你，只要能跟你在一起，她當然什麼都無所謂。』

『妳是今天第二個跟我說這句話的人。她沒有妳想的那麼天真，妳眞的以爲她還能回去當一個傀儡般的公主？』林諾有些不解。『怎麼了？我以爲妳很喜歡她。』

『我是喜歡她，但這和我喜不喜歡她無關。你和她上床是一回事，娶她又是另一回事。』她嘆息。

『在這裡，和一個女人上床與娶她並沒有太大的差別。』

『那你愛她嗎？』

芊雲聽著他們的你來我往，眼中不安之色漸濃。

林諾凝視著她嬌美的容顏，伸指輕輕滑過她的臉頰。

『我從來沒有愛過一個女人，我不曉得愛情是一種什麼樣的情感。』他轉頭對姊姊說：『我愛妳，妳是我的姊姊和唯一的親人，這是親情；我愛我們的身旁這些人，我信任他們，我可以把我的命放在他們的手上，這是友情和袍澤之情；對於公主，我會想照顧她，保護她；即使不在她身邊，也要確保她安全無虞，無災無難地過完她的人生。我對其他女人從來沒有過這樣的保護欲，如果這就是愛情，那麼我相信我是愛她的。』

凌葛凝視了他良久，終於綻出一抹笑容。

『那麼，你擁有我最深切的祝福。』她鄭重地道。

林諾伸手握住姊姊的手。

楊常年雖然聽不懂他們嘰哩咕嚕說了些什麼，但看凌葛的神情也知道，這婚事她是同意了。

「行了行了，男女雙方家人都同意，媒妁之言也有了，咱們走江湖的不拘小節，今夜便在這兒把喜宴辦一辦。小雲兒，妳不會覺得委屈吧？」

芊雲喜意重上眉梢，紅霞過耳，腦袋撲通地點下去。

秋重天其實以前一直在猜測這兩人的關係是什麼。明明他們神態親膩，可芊雲卻依然做姑娘的裝束，讓他有些摸不著底，沒想到今日湊上了兩人結成好事的時機。

「恭喜恭喜，」秋重天笑容滿面地道賀：「雖然小弟和各位相識未久，今晚沾了光，得見林公子與雲姑娘結成良緣，幸也如何！祝兩位百年好合，永結同心，愛河永浴，天作之合。」

「就你這窮酸小子會吊書袋。」楊常年笑罵道。

秋重天從懷中掏出一塊圓形的玉，中間有個方形的孔洞，玉色呈暗青之色。

「事出突然，沒能準備什麼厚禮，這只瑗是小弟無意間在一個古董舖子裡找到。舖子老闆是新傳的第二代，火候還不夠，見這墨瑗色澤不討喜，隨隨便便將它起了個價，小弟正好撿個便宜。」秋重天笑著將墨瑗送至芊雲面前。「這瑗值不了多少錢，上頭的細雕功夫倒是不錯的，今日便算是新婚賀禮，還望小娘子笑納。」

「多謝秋賞櫃。」芊雲欣喜地接過來。

這是他們收到的第一份新婚賀禮，無論價值多少，在她心中都有說不出的意義。接下了這份禮，就表示她和林諾的婚姻是眞眞實實的了。

「你這小子夠意思，果然是當慣掌櫃的，挺識時務。」楊常年笑道，回頭大喊：「店家！店家！」

店老闆在後頭聽見了，急急忙忙出來。

「客倌還要點什麼？」

「我兄弟看得起你，今晚選了你的店子辦喜宴，你看看你們店裡有什麼山珍海味大魚大肉，全給我端出來來！」

這種鄉野小店，又值隆冬時節，哪裡會有什麼山珍海味大魚大肉？但店老闆開店久了，什麼客人都看過，甚是乖覺，笑嘻嘻地說了一些道賀之詞，回到裡間去。

他讓自己的婆娘將貯存的野味肉乾拿出來，烤了一隻山雞，炒了一道蒜苗山豬肉，五味鹿肉乾，鵝腸下水，炒野菜，再煮一鍋山蕈排骨湯，端出來倒也是滿滿一桌。

楊常年要了兩罈白酒，一群人登時熱熱鬧鬧地慶賀起來。

喝到眾人都有幾分微醺了，老成持重的趙虎頭見夜色漸深，先站了起來。

「春宵一刻值千金，莫擔誤了林兄弟和妹子的好時光。」難得他心頭高興，講話也油滑了幾分。

「沒錯沒錯，送新郎新娘洞房了！」楊常年喝得最多，講話已經有些大舌頭。

黃軍看起來小白臉一個，其實酒量最好。他見林諾的臉皮泛紅，怕他醉了，連忙去攙扶他。

「沒事。」林諾搖搖手笑道。他的酒量還行，只是有一喝了酒就臉紅的毛病，幸好他膚色黝黑，也看不太出來。

從頭到尾只是抿了幾小口酒的凌葛和新娘子是最清醒的。芊雲含羞帶怯地站起來，被楊常年輕輕一推到林諾的臂彎裡。

店老闆也是有心，今晚店裡只有他們一組客人，時間較多，竟然找出一匹紅布掛在林諾房門外，又叫婆娘用紅紙剪了個簡單的「喜」字貼在門上。

楊常年趙虎頭等人見了開心，賞了他好幾枚銀錢。

一行人送到臨時權充的新房門外，凌葛突然雙手捧著弟弟的臉，看了他好一會兒。最後，她輕嘆一聲，在他兩邊的臉頰輕輕一吻道：「終於你也到這個年紀了，眞難想像……」

林諾心中溫暖，將姊姊擁入懷中。

跟在後頭看熱鬧的店家夫婦見他們兩人竟然公然親吻摟抱，眼睛都看直了，秋重天也尷尬地把眼光移開。

楊趙這些人雖然覺得他們姊弟倆動不動就親一下抱一下的忒也奇怪，不過一來看慣了，二來心想番邦人作風開放些，見怪不怪。

林諾貼在她的耳旁輕聲低語：

『有人跟蹤我們。』

『無所謂，讓他們跟。』凌葛溫柔輕撫他的臉頰。『好好過你的新婚之夜。』

12

要看出有人跟蹤他們並不容易，因爲每一批的人都不一樣。

他會發現純屬意外。

他們七天之前在成嶺山腳下的福云鎮打尖時，有一桌新來的客人坐在他們的斜對角。林諾眼光隨意地瞟了眼那一桌，其中一個腳夫立刻迴開眼光。

倘若那人假裝若無其事地和他對上眼再移開也就罷了，這麼刻意的迴避反而讓他暗中上了心。

接下來幾天，他們陸續跟幾批不同的人或錯身而過，或同行一段，他的眼角總會看到有人在注意他們。

一次兩次是巧合，三次四次就有問題了。

他從來不相信巧合。

「林兄弟，你想跟著咱們的會是什麼人？」趙虎頭聽完他的話，皺起眉頭。

「這難說。」

算算在追他們的人著實不少：宋國緝捕楊常年的人馬，陳國陸三的盯梢，涼國或許也派了人出來尋公主和趙虎頭，更別提來歷不明的秋重天那一路。

「凌姑娘有什麼想法？」趙虎頭望向一旁的凌葛。

她正和芊雲坐在不遠處吃乾糧聊天。她將秋重天送給芊雲的那塊瑗借過來反覆把玩，顯得甚是感興趣。若非因爲這是旁人送他們夫妻的新婚賀儀，芊雲早轉送給她了。

「靜觀其變。」林諾說。

「嗯。」趙虎頭思索半晌，才道：「我倒是認爲可以跟秋重天提提。那些人若是他的人，大家明明白白講清楚，看是叫出來認識認識，或大夥兒一拍兩散；若不是他的人，我們也好有個計較。」

他很少講話，一旦講話，通常切中要點。

「趙兄說得是，我找時間跟秋重天說說。」

「跟我說什麼？」

秋重天餵完了馬兒草料，拿著他知名的鹿肉乾——也不知他鹿肉乾吃完了一包又是一包，怎麼變出來的——走過來，正好聽見林諾的話尾。

其他正在歇腳吃午飯的人一聽見他們的談話聲，都轉了過來。

「有人跟蹤我們。」林諾言簡意賅。

秋重天一頓。

「噢。」

「是你的人嗎？」林諾雙眸冰冷的時候向來有一股凌厲感。

「林兄是何時見到他們的？」他想了一想。

「十天前，不過很有可能更早就跟了。」

「應該不是吧！」他又想了一想。

「他奶奶的，定是你這小子不知道幹了什麼偷雞摸狗的事，不然怎會有人跟在咱們背後？」楊常年怒氣沖沖地殺過來。

「楊兄，你這話說得不道地。諸位也不是吃素的，怎知這些人定然是衝著我來的？」

楊常年被他說得一噎。

「無論如何，我們這群人目標太大，敵暗我明，不如我們分頭行動，約一個地方碰面，如此敵人便不容易盯住我們的行蹤了。」林諾道。

「不用了。他們跟不上來的。」秋重天搖了搖頭。

「怎麼說？」趙虎頭問。

「他們就算再跟，也是這幾天而已，接下來的路他們一定跟不上。」秋重天笑笑。

「怎地跟不上？難道你要帶我們飛上天不成？」楊常年氣虎虎的。

「此中原由實不足爲外人道也。總之，此刻我的命和各位是綁在一起的，楊兄信我之言便是。」

秋重天逕自去和凌葛聊天了。

他非常喜歡找凌葛，這些日子以來，他們天馬行空的話題都能聊。凌葛也不避諱，他提什麼就聊什麼。她的言論若不是讓他笑聲連連，就是張口結舌，說不出話來，聊了這麼久卻總也不厭倦。

楊常年見了，當然要跟過去大眼瞪小眼。

「如何？」趙虎頭看了看他。

「見機行事。」

是夜果然有了變數。

子夜時分，黃軍過來輕輕敲了敲林諾的房門。

「什麼事？」林諾披上外衣，出來開門。

「林大哥，秋重天不見了。」黃軍低聲道。

秋重天和自己的小廝睡一房，黃楊趙三人的房間就在他們隔壁，負責監看他的動靜。黃軍向來淺眠，半夜秋重天推門而出的聲音雖然小，他立時便醒了過來。

「我們一起去看看，」他抓過掛在門後的外袍披上。

此時趙楊二人也走了過來。

「兩位大哥，我和黃軍去探探那姓秋的搞什麼鬼，你們在客店裡留守，以免有其他暗樁趁機偷襲。」

「好，交給我們便是。」趙虎頭應允。

林黃兩人迅速出了客店。他們今晚落腳在成嶺山中的一個小村落，村中只有十幾戶人家，店老闆是在自己的飯館後搭了五間木板屋做爲客宿之用。出店走不了幾步就出了村子，山路兩旁全是靜謐的密林，十分荒僻。

「這裡。」林諾指了指路旁。幾串腳印踩在新雪之上，直往林蔭深處而去。其時月明星稀，白雪反映月光，將大地蒙上一層朦朧的瑩光白，視野反而比尋常的黑夜更亮。

他們追著腳印往林中而去，沒走多遠便發現了動靜。

秋重天站在一個較空曠的地方，五個黑衣人呈扇型圍在他面前。

「……又何必平白送命？」中間的那個人話聲一歇。

秋重天負手看天，冷笑一聲。「諸位今晚最多收了我秋重天一條命，其他的休要再說。」

最左邊的黑衣人上前一步，長刀指著他的鼻子一喝。

「亂臣賊子也敢言勇？我大哥是瞧在戴尚書的份上，對你網開一面，你別敬酒不吃吃罰酒。」

「不用多說了，辦不到！」秋重天長袖一拂，斷喝。

他的「到」字一說出口，那五名黑衣人飛身向他殺至。

林黃軍一驚，就要衝出去幫手，林諾突然將他拉住。他不明白地回頭，忽然間，林中幾陣咻咻咻的細響，那五名黑衣人登時倒在地上。

他們的傷口處有幾縷青煙揚起，空氣中慢慢地浮起一股酸蝕的氣味，黃軍只瞧得驚疑不定。

林諾從頭到尾目不轉睛。咻咻的聲音是從數個不同的方向發出來，他猜他和黃軍的行蹤應該早就被發現了，只是對方不動聲色而已。

最後，一道身影從樹上躍了下來，立在秋重天與五具屍體中央，赫然是那個老實頭溫洛寶。

原來，這些日子以來，他一直跟在他們身後。

溫洛寶將手中一只彈弓收入懷中，轉身對秋重天一揖。

「溫大哥，這些屍身莫留在此處，驚擾了村民。」秋重天道。

「是。」

雖然秋重天喚他一聲「大哥」，溫洛寶卻對他甚是恭謹。秋重天轉身走向來處，林諾索性也不躲了，大大方方地拉著黃軍一起往回走。

「寅夜驚擾了兩位安眠，小弟甚感歉意。」秋重天在後方揚聲道。

「無妨，秋掌櫃沒事就好。」林諾頭也不回，拉著滿面驚疑的黃軍回到客店裡去。

✶

秋重天當夜回到房裡，逕自睡下，彷彿什麼事都沒發生一般。

林諾直接進了凌葛房裡，趙楊兩人也不避諱，全擠進去。口齒靈便的黃軍當場連說帶比，把整個事發經過說了一遍。

「亂臣賊子……戴尚書……」趙虎頭沈吟道：「莫非是陳國的戴燎原戴尚書？」

「他是誰？」凌葛望向他。

「戴燎原是陳國前禮部尚書，曾任太傅，博覽五車，爲人仁善，在民間聲望頗高。」趙虎頭道：「據傳在陳王欲立世子之時，大皇子既爲皇后所出，年齡最長，又管兵權，原是最適合的人選。但身爲太傅的戴燎原卻向陳王私諫，大皇子性情暴躁，氣度不闊，只怕不是爲君之選。陳王幾番思量之後，果然立的不是大皇子。」

「難道戴燎原支持的是陸三那混小子？」楊常年瞪了瞪眼。

「這倒不見得。」趙虎頭沈思道：「戴燎原認爲三皇子雖是自小聰穎，心機卻太過深沈，在他心中，或許最得他喜愛的是陰柔內斂的二皇子。」

「那爲什麼最後立的不是二皇子？」黃軍問。他們一天到晚在邊疆打仗，對這些宮廷政治的風聞反而不若一直在涼宮的趙虎頭來得靈通。

「只因二皇子的母妃是一名陳王身邊的宮女。雖然和陳王可說是青梅竹馬，自幼一起長大，亦是最得陳王寵愛者，然而她出身終究卑微，憑著生了個兒子才勉強封上一個妃。

「相較之下，大皇子是皇后所出，皇后一門乃陳國百年氏族，連陳王都避免直接與他們對著幹；而三子的母親乃是藩王之女，實力亦不容小覷。若封了二皇子爲世子，將來即位之後，不管是皇后或藩王，沒有一邊他使喚得動，陳國豈不大亂？因此這個王位，二皇子是最沒有機會的。」

「這樣聽起來，當君王也沒什麼好的嘛！」黃軍嘆道：「自己最愛的女人不能獨寵，最想立的兒子不能立，反倒沒有我們平民老百姓輕鬆自在。」

「黃老弟說得是。」趙虎頭點點頭。

芊雲曾捲入這些宮廷傾軋之間，最是有感觸，忍不住手伸過去，輕輕抓住林諾的大掌。他修長的指反手一握，她的心霎時定了下來。

凌葛突然嘆了口氣。

「姊姊嘆什麼？」芊雲問道。

「我嘆那個戴太傅眞是個傻瓜。」她搖了搖頭。「自來別人的家務事，外人最管不得，更何況是君王的家務事？他以爲自己一心忠君愛國就成了，但旁人眞有這麼容易善罷干休嗎？」

趙虎頭沈默下來。

楊常年連忙問：「難道那個戴燎原被人害了？是了，他敢得得罪皇后和大皇子，一定沒有好下場。」

「既然傳聞說這是戴燎原的私下諫言，又怎麼會流出來？只怕陳王當時本來就不想立大皇子爲世子，但是皇后的勢力這麼大，大皇子又是長子，他如何說不？這不就有個冬烘老學究自己送上門了。」她嘆道：「戴燎原不見得對大皇子有惡意，只是憂心家國未來，所以實話實說，偏偏此言正好合了陳王的心意，陳王哪有不好好利用的道理？」

「姑娘說得是。」趙虎頭嘆道：「幾年前，陳國發生了文官循私賣官一案，陳王怒不可遏，喝令嚴查，最後火往上燒，終於燒到了這位堂堂禮部尚書兼太傅身上。其實私下賣官的確實有些人出於他的門下，他卻不見得知情，只能說他這面招風旗太大了。

「陳王念在他曾爲太傅的份上，殺了他的一干涉案門徒，判他個終身流放，門人盡散，家產充公。民間流傳，私售官位之事也不是只有他的門徒做，但爲什麼一路燒到他身上去？這定然是皇后在背後操弄的了，爲的就是報他讓大皇子失去世子之位的恨。

「可憐一個手無縛雞之力的文官，哪裡受得了這種顛沛流離之苦？據說走到半途便染了惡疾，病死了。一介忠臣，最後竟落得病死異鄉的下場。」

眾人聽了皆心下惻然。

「如此一來，大皇子更是聲名狼籍了，權大勢大的外戚無論如何也改變不了陳王的意志，至此陳王算是將下一任皇位的決定權拿回手中，即使最後賠了個忠心耿耿的臣子進去又怎樣？」凌葛冷笑一聲：「忠臣？忠臣不過是史書上的一個名字而已，記得再美再好，也敵不過現實的政治傾軋。」

楊常年想起自己一生在前線出生入死，忠心爲國，最後呢？還不就是宋君眼中一顆隨時可以犧牲的棋子，和戴燎原又有什麼不同？

他一時心有所感，不禁搥了桌子一拳。

「楊大哥……」芊雲輕輕按住他的手。

他沮喪地搖搖頭。

「倒是那個陸三，便宜了他。」林諾冷然地道。

「那也未必。陳王心中最愛的是二子，你想陸三會不知道嗎？他這個世子雖然被拱了上去，能坐多久還未可知。只要陳王還有一口氣在，就隨時都可能有變數。莫怪乎他要表現出一副對內兄友弟恭、對外禮賢下士的樣子，私底下卻拚命籠絡能人異士，搞情報組織，這日子眞是過得一點都不輕鬆。」凌葛笑道。

「沒錯！」楊常年聽到這裡，心情又好了起來。

「那秋重天和戴燎原會是什麼關係呢？」黃軍想了想，問道。

「戴燎原，大火燎原……這『大火燎原』不就是一個『秋』字嗎？」趙虎頭深思道。

「啊，對！」眾人頓悟。

「他必然是戴氏一門的後人。戴尙書有兒子嗎？」凌葛問他。

「沒有。」趙虎頭笑了起來。「戴尙書之所以名聲在外，半是爲了他家中有個妒婦。他的原配只給他生了兩個女兒，沒生兒子，偏又善妒得緊，不准他納妾，所以他怕老婆的這事兒也常被人拿來調侃。」

「那說不定是他的門人。我看那小子講起話來文謅謅的，果然是個窮酸書生的模樣。」楊常年撇了撇嘴。

「戴燎原倒了之後，門徒四散，秋重天一定是回到家鄉避禍，在景陽山腳下開驛店謀生。鄉人純樸，只道他在外頭闖厭了，回鄉定居，哪裡會知道出了什麼事。」黃軍道。

「但是今晚那些人的身手，倒不像是普通人。」林諾深思道。

「無論如何，此人顯然對我們無惡意，否則今晚早已對林兄弟和黃軍動手了。」趙虎頭道。

「或許戴燎原當初沒死，被手底下的親信救走，這解釋了爲何秋重天身邊有一幫身手不凡的人。」林諾沈吟道。

可是，戴燎原想見他們做什麼？

最重要的是，他怎麼會知道胡安暗語？

林諾不由自主地望向姊姊。

「我們自個兒在這裡瞎猜也沒用，起碼現在對秋重天的來歷多摸清了一些。」凌葛拍拍手。「好了，大家回去睡覺吧！散會散會。」

她遇事決斷極快，一眨眼便十七、八條計策上心頭，然而在事情發展的過程中，她卻不喜歡太快下定論。所以，她最常掛在口中的話是「靜觀其變」，「見機行事」，「且戰且走」。

眾人都知曉她的性情，也不打話，各自回去睡覺。

★

隔天一早，一群人若無其事地繼續上路，只除了中途停留之時，林諾會指派黃軍等人加強戒備，晚上到了落腳之處，也會排班守夜。

再走了幾天，離他們出發之時已是半月有餘，林諾勒停了馬，攔住秋重天的去路。

「秋掌櫃，從一個地方出發，先往東，再往北，再往西，我的方向感再差，也知道這是在繞圈子，不知你要帶我們到哪裡去？」他森然地道。

其他人都停了下來，在他身後圍成一排。

「是啊，前面那不是景陽山嗎？」黃軍叫道。

他們上了成嶺之後，並沒有翻過去，而是轉西沿著成嶺的山勢而行。成嶺西通景陽山，最後他們會再回到景陽山，只是和他們出發的地方在山的不同邊而已。

「他奶奶的，豈有此理！」楊常年衝過來，揪著秋重天的衣領。「要上景陽山，一開始從山的那邊爬過來不就好了嗎？你這小子不懷好意，故意帶我們兜圈子！」

秋重天難得被一群高頭大馬的漢子包圍，依然一臉神色自若的樣子。

「眾添，你回頭吧！接下來的路我帶著他們就行了。」他逕自對小廝說。

「是。」

那小廝恭恭敬敬地一揖，把貨車從那匹花馬身上解了下來，跳上馬，一人一馬轉瞬間不見人影。

「哇！原來小花是神駒啊！」凌葛對馬屁股後面的那陣煙喃喃自語。「之前都拿我吃剩的果核餵牠，真是委屈牠了。」

「……」姑娘，妳不要老是畫錯重點好嗎？黃軍內心悲鳴。

「……」不要隨便替人家的馬取名叫小花，很土。芊雲暗自嘀咕

「沒關係，牠喜歡吃果核。」秋重天安慰道。

「……」你這人拍馬屁也不要拍得這麼明顯！楊常年心裡不齒。

秋重天把自己的衣領從楊常年手中拉回來，好整以暇地理一理。

若不是看在凌姑娘的份上，他們早把這小子拖到林子裡暴打一頓了。

「各位可曾聽過陳國的晴川山民？」他正色道。

林諾凜眉一皺，自然而然看向凌葛，凌葛自然而然看向趙虎頭，然後所有人的目光都看向趙虎頭。

「……」喂，你們不要將我當成包打聽好嗎？趙虎頭額冒黑線。

「咳，沒聽過。」他輕輕一咳。

所有人竟然露出失望之色。

你們這種表情是什麼意思？趙虎頭心頭眞正怒吼。

楊常年和黃軍是多數時間都耗在軍隊裡，對他國鄉野傳聞不熟。林諾和凌葛是外來者，對風土民情瞭解不深，芊雲一個深居簡出的姑娘更是不消提了。

比起來，好像每次聊到各國的八卦，都是最不八卦的趙虎頭知道最多八卦。

「是，晴川山民一事連在陳國所知的人都不多，各位不是陳國人，不知道也是應當的。」秋重天點點頭道。

「操！那你白問的？」楊常年實在是怎麼看這小子怎麼不順眼！看他特愛黏著凌葛的樣子更加不順眼！

「各位，我們還是邊走邊談吧！眾添會領人在後方掩飾我們的行蹤，一進了景陽山，我敢打包票，能跟上我們的人不多。」

他把神駒小花之前拉的貨車改套到自己的馬上，策馬先行。凌葛並騎在秋重天身旁，其他人或前或後地跟著。

他們沿路來著實載了不少貨物，從衣服傢俱到南北雜貨都有，最後的這一車卻極單純，有七大袋，重量極沈。林諾早已檢查過，一袋是米，一袋是麵，一袋是肉乾香菇等乾貨，剩下來的四大袋全部都是糖。

這麼多的糖，就算是做生意的點心茶樓一年也用不完，不知秋重天要這麼多糖做什麼？

「景陽山舊名叫『晴山』，山裡有一條大河叫『晴川』，有一群久居深山的山民便沿著晴川而居。」秋重天講起古來。「他們神出鬼沒，鮮少與平地人往來。偶爾有上山的獵戶見過他們的蹤影，可是次數也極其稀少。

「相傳晴川山民的祖輩是朝廷禁軍，駐守在晴山看顧國族祕寶，此一流言一直未獲證實，然而上山尋寶的人卻是絡繹不絕。後來山民不勝其擾，乾脆搬到深山裡躲了起來。

「有一年發生地動，晴川的水突然乾了，從此晴川成爲傳說，山民也再不見蹤影。之後晴山被改名爲『景陽山』，知道晴川山民的人就更少了，算算這也是七、八十年前的事了。」

「七、八十年前的事跟咱們有什麼關係？」楊常年嚷嚷。

「大哥。」林諾眉頭一蹙，制止他躁動。楊常年只得咕噥兩聲，不再插口。

「想來我們要去的地方就是晴川山民的祕地了？」凌葛道。

「是。」他點頭道：「小弟幾年前得遇機緣，與晴川山民的後裔結識，因而得知他們的山中祕境。想見姑娘的人，就在這山裡。」

「那你爲什麼要繞這麼大一圈？」林諾冷冷地道。

「各位有所不知，我們身後跟著的人著實不少。」秋重天苦笑道：「陳國就有兩路，還有宋國涼國的，若不繞這麼大一圈，一路一路地甩掉，只怕小弟就要破了誓言，把這些人全引入山了。」

從他的話裡，凌葛確定了兩點：

一、秋重天背後果然有一個組織，而且這個組織實力不容小覷，否則不可能應付得了這麼多路追兵。

二、陸三那小子果然還不死心。

奇怪，她自己都不覺得她是那麼好吃的香餑餑了，陸三到底是看上她哪一點？天下能人異士何其多，何必非要她不可？

「秋掌櫃，不好意思，那兩路人，一路是你的，另一路，只怕是我們惹來的。」她笑道。

秋重天訝異地看了她一眼，尋思片刻，瞭然地點點頭。

「原來如此。小弟確實納悶，世子與我們無冤無仇，不知爲何這回屢屢碰到他的人馬，如今知道原由便好辦了，可不知姑娘給跟或不給跟？」

「當然不給跟哪！煩死人了，黏答答的男人最討厭了！」她一翻白眼。

當場所有男人全部沈默。

然後小心審量自己跟她的距離足不足以構成「黏答答」的要件。

「另一路是誰？那個大皇子嗎？」見秋重天默認，楊常年瞪大眼。「他一直跟著你們？莫非山上眞的有寶藏？」

「沒有。」秋重天見他不信的表情，只能苦笑。「楊兄，你信我，眞的沒有。若有，這些年來小弟早就找到了。好不容易這山裡終於安靜了幾十年，大皇子不知從何處聽來的消息，突然積極祕訪，住在山中的人非常不樂意……」說到這裡，他頓了一頓，最後只道：「總之小弟受人所託，非得守住這個祕境不可。所求者，無非是一群世外之人的安寧，絕對與任何寶藏無涉。」

「我明白這種心情。」芊雲突然開口。

她通常不太參與意見，所以突然說話倒是讓大夥兒意外。芊雲見眾人往她看了過來，臉色一紅，凌葛微微一笑，鼓勵她說出自己的想法。

「我只是用自己的心情去想而已。」她有些害羞地道：「當年，我和我娘住得好好的，雖然不是大富大貴，也算小康清寧，直到有一天有人來把我接進……爹爹的家，此後一切便亂了套。我後來常想，若是他們能留我們清清靜靜自己生活，該有多好？

所以，我相信山民是眞的很希望不被外人打擾。」

她用力點點頭。

可是，如此一來她就不會認識林諾了……

她望著身旁的男子，心頭一暖，輕輕加了一句：「不過出來之後，遇到的也不見得都是壞事。」

林諾修長的指輕輕滑過她的臉頰。

「便是如此。」秋重天點點頭道：「小弟的恩師身染惡疾，在山中靜養，實在是不能受人打擾，所以這些年來，我總是盡量將大皇子的人引往他處，希望他們空忙一陣，有朝一日能死心收手。」

他的恩師一定就是戴燎原！黃軍和楊常年互望一眼。

不過那個戴燎原爲什麼懂得問凌姑娘那句嘰哩咕嚕話？

嗯，一定是看書學來。

禮部尙書不就是專門唸書的麼？

「秋掌櫃，我有個疑問。」凌葛舉手。「你問我的那個問題，想必不是隨便看到人就問。在我之前，你問過幾個人？」

原以爲秋重天又要閃閃躲躲，沒想到他很乾脆地回答：「沒有。」

「哦？你只問過我？爲什麼？」

秋重天遲疑了一下。「我只是順應自己的心意而已。」

「你從哪一點決定你應該問我？」她感興趣地看著他。

老實說，秋重天眞有些怕了這個洞察力敏銳的姑娘。她看人的眼光並不鋒銳，比起她弟弟林諾的冷眉冷目不知和善多少倍，然而她的眼睛有一股很深的力量，彷彿看進了所有旁人看不見的事物，教人覺得無所遁形。

「姑娘別猜了，箇中詳情，待我們到了目的地，見了老先生，姑娘自然明白。」他苦笑道。

「呿，你這人怎麼這麼不痛快？怪讓人不順眼的。」楊常年罵他。

「是、是，楊兄教訓得是。」他苦笑道：「只因我答應了老先生，絕不在外界多提跟他有關的事，如今我已是說得太多了，還望諸位莫怪。接下來進山的路著實不太好走，幸好諸位都是有武藝之人，不過凌姑娘和小嫂子，免不了需要各位多幫襯幾把了。」

✶

兩天之後，他們終於明白他所謂的「多幫襯幾把」是什麼意思。

不就一座山嘛？他們連死人林都闖過了，區區一座景陽山何嘗看在眼裡？

現在他們眞的看在眼裡了……

林諾目測一下他們要進去的那個山洞口，約莫是兩百公尺的距離。

問題是，這兩百公尺中間隔的是一整座乾涸的峽谷，深度起碼五十公尺。

他走到懸崖邊緣，腳邊的碎石忽喇喇往下滑落，隔了許久才聽到落地聲。

「小心，別走太近！」芊雲嚇得連忙去拉他衣角。

他拍拍她的手，將她往身後一推。

五十公尺深的斷崖近乎垂直，沒有任何可施力之處，他們不可能直接下去，穿越峽谷，再爬上同樣平滑陡峭的岩壁。

他習慣性地眉心一皺，回頭望著秋重天。

秋重天先將貨車拖到林內卸了下來，找些樹枝樹葉草草蓋住。

所有人的馬現場各自放了，秋重天允諾會有人來接手，便自顧把肩上的包袱解下來，取出一大綑繩索。

他左看右看，看見林諾肩後背著弩，眼睛一亮。

「林大哥，勞煩你，將這繩索的一端綁在箭上，射進那洞裡。」

林諾回頭研究一下那個山洞的形勢。老實說，那稱之爲「山洞口」都有些勉強，如果不是秋重天指出那是一個入口，旁人只會以爲那是岩壁上的一道裂縫。以他的身材，要進去的話，大概得側身弓背才能擠得進去。

「那個洞口附近沒有任何著力點，我的箭頭不是彎勾，沒有辦法釘進岩壁裡咬住。」他皺著眉道。

「林大哥只管將繩索射進洞內便是。」

林諾不知他在搞什麼鬼，只得解下背後的弩，將繩頭綁在他的箭上。這段繩索經過特殊處理，摸起來很硬實，有防滑的效果。

他將箭射了出去，直入洞中。那箭破空而出的勁道，眾人忍不住喝一聲彩。

秋重天也不管射出去的那一頭，自行在這頭的樹幹敲敲打打，確定找到一株夠堅實的，把繩索綁在樹身，用力拉了拉。說也奇怪，一條繩索就這樣緊緊地在空中綳了起來。

凌葛和他互望一眼，心中雪亮：洞中有人。

秋重天又從包袱裡抽出第二條繩索。「林大哥，勞您駕，再射一條。」

林諾再不遲疑，將第二條繩索送過去。

秋重天再將第二條繩索在低一點的地方綁牢，於是兩道繩索形成一高一低的平行線，橫跨過整片山谷。

「行了，高的這條手抓，低的這條腳踩，我們一個一個走過去。」

「什麼？你要我們就這樣吊在半空中走過去？」楊常年瞪大眼。

芊雲聽得花容慘白。凌葛踮起腳稍微瞄一眼下方的高度，做個鬼臉。

「很安全的，我常這麼走，不然我先過去，各位照著我的方法做即可。」秋重天說著就要踏上去。

「慢著！」林諾長弩一擋，冷冷地將他往後一推。「我先過去，然後是黃軍，雲兒，楊大哥，我姊姊，每次只走一個人。趙兄，你押著他，等我們都過去之後，讓他先過來，你最後一個走。」

趙虎頭點點頭。

秋重天只能苦笑。

林諾是海豹出身，淩空攀爬這種事對他是家常便飯。這次有兩條繩子已經算豪華招待了，他曾單憑著臂力，吊在半空中橫跨整片深谷。

他兩手拉住繩子，腳踩穩，橫向移動，不一會兒便抵達另一端，擠進山洞裡。

眾人在這一側觀望，等了約莫一炷香的時間都不見他人影，心裡才剛開始著急，他的腦袋終於從那個窄縫裡探出頭，對他們一振手臂。

黃軍收到信號，馬上站上去。

剛才看林諾走過去一副四平八穩的樣子，以爲很容易，沒想到實際站上去之後完全不是這麼回事。

先說兩條繩子都是懸在半空中，如果動作太大繩子就會一起晃動，再加上風勢獵獵，他走到深谷中央就晃得停不下來，嚇得他只能抓緊繩子，不敢再移動。

「別擔心。我檢查過了，繩子綁得很牢，不會鬆掉，你慢慢走過來。」林諾在那端叫道。

「好。」黃軍定了定神，無論如何也不能在姑娘家面前丟臉，於是慢慢走了過去。

林諾讓他從身旁擠進山洞裡，再往下一個招手。

芊雲臉色發白地看著底下直落落的斷崖。光看腳都軟了，哪裡還走得動？

「等一下，」凌葛解下自己的腰帶，一端圈住手抓的那條繩索，然後在她腰上打一個死結，做成一個簡易的安全索。「我和妳的體重加起來應該和林諾差不多，他既然過得去，我們兩個應該也可以一起走。」

「……」芊雲嘴巴張了張，卻沒有聲音冒出來。

「嘿，妳雖然不必像妳的夫君那樣上山下海，無所不能，好歹別讓他丟臉。」凌葛刺激她一下。

果然，芊雲一想到「讓林諾丟臉」，就覺得自己絕對不能做這種事，馬上雙肩挺了一挺，握住繩索。

「好。」

「姊姊，我先過去就好，妳待會兒再過來。」只要不往底下看，其實沒那麼可怕。

其實兩個人同時走的晃動幅度更大，凌葛也希望她自己試試看。

芊雲慢慢移動，中途停下來好幾次。兩邊的人都看到她的手已經在發抖，捏了一把冷汗。

當她終於撲到林諾懷裡，所有人都鬆了口氣。

接下來幾個就簡單了，所有的人順利過到對面。

一進洞裡，眾人便知是什麼情形。

這洞原先是一條天然的裂縫，人力順勢開鑿，形成一條長長的甬道。他們剛才看見的洞口細窄狹長，進來約十步便稍微寬敞一些，可容兩人並立。在林諾之後進來的人便是在這裡等著。

「秋小子，你每次回來都這麼吊索子走過來？」

「那倒不是，有其他的路是不吊繩子的，所以這條路好走些。」

這樣算比較好走？楊常年登時作聲不得。

凌葛感覺了一下，氣流拂過臉龐，表示這條甬道另有其他出口。林諾剛才射過來的兩條繩索，綁在洞口旁的石柱上。繩結巧妙，綁的人卻不見蹤影。

再往裡面進去，每隔五十公尺牆上立了一根火把照明，四根火把之後甬道轉了個彎，洞口便看不見了。

「你的朋友呢？」林諾銳利地盯住他。

「這段路我是走熟的，閉著眼睛都不會走錯，但各位初來乍到，爲免各位難行，我的朋友走在前頭替我們點燈張羅，各位只管隨著燈火而行便是。」秋重天對他的嚴厲不以爲忤。

他們一行人一字排開，林諾、黃軍走在前頭，楊常年、趙虎頭墊後，中間是芊雲與凌葛。

「你走最前面帶路，如果有什麼機關……我的箭比你跑得更快。」林諾冷冷道。

「我知道，我不會害你們。」秋重天除了苦笑，還是苦笑。

也虧得他脾氣好，即使天天對著一群對他不信任的陌生人，依然笑容滿面。

這趟路果眞不好走。

一開始甬道的路面勉強算平坦，但既然是鑽在山腹裡面，就免不了高低起伏。有時候路寬得可以容一輛馬車通過，有時候窄到林諾得側著身子才能擠過去。有好幾次他們甚至必須手腳並用，在窄窄的小洞裡鑽行。

而且，地道不是只有一條，中間有好幾次遇到岔路，也不知是通到哪裡去。

林諾終於明白他為什麼說接下來的路沒有人跟得上。確實，在這如迷宮般的山腹暗道裡，要辨認方向談何容易？

有幾次他們繞了幾個彎之後，林諾回頭一看，發現他們剛才走的路就是後面直直那一條。但是秋重天既然會特地帶他們這麼彎彎繞繞，顯見直直過來的那一條有機關。即使眞有人硬闖，恐怕也闖不過中間的重重機關。

既然已經陷在這裡，如果秋重天眞的想幹什麼，他們大概也逃不掉，所以「防人的最高境界就是不防」——這話可想而知是某個女人說的——林諾索性不再多慮。

說不出他們在甬道中走了多久。只有最初的那段路有燈，之後就是靠他們手中拿著的火把照明，所以有些路段必須一個人一個人過去之時，人少的那邊就會陷入昏暗中。

人類對黑暗有一種潛在性的恐懼，源於始前時期的求生本能。野獸總是躲在黑暗中伺機而動，因此火光帶來的不只是視覺的照明，更是一份安全感。長期處在黑暗封閉的環境裡，會讓人心理上產生壓迫感，體力的耗竭會比正常時候更快。

他們進來的時間約是早上十點，一個小時前他們停下來吃了點乾糧，林諾估計現在頂多下午兩、三點，就是未時或申時，可是每個人的氣息都有點粗重，已經現出疲色。

他正想開口讓眾人停下來休息一下，芊雲突然在一個交叉口停了下來，指著另一端說：「那邊有光！」

她一喊，距離她最近的黃軍往回一看。

「眞的，那裡有天光。那是出口！」

出於躲避黑暗的本能，芊雲忍不住往光亮的地方奔去。

「不可！」

「回來！」凌葛和林諾同時低喝。

他們的隊伍拖得有點長，林諾追到交叉點時，她已經跑到接近出口之處。

「眞的是天光！」芊雲指著光明大亮的洞口，興奮地回頭叫：「你們看，這裡是——啊——」

她突然往後一仰，整個人看似要跌了出去。凌葛嚇得心臟快跳出來，林諾即時抓住她的手用力一拉，芊雲的身子撞進他懷中。

他一時收不住腳，往前衝了幾步，堪堪在洞口一、兩寸的地方停下來。

嘩喇喇，嘩喇喇——

細沙土石大量地往下滑落。

他抱著她再退一步，終於感覺到腳底下的地面比較硬實了。

洞外直落而下的，是比他們剛才進來更高的斷崖。

林諾按住懷中的小腦袋，不准她回頭看。反手長刀一斬，將那蜿蜒游下來的毒蛇一刀兩斷，揮進深谷裡。

「嘶，嘶嘶——」

「小嫂子可有事麼？」秋重天急急呼叫而來。

這個洞口一點阻擋都沒有，地質又軟，洞口上方似乎有蛇窩，嘶嘶聲不絕於耳，簡直是最佳的天然陷阱。

秋重天見他們沒事，鬆了口氣，切切叮囑著：

「諸位千萬不要自己亂走，這地方暗道很多，一個不小心會送命的。」

「對、不起……我一時見到天光，太過激切……」芊雲又羞又愧，眼眶的淚滾了幾滾，落了下來。

「沒事。」林諾輕撫她的背心安慰。「秋掌櫃，還有多遠？」

「這一段山道馬上到頭了。」秋重天連連保證。

眾人看看洞外亮麗燦然的陽光，渴望地呼吸幾口新鮮空氣，回頭繼續往裡走。

這一段山道確實馬上到頭了。

然後是淩空攀到另一段山腹暗道——這次有人先幫他們拉好繩索——然後再下一段。

這種山腹暗道的路，他們足足走了兩天。

林諾不禁對這群山民經年累月下來建築的規模嘆為觀止。

走到最後，愛開玩笑的黃軍越來越沈默，楊常年神色陰霾，連老成的趙虎頭都有點委頓。

秋重天雖然熟門熟路，到底窩在山腹裡不是什麼太令人愉快的事，熟不熟好像沒有多大區別。

「所以小弟才會久久回來一次。」中途，他苦笑道。

「這就是為什麼關黑牢對於逼供囚犯很有用。」凌葛還有心情對他們機會教育。

不過每個人都笑不出來。

終於。

來到最後一段山腹暗道。秋重天向他們保證眞的是最後一段了。

兩天半的路，以直線距離來說足以從景陽山的山南走到山北，然而他們一直在迂迴前進，所以他們現在究竟是在景陽山的哪裡，林諾也說不準。

最後這一座山腹，很明顯地開始好走了起來。甬道的路面更寬敞，岔路可以看見天光的地方越來越多——當然沒有人再傻到衝出去——有幾次他們經過甬道旁邊的巨大空洞，感覺起來好像以前有人生活過的痕跡。

如果前面的幾段路像地下迷宮，這一段就像地下堡壘。有四通八達的通道，有可供居住的空間，有些洞穴對外直接面對整片山景，讓人精神一爽。

他們經過上一個可以看見天光的洞口，日頭已經有點西斜了。

「各位，快到了。」秋重天突然停了下來，神色前所未有地凝重。「老先生就在前面，不需小弟多加提醒，各位應該明白。老先生年老體弱，見面之時請諸位切莫喧鬧咆哮，擾了老先生清寧。」

「行了行了。」楊常年擺擺手。

折騰了這些時候，雖然老先生與自己無關，每個人都不禁想看看這個讓他們繞遍整個陳國西境的神祕人物，究竟是怎生模樣。

秋重天轉頭，高持著火把，慢慢往前行去。

甬道變得越來越寬，到最後像是個扇形的開口，新鮮空氣的味道越來越濃，晚霞的淡紅從類似天窗的空洞灑落下來。

秋重天還未領他們轉過最後一個彎角，他們已經聽到一些窸窸窣窣的聲響。空氣中浮著一股有點刺激的味道，楊常年等人忍不住抽抽鼻子。

這什麼東西？似酒不是酒，聞多了鼻頭會嗆，直想打噴嚏。

凌葛停了下來，和林諾四目交望。兩人在彼此眼中看見一模一樣的驚異之色。

這股其他人很陌生的氣味，他們兩人聞起來卻再熟悉不過。

這是醫院的味道。

更確切地說，是消毒酒精的味道。

這裡怎麼會有消毒酒精？

凌葛滿腹疑惑，繼續往前走。

終於轉過最後一個彎，眼前豁然開朗。

這是另一個巨大的洞穴，開口面對著外面的山林。由於隆冬正寒，此時開口以一片竹泥牆封住，只開了幾個小窗做爲通氣之用。

山洞中央，一個人影顫巍巍地站起來，轉身看向他們。

『Ah, Grace, so nice to see you.』（葛芮絲，見到妳眞好。）那老人露出溫和的微笑。

凌葛震驚無比地停下腳步。

「我的酒精快用完了，妳來得正好，幫我再做一批。」老人對她招招手，笑瞇瞇地道。

那頭亂七八糟的髮，巴吉度犬般鬆垮垮的下巴，嘴角的耐心微笑，溫和睿智的雙眸。

她望著她再熟悉不過的臉龐。

他和她記憶中一模一樣！

她依然記得他們的最後一次見面。

那是七年前，他退休的前一天，在他們的醫學院門口。

「李博士。」

13

「妳瞧，我跟那孩子說，要他找一個人問胡安問題。他就問我了：『李伯伯啊，我該問誰呢？』我跟他說：『你誰都可以問啊，看你想問誰就問誰。』他說：『伯伯，你還是給我一個目標吧！』我說：『你要是遇到一個會讓你想到我的人，你就問問他們吧！』」

「這孩子聰明得很，這些年來，我問他：你問過誰沒有？他都說，沒人讓他想到我，所以他一個都沒問。直到前陣子他傳了鴿子信來，說他終於找到人問啦！那個人答了，答的就是我說的那個答案，我就知道八九不離十了。」老人笑瞇瞇地對他們說。

凌葛整個人只能震撼地站在原地。

林諾鮮少見她如此反常，走到她身後，習慣性地蹙起眉心。

「他是誰？」

「李敏浩博士。」她喃喃地道：「他是一個神經外科權威，我的醫學院老師……」

她的腦中亂成一團。

李博士是台灣人，長年居住在美國行醫和執教，在全球醫學界享有極高的聲譽。

他一生都活在白色象牙塔裡，主要就是在三個地方轉：教學醫院、大學、家。

凌葛在醫學院的期間，所有跟神經學有關的課程通通選讀他的課。因爲她要學，就只跟最好的人學。

李博士也是她見過最仁慈的人。

他睿智，明理，對整個世界充滿悲憫。五十多歲時，他的妻子過世了，夫妻倆膝下無子。多年來，他教出來的學生就是他的孩子。

凌葛不輕易對任何人透露心事，李敏浩博士是少數的例外。

七年前，他申請提早退休回到台灣，在他離開的前一天她和他有過一番談話。後來，他們透過虛擬會面和email，依然斷斷續續保持聯絡。

她只知道他回台灣之後，在一間私人醫院擔任顧問，有空時到鄰近國家義診。

她無論如何都想不出他爲何會在這裡，如果讓她選最不可能出現在這個時空的人，一邊是美國總統，一邊是李博士，她會毫不猶豫地選李博士。

她最後一次和他聯絡已經超過五年了嗎？

「博士，爲什麼……」

能過得來的人，一定是跟歐本有關的人。一個只知行醫的神經外科權威，與一個惡名昭彰的恐怖份子科學家怎麼可能會扯上關係？她不懂……

林諾慢慢走進山洞中央，掃視洞內的一切。

所有山洞只要有對外洞口，一律隱藏在山坳或峭壁懸崖的中間，外界幾乎難以察見。此時雖然洞口被封起來，自然光不足，但不失爲一個尙可的生活環境。

洞內的擺飾非常簡單。右邊靠牆處堆了十個酒罈子，其中兩個依然用草泥封住，另外幾個已開罈，酒精的氣味就是從這些罈子裡發出來的。

左手邊是一張古樸堅實的原木床，看來是就地取材所製，床的幾步遠之處有一張同樣是原木做成的木頭桌子與兩把椅子，床尾有一座木頭櫃子。

比較特殊的是山洞中央的……裝置。

那是一個大酒罈子，罈口以木塞密封，卻在木塞中央鑽了一個洞，插上一根S型的彎管。他看不出那個S型管子是什麼材質，可能是硬牛皮揉成的，構造極像是洗手槽下方的排水管。

在外側通風良好之處有一座以石頭砌起來的小灶，灶頭放了些簡單的鍋碗瓢盆。比較醒目的是灶上的一只小瓷缸。這只瓷缸約莫二十公升大小，缸口一樣有個密封的蓋子，蓋子中央鑽了個洞接了根管子，不同的是，這根管子是往下彎成倒U字型。

此時小土灶裡正燒著溫溫的火，做爲室內暖氣的來源。

李敏浩博士站在唯一的那張桌子旁，神色和藹地看著他們。

他年約六十出頭，滿頭花白，一張臉溫和慈祥，就像任何尋常人家的爺爺一般。

「妳來得正好，我正需要人手幫忙……」話未說完，他身子晃了一晃。

林諾飛快閃到他身旁扶住他，一扶之下才發現，李博士身上的衣服像是掛在木架子上一般，底下空蕩蕩的，一身瘦骨嶙峋，強一點的風都可以把他吹走。

「您快坐下來。」林諾小心地扶著他坐回床沿。

李博士的身體正不由自主地輕顫著。

凌葛反應過來，迅速來到床邊，蹲在他的腳旁檢查他的神色。

「博士，你還好嗎？」

「我得躺下來……」他只在短短幾分鐘之內便迅速委靡下來，林諾看了暗暗心驚。

秋重天連忙從床尾的木櫃取出一個瓷罐，急急回到李敏浩床畔。

「師父，你的藥！」

凌葛輕柔地扶他躺下，替他拉好被褥。

「不用了，這藥沒效了……」李敏浩喘息了一陣，對徒兒溫和微笑。

秋重天眼中露出悲傷之色。

「博士，讓我幫你看看好嗎？」凌葛坐在床沿輕問。

秋重天一聽，眼中重燃希望。「是啊！師父，你不是一直在等凌姑娘嗎？現下他們來了，讓凌姑娘幫你看看。」

李敏浩輕輕拍了拍秋重天的手，彷彿在安慰他。

「博士，你躺好，我看一看。」凌葛掀開他身上的被褥，慢慢解開他的衣物。

秋重天見狀，連忙到爐灶旁多加幾塊木頭下去，免得師父冷著。其他人在後頭或坐或站，靜靜讓他們談話。

凌葛不知道自己是屏著呼吸的，直到博士的胸口露出來，她才吐出一口氣。

她多麼害怕看見他的身上如第一號實驗體一樣，被縫進什麼不知名的物事。

光線乍亮之時，她吐出的那口氣又鯁回喉中。

床頭只有一盞燈火，不夠照明，她低聲要林諾再點一盞燈過來。

李博士的身體枯槁到幾乎可以看見每根骨頭的形狀，有些部位的皮膚呈現深褐色，顯示血液循環已有問題，不是深褐色的皮膚則是一片駭人的死灰。

如果她剛走進來，看見床上躺著這樣的一具身體，會以爲這是一具屍體。

李敏浩的神情瞭然，早就明白自己的身體狀況。

『爲什麼……』她喃喃道，抬頭緊緊地盯著李敏浩。『博士，請你告訴我發生了什麼事。』

雖然她定期會寫信給他，有時博士一沈入書海，三、五個星期才回信的都有，她自己的工作也忙，也沒有很認眞地在追蹤。

原來他已經失蹤五年了，她竟然沒發現。

她爲什麼沒有多花一點時間關心他？爲什麼不多和他見見面？台灣並不是那麼遙遠的地方。

這世界上有一些人會觸動你心底最柔軟、最善良的部分，李敏浩就是這樣的人。

他是她的良師益友，人生模範，最尊敬的對象，卻在她不知不覺中憔悴成這副模樣……

她無法不自責。

李敏浩微笑，只是輕輕撫摸她的頭髮。

『是歐本嗎？是他把你變成這樣的嗎？』她的眸光幾乎是懇求的。『請告訴我他爲什麼會找上你？他對你做了什麼？』

毫無疑問，一定是歐本綁架了李博士。

可是，爲什麼呢？難道歐本需要神經外科醫生？

他綁架李博士多久了？他對李博士用了刑嗎？

即使工作讓她看遍了各種人性的殘忍，她自己都做過許多事，但她無法想像有人如此對待一個這般善良的老人。

以歐本的作風，在利用完李敏浩之後，他不可能留他活口，正好他也需要實驗體，所以博士成了他的第二個受害者。除此之外，她想不出還有其他原因博士會出現在這裡。

李敏浩輕輕撫摸她的頭髮，半晌才道：「你們是怎麼過來的？」

「科學部有一部蟲洞儀，把我和 Grace 送了過來，方法跟歐本把你們送過來的方式差不多，只是科學部的機器比較先進，所以我和 Grace 沒有受到太強的輻射傷害。」林諾在旁邊低沈地回答。

「嗯。」

「博士，你身上有刺青嗎？」她輕聲問。

「刺青？」

他的聲音極微弱，她得靠得更近一些，讓他說話時不必太費力。

「歐本將一些重要的資訊刺在身上。peas ape，這兩個字對你有意義嗎？」

李敏浩喃喃將「peas ape」覆述幾遍，最後嘆了口氣搖搖頭。

「不，我沒有聽他提過……」

秋重天見師父臉色越來越差，急得不得了，幾次想上前阻止他們繼續問話，心中卻又知道，師父等這些人很久了，如果現在阻了他們，或許……或許沒機會再說了。

他的眼眶一紅，終究還是忍了下來，沒有出聲。

「歐本是否在你身上做了任何記號？」她輕問。

李敏輕嘆了一聲，好像最後一點力氣都用在這聲嘆息上。

「不，沒有。」

這樣凌葛就更不瞭解了。

李博士不是他的載具，身上也沒有任何記號，那歐本要博士過來幹什麼？如果怕風聲走露，他大可殺了博士。

「博士，歐本在另一個和你一起被送過來的人身上刺了一些字，還把某樣東西縫進他的腹腔。第一個實驗體已經死了，死狀非常淒慘，全身潰爛，歐本把藏在他體內的東西取走了。」凌葛握緊他的手。「你是跟那個人一起送過來的，最有可能見過他的身體，你知道第一實驗體身上有什麼祕密嗎？」

李敏浩怔怔地看著她。

「博士？」凌葛不確定他是否聽見了她的問題。

「第一……實驗體？」

「是的，我們找到的目擊證人說……」說到這裡，她突然頓住。

她古怪地盯著李敏浩。

博士不知道有另一個實驗體？

博士不知道有另一個實驗體！

她的腦中敲響了一記警鐘。

「博士，歐本總共做了兩次的傳送，除了你和他，還有另一個實驗體。」凌葛盯著他，慢慢地，一個字一個字地說。

李敏浩眼中露出悲傷之色，那是對世間之人所受的苦痛從心而發的悲憫。

「博士，難道……你是跟歐本一起傳送過來的？」

✶

「妳在做什麼？」林諾走進「公共廚房」，芊雲如影子般跟在他身後。

凌葛從李博士洞中搬來幾個空罈子和插著S型管子的罈子，還有灶上那個U型軟管的小瓷缸，忙碌地張羅著。

「做酒精。」

「妳是指釀酒？」

「我是指做酒精。」
「……能喝嗎？」
「想死你就喝吧！」
「妳在做假酒？」他吃了一驚。
「我在做酒精！這麼簡單的話你哪個字聽不懂？」她給他老大一個白眼。
「……妳做『酒精』幹嘛？」
「博士不是說他酒精快用完了嗎？我幫他再做一點。」
好吧！這倒值得看看。
林諾盤起手臂，瞧她搞什麼鬼。
凌葛不理他，逕自把S管的鐔子拆封，檢查一下裡面的液體。
林諾好奇地湊過去一看。
「噁！」他捂著鼻子退開。「那是什麼東西？」
凌葛晃一晃深褐色的液體，竟然用手指沾了一點，放進嘴裡嚐嚐。
「加了糖的果汁。」
「果汁怎麼會是這個味道？」林諾連忙退後一大步，免得她要他也嚐嚐看。
「高糖度的果汁醱酵了一個月左右，就是這個味道。」
凌葛將醱酵液倒進接U型軟管的小缸裡，把小缸放到灶頭上，蓋子封緊，倒U型軟管塞好。林諾覺得它看起來像一個大型的奶瓶，只是奶嘴的部分換成一根管子。

「別在這裡呆站著，去外頭幫我拿一桶雪水回來，越冰越好。」凌葛將一個空桶子扔給他。

「我去吧！」芊雲自告奮勇。

「不用，水重。」林諾提起桶子，芊雲跟著他一起出去。

這山洞比他們預期的更便於居住。不知是山民或秋重天的人鑿了幾條通道，直接通到外面去，附近都是千年古林，人煙罕至，動物見了人都不太怕，一出了洞口就有一汪山泉，狩獵或取水都極爲方便。

李敏浩那日談到一半，體力不支，昏睡過去，已經三天了還沒醒來，所以他們的談話只能暫時中斷。

除了他以外，林諾很少看到他姊姊如此關心另一個人，所以博士的狀況格外讓他擔心。

這三天來，他們各自選了合意的山洞住下，凌葛一天要去查看博士好幾次，每次檢查完他的身體，總是面色一沈。

他們都不曉得博士還有多少時間，當那個時候來臨，他希望凌葛不要太傷心。

他舀了一桶雪提回「公共廚房」，凌葛已經在灶裡升了火，正在煮那一桶醱酵的糖水，神出鬼沒的秋重天不知何時冒了出來，在一旁幫忙。

林諾的雪提了回來，凌葛將一條厚布丟進雪桶裡泡得冰涼，然後裹在那個倒U型軟管上，軟管下方有一個小鐔子等著盛接。

「啊，妳在蒸餾。」他看懂了。「以前雷達偷釀酒的時候沒有這麼費工夫。」

「因爲一般私釀的是釀造酒，這是蒸餾酒。」頓了一頓，她秀眉一挑。「雷達會釀酒？在軍營裡嗎？」

林諾的臉色馬上彈回一片空白。

「我否認對任何非法私酒的事知情，拒絕發表意見，並且不會提供任何相關時間、地點、人名的細節。」

「哈！眞有男人的義氣，你怕我回去找他麻煩？」凌葛笑了出來。「博士做的這套蒸餾設備雖然陽春，還滿好用的。」

有一說，中國唐朝時期的「燒酒」就是蒸餾酒，但這個說法一直有爭議，直到宋代蒸餾酒的技術才更加純熟。從李博士親手做這些道具，和秋重天的反應來看，在這個平行時空裡應該還沒有蒸餾酒的技術。

秋重天接手按著冰布，整個很熟門熟路，顯然以前已經做過。

「這個S管子是要做什麼的？」林諾像個好奇寶寶一樣，把那根S管子抽出來看。

「酒精就是糖、水和酵母發酵過後的產物，所以澱粉質含量高的穀麥，或高糖度的水果都很適合拿來造酒。糖分越高，發酵後的酒精含量就越高。

「博士的作法是將高糖度的水果榨成汁，再加上大量的糖和酵母，放在密封的桶子裡發酵一個月。這期間如果密封度不夠，細菌跑進去，就做不成酒了，會酸敗變成醋。你想喝酒還是喝醋？」

林諾從小就討厭吃酸，一聽到醋立刻滿臉敬謝不敏。

「那當然是酒比醋好喝了。」芊雲笑道。

「是了。可是在醱酵的過程會產生二氧化碳，就是冒氣泡；如果不讓氣排掉，罈子一定會爆開。這個S管子的目的就是爲了排氣，原理跟排水管差不多：在彎折處灌一點水進去，形成隔絕層，缸內產生的二氧化碳會被擠出來，但是外面的空氣流不進去，如此可以維持酒罈內的密封狀態。

「通常糖水和酵母泡上一個月，基礎原料就差不多了。我們到的那天，博士正要開始蒸餾。」

難怪你會運這麼多糖過來。林諾看了秋重天一眼。

「所以這個糖水只要加熱就可以了？」他走到灶前一看。

「差不多，酒精的沸點是九十五度，水是一百度，所以那醱酵液下去煮，酒精會先蒸發。把蒸氣引導到這個U型管，利用冰涼的毛巾讓它快速冷卻，前半段先滴出來的就會是酒精。」

秋重天在一旁笑道：「師父以前也是這麼教的，姑娘怎麼懂得這些呢？」

「因爲我上過學，李博士就是我的老師之一。」凌葛看他一眼。「你爲什麼叫他師父？你也跟他學過嗎？」

「只是些芝麻蒜皮的東西。偶爾和師父談談天象物理，人體奧妙，世事萬物，已是覺得受益良多。」他嘆道：「師父所知太多，我學不完，他說他也教不來，因爲很多東西在這兒不太一樣。」

「那倒是。」她微微一笑。「這麼說來，你是我學弟囉！」

「你是怎麼認識李博士的？」林諾的視線又銳利起來。

秋重天注視著灶中的文火，輕嘆一聲。

「諸位早已猜到，我是戴燎原的後人。實不相瞞，我娘原是青樓的一位名妓，我是戴燎原的私生兒子。」

凌葛「啊」了一聲，瞭然地點點頭。

「我爹的原配頗有妒名，死活不讓我爹將我娘收進門，於是我爹便在外置了房子，安置我們母子，也就是所謂的『外室』。」他苦澀一笑。

「秋公子談吐不俗，想來戴尚書對你也是盡心教養。」凌葛道。

「姑娘說得沒錯。」他點點頭。「除了沒有名分，我爹對我們母子實是不差。五年前，我爹在京城街頭遇上了一個人，那人看來氣色不佳，似乎身體有疾，談吐極是特異，卻言之有物。我爹素來愛結交有識之士，於是和他一見如故，一頓飯聊了下來，索性請他住到我們的小院來，權充我的老師，一方面找人給他看病——這人自然是李師父了。」

「是。」凌葛輕輕點頭。

「師父在我家總共住了三年，期間他病況時好時壞，反反覆覆。我無意間發現，師父原來也是懂些醫術的，只是他說，他所知的法門與我們此處不同，許多事他在這裡做不了。有一日，他突然向我爹辭行，說他的病不會好了，最好是住在人煙較少之處，較不易反覆發作。

「我自然極是不捨，求爹爹留他下來，可我爹留了他很多次都留不住，最後師父還是走了。臨行前，我把一隻父親家中養的青粉交給師父，教他一些簡單的口訣，要他務必和我保持聯繫。我只知他最後到了景陽山附近，具體行蹤卻是不知。」說到這裡，他忍不住抓抓頭。「我催問了幾次，師父自個兒好像也說不太上來……」

凌葛聽到這裡，不禁笑了出來。

「李博士方向感很差，他這一生只熟三個地方，學校、醫館和他的家。他若不是在學校做學問，便是在醫館救人，不然就是待在家裡。除了這三個地方，他到哪裡都會迷路。以前我還是他學生的時候，有一次他上街買東西，那間mall……就是店家，離他家才一刻鐘的路，他走著走著竟然就迷路了。所幸我正好打電話給他問功課，他向我求救，我才教他怎麼回家。」

秋重天聽了，不禁神往。

「哎，凌姑娘，將來妳一定要多跟我說說師父以前的事。」

「好啊，不過你先把你的故事說完。」

「嗯，師父離開半年之後，就發生了我父遭劫難一事。」他神色黯然。「戴氏一族幾乎不能倖免，只因我是父親的私出之子，才躲過一劫。我父親這一生慈和仁善，著實收容過不少人，這些人在尚書府中或成了謀士，或成了家丁。後來戴家散了，他們改奉我爲少主。我們苦心積慮，就是想著怎樣將我爹救出來。

「後來父親被判了一個發配邊疆的刑，我們一路跟著押送隊伍，想伺機解救，沒想到在途中竟然碰到了正趕回來的師父。」

林諾輕啊一聲，淩葛卻是微微一笑。

「師父說，他之前一直住在山裡，等聽到消息已是太遲了。其實他趕回來也做不了什麼，但我爹於他有恩，他無論如何也要回來看看能否出點力。」

「李博士就是這樣的。」淩葛輕輕地道。

「是。」秋重天的笑容中現出暖意。「後來，我們眞的在途中將我父劫了出來，可惜他年事已高，又遭逢大難，神喪氣沮，一旦疫疾攻心，師父雖然盡了全力，還是沒能將我爹救回來。」

芊雲心下惻然，忍不住上前一步，輕聲地道：「秋公子，天命如此，你千萬莫要難過。」

「多謝小嫂子。」秋重天喉嚨有些哽塞。「我們那時就在景陽山上，我爹走了之後，我問師父要不要跟我下山？師父說，他的病還是住在人少的地方比較好。他說人多的地方有雜氣病氣，他現在體質不好，人越多的地方越容易生病。」

「人多的地方病毒和細菌就多，他當時的免疫系統已經很弱了，對病毒沒有什麼防禦力。」淩葛解釋道。

「嗯，正是姑娘說的這般。」秋重天點頭。

雖然李敏浩的狀況不佳，卻顯然比李四好上許多。他是跟歐本一起過來的，歐本對自己的傳送自然不會用那麼強的能量，所以歐本和李博士都活了下來，而李四就算沒有被歐本殺死，也活不了多久。

但是，歐本爲什麼要帶博士一起過來？

李四腹中藏的裝置，顯然不需要分散在兩個人的體內，這就更難以解釋歐本爲什麼需要博士一起來。

她相信他們兩人之間應該有某種關聯，只是還沒問清楚。

天啊！她腦中有好多疑問，卻沒一個有答案，而唯一個能回答她的人正在昏睡中，她卻不曉得他會不會醒過來。

「這個地方，」林諾食指對周圍繞了一圈。「就是晴川山民的舊址？李博士之前遇到了山民收容他嗎？」

「那倒不是。」秋重天笑了一下。「其實晴川山民的後裔早就跟平地人混居，只是他們下山謀生之時，一律不提山上的事，因此沒有人知道他們是山民之後。所有的後人也依循祖規，不得將山上之事傳下山去。諸位見過的溫洛寶，便是山民後裔之一。」

「好啊，秋掌櫃，你好會賣關子，還跟我們說什麼山民不知所蹤。」芊雲嗔道。

「小嫂子莫怪。」秋重天拱手連連。「在下也是立了重誓，不可對外多說。這片山境，是溫洛寶領我們來的。因爲師父說，他與人世隔絕越深越好，而山民後裔大多已歸化平地了，這片山早已無人居住，只有一些後人定期上山巡看而已，所以最後師父便在這裡住了下來。

「我領著這群人，每年輪流幾個人陪師父住在山上，也好有個照應。」說到這裡，他露出黯然之色。「大約一年以前，師父的狀況越來越不好，也就是在這時候，師父跟我說他要找人。

「我問師父他要找誰，他說，他不曉得要找誰。我問師父是男是女？是老是少？師父說他也說不上來，他心中有幾個人選，可他也不確定到底是誰會來。

「我跟師父說：這要從何找起？師父笑瞇瞇地跟我說：『你多出去外頭走動，跟人說說話，別老是陪我悶在這裡。任何人說起話來讓你想起我的，你就問他們這個問題。』」

「就是你問我的那個問題了。」她笑道。

「是。那話稀奇古怪的，我問師父是什麼意思，師父笑而不答，我只得硬生生地記下來。」

「秋公子，你的記心眞好。像林諾和凌姊姊也常說些嘰哩咕嚕話，我聽了這麼多次，就沒一句記得起來的。」芊雲道。

「那是身負師命，不得不爲啊。」他笑嘆道：「爲了替師父找人，我將手下派到各地去，有的人僞裝成腳夫，有人走鏢，有的人像我一樣開館子，盡量選那種可以接觸到很多人的路子做。我們約定好，如果有人感覺起來像外地人，說起話來有師父的樣子，他們就用青粉通知我，我再自己過去查驗。可一年下來，非但我自己沒遇到，其他人傳訊要我去看的，我總也沒有那種感覺。」

「眞是辛苦你了。」凌葛嘆息。

感覺是何其空泛的事？她這一路下來，也是一直在找一個不知名不知姓不知樣貌的人，深知其中的不易。

「是，番外來的人雖然不少，但大都是一些尋常的商賈，談話市儈庸俗，跟師父相比，那是完全不一樣的。」

這就像小鴨子掉進雞群裡，不是說鴨子多厲害——雖然他們這兩隻鴨子確實有點厲害——但本質上一定不同。即使外形一時可以模倣，久了之後還是會被發現他們是兩隻鴨子，不是雞。

「師父一直都不催我的，可近幾次回山，師父都主動問起有沒有找到什麼人？我心中著實愧疚，只得跟師父說：『師父，大半年過去了，我也沒遇著一個會讓我想到你的。你要不要再給我一些明確點兒的條件，讓我對照著找？』最後師父想了一想，就讓我們四處去流傳姑娘聽到的那個疫病故事了。」

原來如此。

凌葛終於明白了。

故事的前後總算兜攏起來。有這個傳說，但找不到起源；有這個病，但找不到病人。原來這個這個傳說的最終目的，就是將他們引到秋重天面前。

她猜想李博士和歐本一樣，都知道最有可能來追歐本的人是她。畢竟，一個最瞭解歐本的幹員，能力足以勝任又具有醫學背景的，會有幾個？

他知道過來的人會有一些輻射反應，她一定會從這方面去找，所以他製造了那個流言將他們引來，最終再以胡安問題測試。

只是博士爲什麼輻射反應比歐本低，身體卻這麼虛弱，這倒是一件值得研究之事。

「你們這些聰明人腦筋眞的都有問題，一定要每件事都搞得這麼曲折。」林諾也想明白過來了，不禁搖了搖頭。

「要不然該怎麼辦呢？難道在陳國京城的大門上貼個招牌：『如果妳是葛芮絲，到景陽山某某山峰來找我？』」凌葛笑著道。

「那我們找上門了，你怎麼又不老老實實承認？」芊雲不平地問。

「我不知道是姑娘你們啊！」秋重天無奈道：「來打聽的人著實不少，大多是抱著聽奇聞異事的心情，少數是善心的行腳大夫想去義診，我怎知你們不是其中之一呢？直到凌姑娘綁了我，她說的那些話和莫名其妙的詞兒……我腦中清清楚楚就想起了一個人，我師父！」

「所以你就問了。」凌葛笑道。

「所以我就問了，果然姑娘就答了。還好……還好……總算沒負了師父的囑託！」秋重天嘆了口氣。

還好還來得及——所有人都明白他沒說出來的這句話

凌葛想著昏睡在隔壁的那位慈祥長者，心中一沈。

「小心看著火，別讓它大滾。」她輕聲叮嚀：「一旦大滾，水也開始蒸發了，我們要把溫度控制在九十五到一百之間，也就是酒精的沸點到了而水還沒有，蒸餾出來的酒精才越純。」

「姑娘放心，我省得。這事我幫師父做慣了。」

「那要花多久？」林諾蹙眉，看著那鍋文火慢熬的酒桶。

「整個蒸餾完成大概要八個小時吧，就是四個時辰。」

「八……八個小時？」他口吃了。

「等八個小時就有酒喝了，你不要嗎？」凌葳斜睨他。

「某人剛剛說，這酒精喝了會死。」林諾立時換上防衛之色。

凌葳重重嘆了口氣：「前兩個小時蒸餾出來的幾乎是純酒精，濃度高達95%。這麼濃的酒精灌下去，你不急性酒精中毒才怪。後面的蒸氣開始混著水氣，酒水的比例就會漸漸顛倒過來，一直到最後蒸餾出來的只有水爲止。

「三個罈子分三階段取液，酒精濃度都不同，第一罈最純，中間那一罈酒精濃度約莫50%上下，最後那一罈已經降到30%以下，後面兩罈都可以喝的。」

「哦！所以妳說的做酒精就是這麼回事，妳要的是第一罈那濃度95%的酒精。」他明白了。

「沒必要把後面那幾罐浪費掉……」

她猛地想到什麼，突然頓住。

『怎麼了？』林諾銳利地看著她。

「慢著……我知道了！」她突然站起來，衝往李博士的山洞。

所有人跟在她身後一起跑進去。

凌葛小心地翻開李博士身上的被褥，芊雲立刻細心地捧近燈盞，幫她照明。

李博士依然在昏睡中，手足不時有些輕微的顫動。

「你說李師父在你們家住的那段期間，身體時好時壞，具體來說有什麼症狀？」她問秋重天。

「也不是什麼大病，就是天熱時受不住暑氣，天冷時容易傷寒，每到季節交替的時期總是要病個三、五回。可這樣下來，一整年幾乎都在生病。」秋重天半點不敢怠慢，只盼她終能說出一個治得了師父的方法。

林諾走到她身後，將另一盞燈光舉近。

凌葛翻開李博士的眼皮，輕輕按壓他已經呈現黑褐色的部分皮膚，然後到藥櫃搜尋一下他平時服用的藥物。

這些藥物幫助不大，只能一時緩解症狀，服來讓秋重天心安而已。

博士知道他會死，他不希望自己死了之後徒兒自責沒有盡力，於是要徒兒拿些對他其實幫助不大的藥來。

他就是這一個這樣體貼的人。

凌葛心頭難受，走回床沿坐下，輕輕握住博士的手。

「姑娘，如何？」秋重天滿是期望地問。

凌葛抬頭看著他。

秋重天和博士認識不過五年，卻對博士有這麼深的孺慕之情，其他人可能難以體會，她卻能明白。

秋重天認識他的時候頂多十五歲，正好是一個青少年需要父執輩引導的時期。他的生父雖然在物質上提供他豐富的生活，情感上卻無法一直陪在他身旁。這時，有一個慈祥的長者出現了，所知淵博，言語詼諧，在一個青少年最叛逆徬徨的時期，提供耐心的指引。

在秋重天心中，李博士更像是他的另一個父親。

如今生父已經遭難，他只想保住這個師父的命。

「蒙娜麗莎。」她輕輕地道。

「啊？」秋重天不懂。

林諾知道她絕對不會在這個時候還關心某個掛在羅浮宮牆上的女人，所以她說的只有可能是——

「蒙娜麗莎症候群？」他問。

「嗯。」她點點頭。「你一定記得，有一陣子在我們的媒體上曾經掀起一陣報導熱潮。」

「那是什麼？」秋重天連忙問。

「蒙娜麗莎症候群是由一種濾過性病毒引起的。」有些名詞他聽不懂，但是這種時候她也沒心情多加解說。「它原本是一般的流感病毒，後來在二十二世紀初期發生變種。變種後的蒙娜麗莎屬於了接觸性感染。你的傷口如果碰到病毒，就會得病。

「一般流感病毒會寄居在人體的細胞裡，蒙娜麗莎卻喜歡聚居在腺體裡，四處流竄攻擊神經系統，造成嚴重的神經性疼痛。

「發作時，病患會肢端神經失調，臉部筋膜不由自主地抽搐，看起來好像在詭異地微笑，所以發現這種病毒的人把它命名為『蒙娜麗莎』。

「它的另一個特點是，對於消毒劑和抗病毒藥物非常頑強。曾有病理學家發現，傷口如果用碘酒消毒是無法殺死病毒的。它一遇到碘之後，表殼蛋白質會產生奇異的變化，模擬出類似碘的反應，和消毒藥水同化。

「科學家和醫學家曾經想過，如果這種病毒有模擬碘的特性，是否可以在實驗室裡將它的毒性去除，保留它的活性，在醫學上它就是『活的碘』，或許可以製作出強力的殺菌藥。」

「有一陣子電視上全是專家在討論這個問題。」連林諾這種偶爾休假才看電視的人都有印象。

「對，可是因為它真的太頑強，醫學上還無法將它的毒性降到一個安全值以內。」她輕撫博士的手。「李博士做到了。或者，他以為自己做到了。」

「姑娘，這話怎說？」秋重天似懂非懂地聽了個大概。

凌葛沈浸在自己的思緒裡，逕自說下去：「人體即將暴露在輻射傷害之中的傳統應對方式，是先服碘片。讓你的甲狀腺先吸飽了安全的碘，當輻射發生時，就比較不會吸收太多放射性的碘。

「可是因爲錆的反應太強了，一般碘片不夠力，要吃到有用的劑量只怕已經先碘中毒。想想看，如果讓你身體先裝滿僞裝成碘的物質，再服下人體能夠承受的碘劑，豈不是只服用了一份碘，卻擁有了好幾倍碘的抗輻射作用？」

「博士出發之前先爲自己施打去了毒性的蒙娜麗莎病毒！」林諾一彈手指。

她點點頭。「他的輻射反應比歐本和另一個實驗體更低，我想就是因爲如此。」

「如果照姑娘說的，我師父中的那個什麼輻射的毒比較少，爲什麼還會性命不保？」秋重天忙問。

她對著博士昏迷的臉輕嘆一聲：「我說過了，這是一個還在研發的技術，實驗室做出來的東西沒有百分之百的。我想……博士注射的那些病毒，活性終究還是太強了。

「他剛來的那些傷風感冒症狀，其實就是蒙娜麗莎的初期症狀，一開始很容易被誤診爲感冒。狀況越來越嚴重的時候，會開始出現神經性的疼痛，免疫力降低，博士應該就是感覺到不太對勁了，才會離開你們，到一個人煙罕見、感染源較少的地方。

「他沒有抽搐痙攣的症狀，但手腳會抖動，這就是殘留下來的病毒反應。」

「那他需要這麼多酒精是怎麼回事？」林諾問。

「蒙娜麗莎不怕碘，反而是普通酒精對它的效果很好。臨床上會用高濃度的酒精治療，可是對有開放性傷口的病人會造成強烈的燒灼感，所以必須麻醉之後才能做。而內科的病人，就是以施打生理食鹽水和酒精的混合點滴，可是必須在專業人員的監護下非常小心地使用，才不會造成更嚴重的後果。」

「啊！」所以山洞裡才會有這麼重的酒精味。

博士一直在用酒精延緩自己的病情。

凌葛搖搖頭。「可惜，他施打的病毒只是降低對錆的輻射吸收，卻讓他中了蒙娜麗莎病毒。」

或許就像林諾說的，他們聰明人就是想太多。

如果博士單純只是跟歐本一起過來，即使難免沾染輻射毒性，起碼不會惡上加惡。可是他施打了蒙娜麗莎病毒，免疫力變弱，即使殘留的錆毒性不像其他人那麼高，也已經不是他的免疫系統能夠承受的，他等於毒上加毒。

「他的膚色灰敗壞死的部分，是放射性毒物的反應，我剛才檢查了一下，他的眼睛和黏膜是黃色的，表示已經有黃疸的跡象。」

黃疸，疲倦，虛弱，手足抖動，這是肝硬化的徵兆，通常出現在重度酗酒者身上。李博士滴酒不沾，卻因爲要治療自己體內的病毒，長期使用高濃度酒精，最後得了肝硬化。

她不知道應該算哪一個害死他：錆或蒙娜麗莎。

不，她知道。

是歐本害死他。

「我不懂……他為什麼要跟歐本一起過來……」她喃喃地道。

「我們只能等他醒來再問他了。」林諾的手按住她的肩頭，默默地提供安慰。

凌葛反手握住他的手。

他們在博士床邊又待了一會兒，林諾直起身子。

「趁天還沒黑，我去打打看有沒有獵物。」

凌葛沒有說話，只是鬱鬱地盯著博士。秋重天長嘆一聲，頹喪地走出去，繼續去顧他的蒸餾桶。

林諾走出博士的山洞，芊雲匆匆跟了上去。

一轉個彎角，她就看到林諾靠在山壁上，手按著額心用力地揉捏。

「林諾，你又昏了嗎？」她趕緊跑過來。

他閉著眼休息了好一會兒。

「一陣子就過去了，沒什麼大不了的。」

「你……你真的不跟凌姊姊說嗎？」

「博士的事已經讓她十分心煩，她很少這麼關心外人。我的情況不嚴重，沒必要再添一樁。反正現在已經找到博士，等他醒過來，我們把話問清楚，相信距離抓到歐本日子不會太遠，到時候任務就完成了。」他張開眼，對她溫柔地笑笑。

「嗯……」她看他的情況好像真的沒有之前嚴重，心裡一時舉棋不定。

「我去獵點東西，馬上回來。」他輕吻一下她的唇，回洞內拿了弩往外走去。

芊雲想要叫住他，想了一想，最後還是走回博士的山洞。

凌葛依然坐在床沿，不知想什麼想得出神。

「凌姊姊……」她忐忑輕喚。

「嗯？」凌葛心不在焉地抬起頭。

芊雲望著她，所有的話卡在喉間。

林諾說不想半途而廢，他們就快抓到那個大壞人了，她不想林諾帶著遺憾回去。

即使這表示他離開她的日子又近一步，只要他回到家鄉能夠把病治好，她寧可放他走。

只要他活得好好的，是不是在她身邊都無所謂。

「沒事。」她勉強露出一絲笑容。「我去給姊姊煮碗粥來，妳中午吃得少，一定餓了。」

「謝謝妳。」

14

李敏浩醒來時，身邊只有她一個人。

林諾去打獵還沒回來，芊雲幫她煮好了粥就回房去了，秋重天還在灶間顧那個蒸餾桶，她一個人靜靜坐在博士身旁讀她的醫書。

「我不認爲那是英文。」床上的人突然出聲。

凌葛立刻把書往床沿一放，移坐到他身旁去。

「博士，你感覺如何？」

「peas ape，我不認爲那是英文。」李敏浩對床沿的她微笑。「不過我也不知道是什麼，妳得再動腦子想想。」

「現在先別說那個，你感覺如何了？」她溫柔地問。

「像感冒了。」李敏浩即使極度病弱，笑容依然像一把溫暖的火撫慰人心。「妳在看什麼？」

凌葛拿起身旁的書向他一揚。「我在路上買的一本醫書，跟針灸有關的，據說是很有名的大夫寫的。」

「很有趣是吧？」李敏浩眼睛一亮。「眞難想像細細一根針可以控制許多人體的神經元，這裡有很多技術讓我大開眼界。很多人都以爲古代的人不夠先進，其實說這種話的人忘了，我們所有的知識都是從古人的智慧累積而來，他們在自己的時代裡是最先進的一群。」

一次說了這麼多話，他有些喘，停下來休息一下。

「我知道，我曾經在宋國替一個開放性骨折的男人動手術，靠的就是草藥和針灸。其實習慣了之後會發現，在這裡做外科手術和在戰場做沒什麼差別，都是現代藥物不足，所以必須靠臨場發揮。」凌葛爲了湊他的趣，笑著道。

「沒錯，沒錯。」一提到醫學專業，李敏浩的臉色充滿光彩。「不過有電還是很好的，起碼看書的時候不用將就那一點燭光。像我這種老花眼的傢伙，如果有盞檯燈就輕鬆多了。」

「還有冷氣。和暖氣。和網路。」她一一補充。

他輕輕搖頭，笑了起來。凌葛看他想坐起來的樣子，小心地扶起他，然後在他身後墊幾個軟枕，讓他舒服一些。

他身旁這些日常小物都備得很妥當，看來秋重天對照顧這位如師如父如友的老人眞的十分用心。

「我們都被現代生活寵壞了。」他輕嘆一聲。「妳知道世界上早就發明了不會壞的燈泡嗎？但是一個燈泡大廠的老闆花了鉅額的權利金將這個技術買下來，然後把它鎖在他的保險櫃裡。」

「如果燈泡都不會壞，他還做什麼生意呢？」凌葛微笑。

「是的。」他點點頭。「妳瞧，這就是人性。我們一直在提升自己的生活，可是提升到某個程度，人類的貪欲終究還是勝過一切。想像一個燈泡不會壞的世界，我們可以減低多少資源的耗損？這些資源都可以改用在其他更有用的地方，但，不！燈泡老闆需要持續不斷地賺錢，既得利益者的貪念終究還是戰勝一切。」

「博士，」她輕輕按住他的手。「告訴我發生了什麼事。」

李敏浩嘆了口氣。

「總歸一句話：我被騙了。」他微弱地一笑。「我以爲只是來這裡做一個『短期探訪』，沒有想到一過來就回不去了。」

「所以，你在出發之前先注射了低毒性的實驗病毒，以爲就算實驗不成功，也有時間回去把蒙娜麗莎的症狀治好，因此躲避輻射線是你的第一個選擇。」

他拍拍她的手。「不愧是我的愛徒，永遠不會讓我失望。」

所以，是歐本害死了他沒錯。

歐本的欺騙，害慘了李敏浩。

「博士，你怎麼會和他扯上關係？」她不懂。

「這得從我退休之後說起。」李敏浩虛弱地笑笑。「我搬回台灣不久，有一個自稱是『哈山・薩伊・維拉德米爾』的醫生來找我，自稱他在巴黎的貧民區行醫，到台灣來參加國際醫學會議，聽說我現在住在這裡，才過來拜訪我——這時我們就知道平時混在書堆裡，不看電視的壞處了。如果我常看電視，或許會認得出他就是赫赫有名的歐本博士。」

「他去找你一定經過變裝，不會讓你認出來。」凌葛搖搖頭。

「也是。總之，看在是同行，彼此行醫理念又相近的份上，我和他吃了一頓飯，沒想到我們兩人相談甚歡。」李敏浩露出笑容。「他其實是一個非常有趣的人！」

「我不懷疑。」有必要時，歐本可以變得非常迷人，只是他的本性總是無法隱藏太久。

「後來我們持續用email保持聯絡，在信裡無所不聊。他不是神經外科的專業，在臨床上碰到問題會向我請教，我當然也不會藏私。」講到自己的所學，李敏浩的臉亮了起來。「我有一些跟神經系統有關的假說，受限於大環境問題一直未能驗證，也會和他分享。

「有些想法，他隔一段時間會回信給我，說他在行醫過程遇到什麼情況，湊巧和我提出的某件事接近，結果如何如何等。最後我們討論範圍延伸到植物學、人類學、生物學、化學……所有跟神經和生物電傳導有關的話題，我們都能聊——我必須說，撇開他的身分不談，歐本是一個十分博學的人，我非常享受和他腦力激盪的那段時光。」

其實對歐本來說，他只是直接把博士的想法找個倒楣鬼做人體實驗而已。

她沒有把這點說出來，然而李博士臉上的光彩漸漸消失。想來在知道歐本的身分之後，他也明白發生了什麼事。

他間接成了許多人體實驗的共犯，這是他始料未及的。

「博士，歐本是個邪惡的人，你不必為他的行為自責。」她輕聲安慰。

李敏浩沈默片刻。

「邪惡嗎……妳認為邪惡是什麼？」他忽然問。

「我認為邪惡就是像歐本這樣的人。」

「那麼，孩子，我和妳對邪惡有不同的定義。我相信歐本是個危險的人，他的危險讓他顯得邪惡，但危險和邪惡的本質還是不同的。」

「博士！」他竟然會替歐本說話，這是她最想不到的事。

「不過有一件事我同意妳：一個危險的人身旁需要一個安全閥。所以我很高興看到妳來，」李博士握了握她的手。「我認為他需要被監管。」

「我不是來這裡監督他的。」

「妳是來抓他的。」他點點頭。

「是。」

「是誰派妳來的？」他好奇地問。

「科學部的維克．杉伯克博士，你應該聽說過他。」

李敏浩露出錯愕之色。「妳現在為科學部工作了？」

凌葛明白他為什麼會有這個反應。他們兩人都一樣，對科學部並沒有太大的好感，他們還曾經討論過這件事。

當科學太過干預之時——或者該說，當人力太過干預科學之時——它就會從一隻助手變成一隻魔手。

「博士，我不得不！」凌葛認真地注視著他。「歐本帶了足以毀滅這個地球的錆過來，如果我們沒有把他帶回去，沒有人能預測這個狂人會做出什麼事來。如果他毀滅了這個時空，我們的世界也保不住。歐本這個人充滿了毀滅性，不怕死的人才是最恐怖的人。」

李敏浩好半晌沒有說話。

「你們打算怎麼帶他回去？」

「科學部有反傳送的方法。我們追蹤到第一個實驗體的下落，確定歐本應該是把錆藏在那個人體內。我們就算抓到歐本，顯然也不可能把錆縫在我或林諾的體內帶回去，所以我會設法把那些錆藏在一個不會有人發現的地方，但是歐本絕對不能跟那些錆留在同一個時空裡，太危險了。我們要不是帶他一起回去，便是就地處決他。」

她說謊。

其實，她早已想到要如何把歐本和錆一起帶回去，是博士的作法給了她靈感。

當他們找到錆和歐本時，歐本就是她的實驗體，這些錆當初是怎麼帶過來的，就再怎麼帶回去。

但是博士沒有必要知道這個。

本能裡，她依然想保護他免於這些血腥醜惡的現實。

「我並不知道……我眞的不知道他已經做了一次傳送，還對那人做出這般可怖的事。」李敏浩極難受。

「博士，這不是你的錯，請不要爲他所做的事自責，我只是不懂他爲什麼帶你一起過來。」她輕柔地說。

她大概明白歐本找上他的原因。

李敏浩是世界級的神經醫學權威。歐本沒有說謊，神經醫學確實不是他的專業，當他需要專業意見的時候，他只找最好的。

他們交換的所有關於神經傳導和臨床診治的資訊，就是在幫歐本改善他正在研究的蟲洞儀。

歐本必須明白人體面對極端的情況會有什麼反應，什麼樣的輻射毒性會造成永久損害，什麼樣的程度人體可以承受，在什麼程度的感染下人的存活期多長等等，他將他的所知所學用在微調他的蟲洞儀上。

所有他對傳統醫學和神經學的知識，都來自李敏浩博士。第一號實驗體吃的那些藥物，只怕也是他和博士腦力激盪後的成果。

但是，這些都是事前的準備工作，並沒有解釋歐本帶博士一起過來的原因。

「他說他成功了，想讓我看看成果。」李敏浩長長舒了口氣，有些疲憊地對她微笑。「我們討論了這麼多年的事，他終於成功了，我怎麼能不興奮呢？」

「什麼事？」凌葛眉心輕皺。

李敏浩的眼光落在空落之處，彷彿出了神。

「他找人接我去他的實驗室，中間曲曲折折繞了好多地方，我再天眞也知道這種作法不太尋常。最後，就是在他的實驗室裡，他告訴了我他是誰。」他笑了笑。「原來我晚年最好的朋友竟是我的愛徒一心在追的恐怖份子。」

「博士……」

李敏浩虛弱地擺了擺手，做勢要躺下來。她心裡再急也不敢硬逼他，只得幫他躺回床上，蓋好被子。

「我的時間不多了。」李敏浩躺在床上，微弱地對她微笑。「妳得去找他，孩子。」

「博士，他到底做出什麼東西？」她開始覺得有異。或許她和林諾從科學部接收到的訊息，不全然是眞相……

李敏浩只是繼續用微弱的語音說著：「所有他在實驗室裡跟我說的話，我認爲應該由他來告訴妳，所以，妳去找他吧！」

「他並不想被我找到。」

「但這阻止不了妳，不是嗎？」他輕柔地撫摸她的臉。「妳是一個這麼有天分的孩子，沒有行醫眞是太可惜了，妳一定會變成一個比我更好的醫生。」

「博士……」她有些急。

「找到他之後，妳必須做一個決定。」李敏浩長嘆一聲，閉上眼睛。

「什麼決定？」

「妳相信人的本質是多變的嗎？」他又睜開眼睛看著她。

「人本來就是善變的動物。」

「不，我說的不是善變，而是多變。」他對她微笑。「黑和白，善和惡，好和壞，創造和毀滅，這中間夾雜了好多灰色地帶，有時候妳一眼很難看清楚。」

「博士，我明白這些。我的工作就是在人性的灰色地帶穿梭。」

「妳還有很多要學的。」他點點她的太陽穴。「妳的這裡有很多東西，」再點點她的心。「這裡卻太少。妳必須找到心中的那顆燈泡。」

「博士……」她現在沒有時間上哲學課，她好想扯頭髮。

「唯有明白人性本質，妳才解得開歐本這道題。」

秋重天突然之間衝了進來，臂彎還掛著那塊冰布。

「師父！凌姑娘！」

「怎麼了？」他臉上的神情讓她立刻進入警戒狀態。

「有官兵搜進山裡來了。」秋重天臉色鐵青，甚至有點咬牙切齒。「眾添！那廝被對方收買，帶人找上門了。」

「咳咳咳咳咳——」李敏浩突然一陣急咳，凌葛連忙扶起他，輕拍他的背心。

「博士，我們必須要離開這裡。」

「不，不，你們帶著我走不遠。」李敏浩依然掛著微笑，握了握她的手。「以前官兵也不是沒有追得很近過，妳放心，重天會帶我去安全的地方躲起來，後頭還有其他人接應。」

他時日無多，再躲也沒有幾天了。他們都心知肚明。

「你知道歐本在哪裡嗎？」她看著他。

「確切的地址我不知道，我只知道他正在陳國京城，極有可能藏在某個很有勢力的人府中，我猜是三個皇子之一。」

此時，黃軍、楊常年、趙虎頭通通奔了進來。

「發生什麼事？」跟在後頭的芊雲急急問道。

「我剛巡哨時發現山裡多了很多人影。」黃軍道。

「此處行跡已洩，不可久待。」趙虎頭道。

「林諾呢？」楊常年四處看。

「他外出打獵，就快回來了，我去洞口等他。」芊雲匆匆跑出去。

凌葛立刻看向秋重天，手沒放開李敏浩。

「凌姑娘放心，整個景陽山處處是暗道，眾添所知有限，追不上我們。只是，接下來的祕道我卻是不能再帶各位深入，你們趁現在官兵還未包攏而來，速速離開爲宜。」

「你發誓官兵搜山的事和你一點都沒關係？」

秋重天愣住。「妳……姑娘……怎麼到了這個地步，妳還不相信我嗎？」他的表情竟然有點受傷。

她冷笑一聲。「一群尚書府的門徒下人能唬得這麼多官兵團團轉？能在暗夜中出手殲敵不落形跡？能神出鬼沒無影無蹤？你當我是傻子嗎？」

他們住在這裡的期間，除了秋重天和李敏浩就沒見到其他外人，但洞裡食品用物一應俱全，絕對不會是自己變出來的，那些人只是沒被他們看見而已。

秋重天一咬牙，終於點了點頭。

「姑娘說得是，山民遺族有不少投在我爹門下，他們從先祖開始個個學武，身手不凡。這些事我沒對姑娘說，只因實是與姑娘的事毫不相干，並非有意隱瞞。」他鄭重道：「師父於我如親父一般，我便算是自己死了，也不會讓大皇子的賊官兵施加一指於他身上。」

凌葛相信他。

其實她本來就不懷疑，只是想再確認而已。

「妳瞧，這又是一樁人性貪欲的展現，無論自己手中擁有多少，永遠不夠多，永遠要更多。」李敏浩笑道。

秋重天將他背在身後，凌葛幫著用一張薄毯把他縛牢，免得他手足無力跌下來。

「此次一別，不知何時才能再相見，博士……你保重。」

很可能再也見不到了……

「別擔心我，妳安心去做妳該做的事。」李敏浩突然想到一事，邊咳邊說：「對了，妳以前問過我的那件事……回去之後到西班牙找凱特．央醫生。她是除了妳之外，我最得意的學生，她應該能幫得上忙。」

「謝謝你，博士。」

她紅了眼眶，硬捺下心中的依依不捨，轉頭出去。

所有人匆匆回到自己的洞中，把包袱簡單地收一收，再回到甬道集合。

秋重天和李敏浩早已不見蹤影。

她點一下人頭，林諾和芊雲還沒回來。

「他們兩個人呢？」

「我們直接出去外面碰頭。」趙虎頭道。

所有人順著出洞的甬道快步急奔，轉過最後一個彎角，赫然看見林諾與芊雲就在前方。

林諾面向山壁，手撐在壁上支撐自己，芊雲在他的身後緊緊扶著他。

「Leno!」凌葛叫道。

芊雲轉過來，驚眶的大眼中浸滿眼淚。

「凌姊姊……」

「Leno?」她的心頭重重一頓。

林諾偏頭看她一眼，一張臉白得嚇人。他勉強從山壁前退開，卻踉蹌兩步。凌葛吃了一驚，衝過去要扶他。

林諾魁梧的身體在他們的眼前轟然倒下。

「林諾！林諾！林諾——」芊雲大聲尖叫。

「Lenox? Lenox!」

（下集待續）

國家圖書館出版品預行編目資料

破空．卷二/凌淑芬作. -- 初版. -- 臺北市：春光出版,
城邦文化事業股份有限公司出版：英屬蓋曼群島商
家庭傳媒股份有限公司城邦分公司發行, 2024.07
冊；　公分(奇幻愛情)

ISBN 978-626-7282-74-8 (卷2：平裝)

863.57　　113006670

破空．卷二

作　　者／凌淑芬
企劃選書人／李曉芳
責 任 編 輯／王雪莉、高雅婷

版權行政暨數位業務專員／陳玉鈴
資深版權專員／許儀盈
行銷企劃主任／陳姿億
業 務 協 理／范光杰
總　編　輯／王雪莉
發　行　人／何飛鵬
法 律 顧 問／元禾法律事務所　王子文律師
出　　版／春光出版
台北市 115 台北市南港區昆陽街 16 號 4 樓
電話：（02）2500-7008　傳真：（02）2502-7676
部落格：http://stareast.pixnet.net/blog　E-mail：stareast_service@cite.com.tw
發　　行／英屬蓋曼群島商家庭傳媒股份有限公司城邦分公司
台北市115台北市南港區昆陽街 16 號 8 樓
書虫客服服務專線：（02）2500-7718 /（02）2500-7719
24小時傳真服務：（02）2500-1990 /（02）2500-1991
服務時間：週一至週五上午9:30～12:00，下午13:30～17:00
郵撥帳號：19863813　戶名：書虫股份有限公司
讀者服務信箱E-mail: service@readingclub.com.tw
歡迎光臨城邦讀書花園　網址：www.cite.com.tw
香港發行所／城邦（香港）出版集團有限公司
香港九龍九龍城土瓜灣道86號順聯工業大廈6樓A室
電話：（852）2508-6231　傳真：（852）2578-9337
E-mail : hkcite@biznetvigator.com
馬新發行所／城邦（馬新）出版集團　Cite（M）Sdn. Bhd
41, Jalan Radin Anum, Bandar Baru Sri Petaling,
57000 Kuala Lumpur, Malaysia.
Tel:（603）90578822　Fax:（603）90576622　E-mail:cite@cite.com.my

封 面 設 計／朱陳毅
內 頁 排 版／芯澤有限公司
印　　刷／高典印刷有限公司

■ 2024 年 7 月 30 日初版一刷
Printed in Taiwan

售價／399元

城邦讀書花園
www.cite.com.tw

ISBN 978-626-7282-74-8

廣 告 回 函
北區郵政管理登記證
臺北廣字第000791號
郵資已付，免貼郵票

台北市 115 台北市南港區昆陽街 16 號 8 樓

英屬蓋曼群島商家庭傳媒股份有限公司

城邦分公司

請沿虛線對折，謝謝！

愛情・生活・心靈

閱讀春光，生命從此神采飛揚

春光出版

書號：OF0104　　書名：破空・卷二

請於此處用膠水黏貼

讀者回函卡

謝謝您購買我們出版的書籍！請費心填寫此回函卡，我們將不定期寄上城邦集團最新的出版訊息。亦可掃描 QR CODE，填寫電子版回函卡

姓名：________________________

性別：□男　□女

生日：西元________年________月________日

地址：________________________

聯絡電話：________________ 傳真：________________

E-mail：________________________

職業：□ 1. 學生 □ 2. 軍公教 □ 3. 服務 □ 4. 金融 □ 5. 製造 □ 6. 資訊

□ 7. 傳播 □ 8. 自由業 □ 9. 農漁牧 □ 10. 家管 □ 11. 退休

□ 12. 其他 ________________________

您從何種方式得知本書消息？

□ 1. 書店 □ 2. 網路 □ 3. 報紙 □ 4. 雜誌 □ 5. 廣播 □ 6. 電視

□ 7. 親友推薦 □ 8. 其他 ________________________

您通常以何種方式購書？

□ 1. 書店 □ 2. 網路 □ 3. 傳真訂購 □ 4. 郵局劃撥 □ 5. 其他 ______

您喜歡閱讀哪些類別的書籍？

□ 1. 財經商業 □ 2. 自然科學 □ 3. 歷史 □ 4. 法律 □ 5. 文學

□ 6. 休閒旅遊 □ 7. 小說 □ 8. 人物傳記 □ 9. 生活、勵志

□ 10. 其他 ________________________

請於此處用膠水黏貼